The Setting Sun

那是他生命中最孤独的一夜，
但他活着看见了太阳升起，而那
太阳从此再也没有落下。

本
木 文学
MUXI·ORIGIN LITERATURE

夕阳红

The Falling Sun

七英俊 著

成都时代出版社
CHENGDU TIMES PRESS

•目录

The Setting Sun

咸鱼

第一章

"老总，我听说有钱人一般都开空白支票。"

夕
阳
红

　　傅泽永是个已经站在人生巅峰、准备退居二线的总裁。虽然是个大叔了，却模样极好，身姿修长又矫健，气质儒雅又风流。

　　傅泽永有一儿一女，原配早逝。他年轻时四处拈花惹草，所以不招儿女待见。

　　傅泽永的女儿傅思年纪尚轻，毕业后到公司帮忙没两年，迷上了一个名叫吕曦的小职员。小职员很帅，业务能力也还行，可惜力气不往大道使，老动歪脑筋，寻思着娶老总的女儿一步登天。

　　傅泽永识人很准，一早就十分反对他们谈恋爱，奈何傅思坚决不听，多少也有与他较劲的心理。直到有一次，傅思和小职员闹别扭，小职员不慎露出马脚，暴露了心术不正的本色。傅泽永看在眼中，忍无可忍，让下属调查了一下小职员的家庭背景，发现此人是被收养的，他的养父就在自己的公司当小会计，干了很多年，小职员当初也正是靠着养父托关系才进的公司。

　　傅泽永决定把这个养父叫来谈谈，他认定小职员无可救药，并据此推断其家长肯定也是心术不正之辈。

于是傅泽永与吕闲见面了。

吕闲仿佛是傅泽永的反义词，穿着过时、眼神惫懒，浑身透着一股被生活压垮的怠惰感，见到总裁就点头哈腰，然而连"点头哈腰"的动作都显得敷衍了事，仿佛只是走个过场。

简而言之，他已经是一条"咸鱼"了。

傅泽永一看这模样，愈发认定这家子想钱想疯了。然而隐隐约约地，他又觉得吕闲有几分眼熟，心下想，这可能是自己的错觉。

傅泽永拿出总裁的气势，开始含沙射影，嘲讽吕闲的儿子癞蛤蟆想吃天鹅肉，想娶自己闺女。

吕闲心中十分茫然。他根本不知道自己的养子干了什么好事，然而听傅泽永说话这么难听，下意识地就开始维护儿子。他宛如咸鱼一般歪在椅子上，笑眯眯地回话，一来一往都跟傅泽永针锋相对，俨然光脚的不怕穿鞋的。

傅泽永对他鄙夷到了极点，却不肯自降身价，保持着风度递过一张支票："公司有些人事变动，你和你儿子明天都不用来上班了。你家经济或许比较困难，这是一点儿心意。年轻人嘛，好好努力，总能给自己挣出一份前程，你做家长的多教育教育他。"

这些话的中心思想是：拿着钱滚得越远越好。

吕闲慢吞吞地拿起支票看了一眼："老总，我听说有钱人一般都开空白支票。"

傅泽永差点儿一口气没上来，毕竟他从未见过厚颜无耻得如此直白之人。他甩了张空白支票到吕闲脸上："你可以走了。"

吕闲慢吞吞地伸手捡起落到地上的支票，又走了个点头哈腰的过场，离开了。

第二天，傅泽永就跟下属说了一句，把那父子俩都辞退了。

癞蛤蟆一走，傅泽永神清气爽。但他转念一想，又想看看这家人到底有多无耻，就去查自己账户少了多少钱，结果发现对方还没兑现那张支票。

傅泽永又等了一周，天天查账，但对方一直没拿钱。

傅泽永渐渐醒悟：自己埋了颗不定时炸弹，不知道对方什么时候出大招。

与此同时，傅思发觉吕曦和他的养父吕闲都被辞退了。

傅思虽然逐渐看清了吕曦的本质，但还是觉得自己的多做得过分了。因为吕闲这些年来从不出错，吕曦在业务上也没什么毛病，二人被辞退等于是被公报私仇。于是傅思上门看望了吕曦一次，帮了他最后一个忙——在合作的公司里介绍了个低调的新工作给他。

然而吕曦这个时候还想着撩拨傅思，想把她追回来。

吕闲冷眼旁观。等傅思走后，他对吕曦说："你知道人家怎么看你吗？"

吕闲把傅泽永与自己的谈话复述了一遍。

吕曦大怒："你们谁都瞧不起我！"

吕闲很年轻的时候就收养了这个孩子，后来因为闹出丑闻而失业，他不得不带着吕曦换了个城市，考了中级会计资格证，这才重新得以糊口。

吕曦小时候受了这件事的刺激，觉得不仅无法保护爸爸，而且自己还跟着被人欺负，于是从此一门心思地想出人头地。他看不起吕闲活得如此卑微，认为自己迟早要爬上去，摆脱自己的出身，于是，父子之间一直沟通不畅。

吕曦长歪了，吕闲也无能为力。

另一边，傅泽永得知傅思还在帮助吕曦，很生气。他训斥了傅思一顿，孰料傅思竟针锋相对，斥责他拈花惹草，说女秘书比自己年纪还小，傅泽永的行为简直有伤风化。

傅泽永："那是人家能力突出，再说你们母亲都去世二十年了，我难道要单身一辈子？"

傅思："单身一辈子？你那些狂蜂浪蝶不过是时间长短的区别罢了！"

傅泽永感觉胸口一闷。

晚上，因为儿女长期都不回家而心情郁闷的傅泽永，一个人随便找了家酒吧买醉，想自暴自弃地醉一晚。结果在去洗手间的路上，意外遇到了吕闲。

傅泽永实在没想到吕闲会出现在这种场合。此时的吕闲叼着烟，还是一身松松垮垮的过时打扮，在灯红酒绿的酒吧里，"咸鱼"得标新立异。

两人脸色都不好看。傅泽永一见吕闲就忍不住要拿他撒气，于是嘲讽了吕闲几句，却没注意自己的脚下，不知踩到谁的呕吐物滑了一跤，蹭了一屁股。

吕闲："……"

傅泽永："……"

吕闲为了憋笑，手抖得烟灰直掉，他费了好大的力气才摆出一副狗腿子的样子："您去洗手间躲着，我去帮您买条裤子来换？"

傅泽永狐疑地看了他几眼，这才躲进洗手间。可他等了半小时都没见吕闲回来，十分怀疑吕闲耍了自己，在借机报仇。

就在他这样猜测时，吕闲叼着烟回来了："商场都关门了，走了两条街才找到个路边摊……"

傅泽永抬眼一看，只见那新买的牛仔裤的口袋上绣着只硕大的、一脸灿烂的米老鼠。

他沉默地换上米老鼠裤子，没问价格，拿了一把票子给吕闲，名为买衣钱，实为封口费。

吕闲也没推辞，笑眯眯地收了，又问："您还需要什么服务？"

傅泽永一脸晦气地转身就走。

走出了大门，傅泽永突然想起那张还没兑现的支票，他想问吕闲到底什么时候取钱，就又折了回来，结果却看见吕闲在人群中找寻良久，拎出了买醉的吕曦，要把儿子拖回家。

吕曦喝高了："不要管我，你们都看不起我，还管我干什么？！让我死了算了！"

吕闲："人要自己看得起自己，你脑子不往正路上用，谁也救不了你。"

偷窥中的傅泽永愣了一下，十分意外。

吕闲还在继续说："你小时候还知道拾金不昧，懂礼仪知廉耻，怎么越活越退步？还想着糟蹋人家闺女……"

吕曦被戳到了痛处，反唇相讥："那是不如你，被人踩进泥里也只会就地躺下。"

吕闲脸色一白。

傅泽永偷窥得出神，没注意吕闲已经走到了离自己只有几步远的地方，现在他想溜已经来不及了。

吕闲一转头就发现了傅泽永，气氛瞬间就变得十分尴尬。

吕闲："还有什么事？"

傅泽永："哦，我是想问……"

傅泽永是何等人，从他们父子间的几句对话里已经推断出了不少信息，对吕闲很是存了几分歉疚："我是想问，你要是还没找新工作，要不要回来继续工作？"

傅泽永话音刚落，吕闲就答应了，速度之快，俨然为五斗米而"转体七百二十度接托马斯全旋式"折腰。

傅泽永的那点儿歉疚迅速灰飞烟灭，心想：果然不是一家人，不进一家门。儿子那德性，多能好到哪里去？

吕闲早已不指望吕曦能养活他，所以保留一份混吃等死的工作还是很有必要的，于是吕闲又回去当他的会计。

总裁大发慈悲地不让他"连坐"，他表示很感动，却也并没有因此而提高工作积极性。

一日，傅泽永偶然想起这桩事儿，叫来吕闲的主管问了几句话，得知吕闲那个岗位的同事都是毕业没两年的年轻人，而吕闲在同一个岗位赖了这么多年，业务上很仔细，从没过出错，却也从未获得过晋升。

傅泽永："为什么不提拔他？"

主管："以前找他谈过，他资格比我还老，可他说不愿意升职，只想当颗角落里的螺丝钉。"

傅泽永："……"在他看来，吕闲只差把"'咸鱼'到退休"的人生计划刻在桌上了。

有的人活着，他已经死了。在人生巅峰站了几十年的傅泽永痛心疾首。

然而，处在人生巅峰的傅泽永也是有烦恼的，比如儿女还是不待见他。

傅泽永的儿子傅谨在工作上兢兢业业，指哪儿打哪儿，然而每次遇见傅泽永，就面无表情地半鞠一躬，唤一声："父亲。"

傅泽永活到今天，从没见过第二个活人这么唤自己亲爹。他每次听到这声端庄肃穆、冰冻三尺的"父亲"，都觉得自己又折了一秒的寿。

女儿傅思则将与他作对视为己任，父女俩一谈话就吵架，一吵架，她就拎包出门上飞机，去伦敦的广场喂鸽子。

有一日，傅泽永训斥傅思没上进心，傅思顶嘴时又拿他娇滴滴的女秘书说事儿，两人狠狠吵了一架后，她又拎包出门去喂鸽子了，傅泽永猜测，半个伦敦的鸽子都是她养活的。

傅泽永寂寞如雪，一边回想着自己的峥嵘岁月，一边在公司里游荡，不觉间游荡到了吕闲所在的部门。

此时的吕闲正捧着一沓报表不知要送往何处，在走廊里迎面遇见了傅泽永。

四目相对，傅泽永阴沉着脸。

吕闲想了想，端正了态度半鞠一躬，肃穆道："老总。"

傅泽永还没来得及说什么，吕闲已经与他擦肩而过，走远了。

夕
阳
红

于是傅泽永的脸色更阴沉了。他猛然间又想起了那张空白支票，喊道："站住。"

吕闲回望。

傅泽永："你……"

总裁有总裁的矜持，空白支票已经给出去了，总不能追着人问什么时候兑现。于是傅泽永拐弯抹角地提醒他："你儿子现在还好吗？"

吕闲："报告总裁，他在那家合作公司里勤勤恳恳，老实上班，没再勾搭谁家闺女。"

傅泽永："这种细节就不必报告了。"

吕闲看着傅泽永的脸色，几秒后似乎恍然大悟，笑道："一直没机会感谢您网开一面，我请您喝杯咖啡吧。就门口那家，这个月在搞活动呢，您知道吗？"

傅泽永的公司占地很大，内部设有咖啡店。

吕闲走去柜台，点了一杯最便宜的咖啡，活动价 15 块 8 角。

傅泽永："……"

他找了张桌子坐下等着，想看看吕闲还要找什么理由扣着支票。

吕闲端着那杯咖啡走过来，直接搁到了傅泽永面前："您慢慢喝，我还要去送报表。"

傅泽永："……"

傅泽永眼睁睁地看着吕闲捧着报表远去，只用了 15 块 8 角就把自己打发了。

他坐在原地，把咖啡一口一口喝完，决定回去就炒了吕闲。

傅泽永丢了空杯子，打开手机，忽然冒出一个念头。他仔仔细细翻了一遍未读消息，果然找到了一条被自己忽略的通知短信，那张空白支票在一天前就被兑现了。

吕闲一共取了 15 块 8 角。

傅泽永愣了一下，怒极反笑。

不要钱？这是在嘲笑自己吗？还是想让自己觉得亏欠他？

既然不要钱，当时为什么要拿走支票，又为什么要等这么久才兑现？难道是吊着自己，作为一种报复？

傅泽永想了很多种可能，然而从吕闲那张怠懒的脸上，又实在揣测不出他的内心活动。

两个月后，下属向傅泽永汇报："您上次让我调查的那个吕曦，在新公司又被辞退了。据说是因为男女关系。"

下属知道傅泽永替傅思赶走那癞蛤蟆的事，所以通报这个消息，用意是讨好傅泽永。

傅泽永愣了一下，然后把傅思叫到办公室："我一早说了那家伙不是个好人，你不信……"

傅思："我现在信了。"

傅泽永："嗯？"

傅思："我已经看穿他的真面目了。谢谢你。"傅思的表情十分别扭，说完就走了。

傅泽永心情忽然大好。

可怜天下父母心哪。不容易，不容易。

接着他又想起了吕闲，于是又把吕闲叫到办公室："你儿子……"

傅泽永本来想问：你儿子失业，你又没拿我的钱，你这么点儿工资，日子能过得下去吗？

岂料吕闲只听了个开头，就开始点头哈腰："老总真是眼观六路，耳听八方，我儿子那点儿破事儿上午才发生，下午就被您老知道了，活神仙哪。"

傅泽永："……"

吕闲："我儿子的确人品不行，上次在这里顶撞您是我不对，请您大人不记小人过。"

傅泽永："我本来就没计较……"

吕闲："老总英明！老总这么宽宏大量，再给他一次机会把他招回来呗？"

夕阳红

　　傅泽永眉头一皱："你……"

　　吕闲歪在椅子上，露出死皮赖脸的微笑。他身上有很重的烟味，嘴角开裂了，眼角还有点儿发红。

　　傅泽永突然明白了：吕闲以为自己把他叫来是为了羞辱他，于是他抢先跳进泥里滚一滚，试图借此堵上自己的嘴。

　　傅泽永猜得没错，吕闲此刻只想尽快把他激怒了，长痛不如短痛，最好他下一秒就让吕闲走人。岂料傅泽永盯着吕闲那张死气沉沉的脸看了半晌，露出了若有所思的表情。

　　傅泽永冷不防冒出一句："我是不是在哪里见过你？"

　　吕闲搁在大腿上的手触电般缩了缩，面不改色道："别开玩笑了，我哪有福气被您看见！"

　　傅泽永一想，似乎被说服了："也对。"

　　吕闲无声无息地松了口气。

　　傅泽永话锋一转："我这儿的确有个机会，但不能给你儿子，只能给你。"

　　吕闲愣住了。

　　傅泽永："你儿子已经没救了，但你工作能力还过得去。"

　　傅泽永指了指站在一旁待命的女秘书："以后我秘书不出现在办公室里了。"

　　女秘书冲吕闲笑了笑。

　　傅泽永："所以我需要一个为她分担一点儿活儿的助理。你待在这里，负责基础文书工作，帮我接电话和打电话，还有些日常的杂事。工资涨三倍。"

　　吕闲："……"

　　傅泽永："顺带一提，你只有转岗和离职两个选择。"

　　吕闲知道傅泽永不可能纯粹只是发善心，八成是真的需要添个助理，但他这一次却没有立刻托马斯全旋式地折腰。

　　傅泽永打破了他的"咸鱼"计划，也并未指望他感恩戴德，而是气定神闲道："我给你两天时间考虑一下。"

　　某财团继承人举办生日宴会，傅泽永接了邀请函，不得不捧这个场。那人叫晋高临，比傅泽永年轻几岁，平时不管事，因为沉迷酒色而发福显老。席上男男女女无不盛装出场，笑靥如花地围绕在他身旁。

　　时间过了午夜，宴会主人喝了酒，一手搂着一个，手开始不老实起来。

　　傅泽永也喝上脸了，眯眼笑着与人寒暄。有人上前搭讪，被傅泽永不着痕迹地避开了。

　　同行的商业伙伴问："你怎么突然洁身自好了？"

　　傅泽永："我口味比较挑。"

　　"得了吧，谁不知道你当年……"

　　另一个人突然插话："别光说人家，你自己这些年谈过多少人，还记得清不？"

　　"别说名字，脸都忘了。"

　　商业伙伴搂着个落单的小明星。"真的，你为啥一直不来投资影视圈呢？美人一大把啊，想谈什么样的，应有尽有……"他远远指了指大佬，"那位现在已经算是金盆洗手了，想当初那壮举，啧啧啧……"

　　傅泽永打着哈哈，掩饰了眼中一闪而逝的厌恶。

　　吕闲在做梦。

　　梦里他又回到了某个久远的宴席上。宴席的主人当着所有宾客的面，对着他不怀好意地打开了一瓶香槟。

　　众人嘲讽的笑声在四周回荡。

　　当年的吕闲是个小演员，没背景，混了数年也只是在几部电视剧里跑过龙套。后来有个小导演私下找他，说看重他，他也信任了对方。接着吕闲跟那姓胡的小导演打拼了三年，其间因为意外，他在乡下抱养了一个孩子。

　　之后，吕闲也终于得到机会开始出演男四号、男五号，十分满足。

夕
阳
红

三年之后，经济危机席卷全国，胡导因投入大半身家的一部戏遭到撤资，终日借酒消愁。又过了数月，胡导等不到转机，带着他四处往饭局上凑，试图寻找投资。

在饭局上，胡导见到了一个似乎很有背景的投资商。"似乎很有背景"，是他根据胡导谄媚的笑容推断出的。

那投资商在饭局上拿酒灌吕闲，他找了个借口干脆地拒绝了。

在此之前，他的人生尚算顺利。

宾客们满是醉意的起哄声响起。

污浊的香槟酒顺着他的下巴往下淌。

"来吧，谁看上了，领回去呗！"宴席主人大方地将他往人群里一推，众人慌忙笑着躲闪。

他被推到一个人的旁边，那人嫌恶地推开他，露出了粘上呕吐物一般的表情。

梦中的他静静望着傅泽永年轻时的脸，没有任何反应。

…………

"我救不了你……"胡导跪在地上，将遍体鳞伤的他拦在家门外，眼中全是恐惧，"你得罪了不该得罪的人，求你走吧，我真的没有办法……"

…………

"对不起啊，你的那个……不雅照片……流传太广，剧组承担不起负面影响。"负责人焦虑地抹抹汗，"说到底是你带来的麻烦，这角色只好换人了，相信你能理解。"

…………

"爸爸！爸爸！"孩童在哭叫，"学校里的小朋友为什么要打我？"

…………

吕闲在午夜惊醒，胃里一阵阵地抽疼，身上的皮肤又疼又烫，仿佛刚被燎出满身的水泡。他木然地平躺在床上，听着自己颤抖的呼吸声。没关系，这种感觉很快就会过去的，就像之前无数次那样，只要他耐心等待……

他躺了一阵，才发现自己是被门厅那里传来的动静吵醒的。

吕曦正摸着黑磕磕绊绊地往自己房间走。

吕闲捂着胃走出卧房，打开灯："你去哪里了？"

吕曦一身酒气，没有回答。

吕闲："坐下，我们谈谈。"

吕曦顶着黑眼圈看了看他，走到沙发坐下了。

吕闲："不是答应我会老实工作的吗，为什么要去招惹副总的老婆？"

吕曦："她先勾搭我的。"

吕闲："她许诺你什么了？又是什么一步登天的捷径？"

吕曦不吭声。

吕闲盘腿坐在他对面的地板上，仰头看着他。他能在这张年轻的脸上看见野心、贪婪，还有那永不熄灭的熊熊怒火。他还能看见那个幼小的孩子咯咯笑着，满心信任地扑向他的怀抱，相信他永远会将自己接住。

一切是怎么走到这一步的呢？

皮肤灼烫的感觉已经消失了，他感到浑身发冷，冷得像沉入海底的石头。他是真的老了。

"小阳，你是不是很后悔被我收养？"

吕曦吃惊地看着吕闲，眼圈慢慢红了。

吕闲叹了口气："我没有当个好爸爸，对不起。你长大了，该对自己的人生负责了。以后你还愿意回家，就回来住。除此之外，不必再把我当父亲。"

吕闲不再等待吕曦的回答，站起来慢慢走回了卧房。

翌日，他站到傅泽永面前，半鞠躬道："谢谢老总赏饭吃。"

吕闲进到总裁办公室后，在工作态度上并没有明显转变。

他依旧维持着一贯的行事风格。傅泽永交代任务后，他就会第

夕
阳
红

一时间动起来，高效率、零失误地完成，而在完成后的下一秒，他就会像断了电般，坐在办公室角落的桌子后，假装自己是一个盆栽。只要傅泽永不跟他说话，他可以一整天都不发出任何声音。

傅泽永每次从手头的工作里抬起头，看见那张神游天外的脸，都觉得辣眼睛，恨不得在他的桌子上刻一条励志格言。

傅泽永虽然招了吕闲当助理，倒也不需要他做多少事。

傅泽永年轻时风流成性，如今带一个比傅思还小的女秘书在身边，即使真的不干什么，也会让人浮想联翩，傅思屡次抗议过这一点。现在傅思在恋爱一事上听了他的话，所以他也略做妥协，让女秘书分了些琐事给吕闲，然后叫女秘书去负责其他业务，不必一直待在他身边。

傅思对他的这个新助理表示了高度肯定。

傅谨则在这周的例行汇报结束后，转身走出房门之前，面无表情道："父亲。"

傅泽永点点头："什么事，壮壮？"

被报复性地唤了小名的傅谨嘴角一抽，脸色愈发冷淡了下去，他缓缓朝角落里的吕闲望了一眼："父亲，请注意公众形象。"

傅泽永抬头——这不正是因为注意了"公众形象"才招的人吗？

儿子离开后，傅泽永又打量了一下吕闲，皱起了眉。

他之前看惯了吕闲这一身腌咸菜似的打扮，竟然没觉得有问题，但经儿子这么一提醒，他才意识到，以后吕闲是要跟着自己出现在各种对外场合的，比如三天后的股东大会。

傅泽永叫了吕闲一声："你今天下班后，去理个发，然后给自己买身西装。定制来不及了，就买成衣吧。"

吕闲转过头，茫然地看着傅泽永。

傅泽永："发型我给你几张参考图，西装我给你列几个牌子。"

吕闲依旧茫然地看着傅泽永。

傅泽永："怎么？"

吕闲："报销吗？"

　　傅泽永深吸了一口气："我觉得你没搞明白，作为总裁助理，维护自身形象是你的工作职责之一。"

　　吕闲："不报销吗？"

　　傅泽永额头青筋直跳："我已经给你涨了三倍工资，你每天就干这么点儿破事儿！"

　　吕闲仿佛没有察觉他的怒气，自顾自陷入了沉思："不报销的话，我能去网上淘一下高仿吗？其实看着也差不多……"

　　傅泽永给自己倒了杯凉水，一口灌下，才勉强找回心平气和的声音。他无力道："报销，报销。"

　　吕闲："哎，谢谢老总！小的下班就去。"

　　吕闲拿着老总的钱，再也不心疼，出门打了个的，找了家高端理发店，点了位最贵的理发师，叫Kevin，折腾了一小时，接着又直奔傅泽永交代的品牌男装店。

　　翌日吕闲来办公室报到时，已经改换了行头。

　　吕闲："老总，这样行吗？"

　　傅泽永神情复杂地将他从头打量到脚："你穿正装的时候，能不能给我抬头挺胸？"

　　吕闲听话地挺了挺胸。

　　傅泽永又将他从脚打量到头，无力道："就这样吧。"

　　傅泽永百思不得其解，为什么有人穿着如此挺括的正装、光亮的皮鞋，看上去却依旧是一条咸鱼。

　　这简直是人类未解之谜了。

　　吕闲转去洗手间，对着镜子拨了一下新剪的头发，凝视着自己的脸。二十年了，生活将人刀削斧劈，雕刻出了另一副模样。

　　不会有人认出来的，他在心中安慰自己。

　　若不是生计所迫，确实需要这涨了三倍的工资，他可能真的会选择卷铺盖走人。

　　在那个年代，他被丑闻逼到退圈，又被胡导拦在家门外，不得不另寻生计与住处。

The Setting Sun

夕阳红

　　八卦无论在何时都是传得最快的，他的家人朋友很快就都听见了传闻，纷纷与他断绝了往来。就连吕曦同学的家长都闹到学校，要求学校赶走"那种人的小孩"。

　　他走投无路，改了身份证上的名字，带着吕曦辗转流浪了好几个城市，换了无数没有合同的工作，有时能讨到工资，有时不能。

　　直到几年之后，人们逐渐遗忘了他当初的丑闻，也认不出他的面容了，他才在这个城市安顿下来，从头学习，成了一个小会计。

　　那时候，傅泽永的公司初具规模，还没有成为今日的庞然大物。吕闲在此工作时，曾经远远看见过总裁的脸。

　　吕闲当时立即认出了那张相当英俊的脸，毕竟他每做一次噩梦，就会重温一遍当时的场景。

　　他还记得，当自己被推到傅泽永身边时，傅泽永嫌恶地推开了他。那避之唯恐不及的眼神，反而令他感到安全——傅泽永与那投资商不是同一类人，这就够了。

　　从那之后，吕闲就安心地躲在傅泽永公司的角落里，日复一日地朝九晚五。他不敢跳槽，也不敢升职。他小心谨慎地避开一切崭露锋芒或抛头露面的机会，于是这种沉默与逃避渐渐成为一种本能，成为自身气质的一部分。

　　没有什么抱负，没有什么指望，每年生日许的愿都是"平安无事到老"。

　　直到现在。

　　股东大会当日，吕闲亦步亦趋地跟在老总屁股后头，一声不吭地拎包倒水递文件。接待厅里有人找傅泽永寒暄，他就退开几步低头数地砖。会议室里傅泽永上台讲话，他就走到阴影处扮演盆栽。

　　一天的会议结束，一切都很顺利。

　　傅泽永站在大门边送客，吕闲在他身后继续数地砖。其间傅思走了过来，与傅泽永说了几句话后，无意间看了吕闲一眼。

　　傅思："不错嘛，大变样了。咦，你长得有点儿像……那个……那个……"

吕闲脸色一白。

傅思："啊，想不起来了。"

傅泽永："……"

　　傅泽永在心里给吕闲预设了一个月的试用期。如今一个月过去了，吕闲的表现不温不火，股东大会等重要场合也没犯错，当个处理琐事的助理已是绰绰有余。

　　然而，吕闲从股东大会回来之后，状态就不太对劲，时常心不在焉。

　　"喂。"傅泽永不得不喊他。

　　吕闲回过神来："老总有何吩咐？"

　　"倒杯咖啡，说了两遍了……"

　　吕闲赶紧一边认错，一边去找咖啡壶。

　　傅泽永皱眉看着他："这两天怎么心不在焉的？"

　　吕闲倒完咖啡，沉默了片刻，忽然唤了声："老总。"

　　傅泽永一听他严肃的口吻，心里咯噔一声。

　　其实，最近傅泽永的脑子里时不时就会转过一个念头：我见过他吗？我没见过他吗？见过的话，又怎会毫无记忆？没见过的话，又怎会连傅思都觉得他眼熟？

　　"什么事？"傅泽永也开始严肃了起来。

　　吕闲搓搓手，开口了："上次你让我去买西装，我还买了双皮鞋……能一起报销吗？"

　　傅泽永："……"

　　傅泽永简直无力吐槽："报。"

　　吕闲点头哈腰："谢谢老总，老总圣明。"

　　傅泽永不耐烦地挥挥手："干你的活儿去。"

　　吕闲却没有马上离开，又安静地站了一会儿。

　　吕闲："老总。"

　　傅泽永："又怎么了？"

夕阳红

吕闲似乎有些难以启齿："那什么……如果有一天，我当不成助理了，还能回去当会计吗？"

傅泽永难以理解地看着他："你已经过了试用期。"

吕闲："只是做个假设，万一有那天呢？要是我……在工作上没犯啥错，可不可以给个继续为公司发光发热的机会？"

傅泽永更加费解了："只要不犯什么大错，我是不会轻易炒谁鱿鱼的。"

吕闲似乎松了口气。

傅泽永十分看不惯他这德性："没事儿就想着回去当会计。人生在世，你就不能有点儿上进心？"

吕闲："是是是，老总教训的是。"

傅泽永："……"

吕闲回到家，吕曦又不在。

吕曦之前投了一段时间简历，天天自个儿跑出去应聘。虽然前两份工作都极其短暂，影响了印象分，但他的专业素质确实没有问题，又一表人才、彬彬有礼，也愿意接受低薪，所以不久之后，还是收到了录用通知。

从那之后，吕曦就继续去上班，下了班也不回家，留在公司加班到很晚，往往深夜方归。

吕闲如今也不去探问他的近况了。

自从吕闲对他讲出那番话之后，两人已经很久没有交流过了。

几日后，傅思破天荒地主动发了条信息给傅泽永：爸，有件事跟你说。

傅泽永回复：什么事？

傅思开门见山：我想起在哪里看见过你的那位新助理了。前段时间上网的时候看到过一个帖子……

她发了条链接过来，帖子的名字叫"盘点影视圈当年昙花一现的美人"。

傅思又发来一张截图，附上文字：这里提到了他。

截图里是一张很有年代感的旧照。二十年前的吕闲一身古装，长发披肩，对着镜头微微含笑。

旧照底下还有几句点评："叶宾鸿的颜值实在是没话说了，演技也相当不错，可惜才刚有点儿名气就爆出了丑闻，参加富豪派对，当年著名的'香槟酒瓶'事件就是他搞出来的……那之后他就彻底销声匿迹……"

傅泽永的手心有点儿发凉。他抬头看了一眼正在帮自己整理文件的吕闲，然后低头回复傅思：你确定是他？

傅思：不确定，所以我托人去查了他的曾用名。的确是叶宾鸿。

傅泽永缓缓打字：我知道了。

傅思：我没有声张，现在只有你知道，但难保别人不会看见这个帖子……他再公开露面恐怕不合适。他在公司待了十几年了，有功无过，你手下留情。

傅泽永回复：你不用管了，我来处理。

傅泽永浑身发凉。他也终于想起在哪里见过吕闲了。

当年的他英俊多金，看人的眼光很高，对娱乐圈里的浑水非常鄙夷，所以一看见吕闲在那个聚会上被推来搡去，就本能地心生厌恶。

后来吕闲被推到了他身旁。

他飞快推开吕闲的时候，两人的目光短暂相遇，他看清了吕闲的表情。傅泽永一瞬间有些错愕，又很快说服自己只是错觉。

那场聚会一周之后，他在饭桌上听当时的狐朋狗友嘻嘻哈哈地说起了这桩八卦："得罪谁不好，非要得罪晋高临……"

傅泽永的耳朵动了动，问："他怎么得罪那人了？"

"据说是连条件都没听就直接拒绝了，还恰巧被旁人听见了。大佬觉得丢了面子，设计了那一出整他。"

傅泽永不自觉地停了筷子："那他现在呢？"

"谁知道？当时没死也多半自杀了。"

死了。

傅泽永的心中莫名其妙地闪过了微薄的愧疚之情。虽然极其微薄，但已经是他这辈子屈指可数的愧疚体验，所以留下了淡淡的印象。

如果当时自己把他扶起来，哪怕是帮他说几句话……傅泽永心里清楚，这也只是想想而已，毕竟对方是连他也得罪不起的人物。

他万万没想到这个人还活着，而且这么多年以来，一直活在离自己五百米外的小办公室里。

傅泽永又偷偷望向吕闲。

是老了。二十年的时光在他脸上留下了细纹，当年的胶原蛋白早就彻底流失，因而两颊消瘦，还透出青青的胡茬。最明显的变化还是眼睛。他一直觉得吕闲的眼神令人不爽，如今想来，就是因为里面已经毫无神采。

傅泽永觉得傅思说得对，既然她能发现，公司里迟早也会有其他人发现。

即使吕闲矢口不认，但稍有势力的人找个门路查查他的曾用名，一切黑历史就会重新暴露在阳光之下。

这么多年，吕闲会不会就是因为这个原因才不升职，只敢隐姓埋名、混吃等死？

傅泽永知道自己现在应该考虑怎么处理吕闲，然而他的心思根本无法停留在这个问题上。他忍不住想问问吕闲，当年是怎么活下来的，这些年又是怎么过来的。为什么会来自己的公司？是巧合，还是对自己有过某种信任？

我帮不了你啊……

接着傅泽永又反应过来，"出头""复仇"云云，全是站在自己这种高度的人才会有的想法。自己如果想弄死对方，花十多年的时间进行周密的计划，说不定还是能成的。

至于吕闲，显然压根儿没指望过蚍蜉撼树。他最大的指望，恐怕就是在被发现之前多报销几张发票。

晚上，傅泽永躺在床上，依旧满脑子想的都是这些事。

傅泽永心想，傅思肯定不知道多年前自己与吕闲打过照面，那么吕闲呢，他还记得出现在那场聚会上的自己吗？

如果不记得，那他是抱着什么样的心情来探自己的口风，问出"如果有一天，我当不成助理了，还能回去当会计吗"这样的话呢？

傅泽永摸出手机，搜了一下吕闲的曾用名。下一秒，屏幕上就跳出了许多图片。

当年的吕闲从未大红，也没留下多少写真，所以傅泽永搜出的这些结果，都是网上迷恋他长相的一群人从早年电视剧里截出的图片。

确实是好看，而且不是谦谦君子温润如玉的那种中规中矩款。

年轻而优美的眉眼，偏偏暗藏一股邪门儿的杀气。傅泽永一时想不出合适的形容，好在网上那些粉丝毫不吝惜辞藻地给了提示："像一只扮成仙人的狐狸精，你求他指路，他就把你指到井里去。"

傅泽永似乎明白了当初那人为何会觊觎吕闲，同时也明白了吕闲为何让对方那样暴怒。

傅泽永又顺着截图下面的链接找到了有吕闲出场的那集电视剧。他打开视频，顿时惊了：没人告诉他，吕闲在里面反串了个青楼女子。

那古装剧的剧情相当大胆，直接让吕闲穿着一身红衣，端着酒盏，摇曳生姿地招待客人。

只见那客人笑着仰起头，吕闲就举起酒盏朝客人嘴里倒。客人喝完酒，忽然，画面一转，吕闲摸出暗藏的匕首，笑吟吟地捅向客人，顿时血溅三尺。

傅泽永失眠了。

第二天，傅泽永一整天没对吕闲说话。现在他一看见吕闲，眼前就浮现出一件红衣。

为了忘记这个画面，他又开着静音偷偷看了吕闲的其他几个视频。

夕阳红

吕闲演的都是配角，戏份不多，大多数时候都站在主角身后当背景，却往往把主角反衬得黯淡无光。如果没有那件事，他在业内混到今天，说不定也能混成个行业前辈级别的人物。

傅泽永想象了一下一位俊美、儒雅又潇洒的影帝，回过神来看看现实里的吕闲，只觉得刺眼。

可再怎么刺眼，该处理的问题还是要处理的，比如给吕闲换个新岗位。

真的勇士，敢于直面自己的失眠源头。

傅泽永终于对吕闲说出了今天的第一句话："下班后别急着走，有点儿安排跟你说。"

吕闲愣了愣，为难道："我今天家里有点儿事，可以等明天吗？"

傅泽永："什么事？"

"我儿子生日。"吕闲说完，又想起傅泽永特别不待见自己那养子，心里有点儿忐忑。

傅泽永沉默了一下："那你去吧。"

"谢谢老总。"吕闲真心实意地露出了一个感激的微笑。

傅泽永又硌硬了。

吕闲走出公司时遇到了以前同一间办公室的同事，主动打了声招呼。可是对方没有应声，望过来的眼神也怪怪的。

吕闲"咸鱼"了这么多年，却突然莫名其妙地获得总裁的青眼，摇身一变成了总裁助理，空降到了前同事们的上级部门，大家有点儿情绪也是自然的。因此，吕闲也没多想，赶去买了食材，回到家做了一桌子菜。

吕曦当年被吕闲收养前，是个吃百家饭的孤儿，村里没人记得他的出生日期，所以吕闲就把与他相遇的日子定为他的生日。

吕曦最近天天晚归，吕闲也不确定他今天会不会提早回来，但吕闲还是等在了桌边。

等过了饭点，等到了夜深，吕闲确定吕曦不可能回了，便自己草草扒了两口，把菜盘收拾进冰箱，回房睡觉。

直到凌晨，家门外才传来开锁声。

吕闲听见动静，推开房门说了一句："生日快乐。"

吕曦闻言一愣，似乎刚想起来："谢谢。"

吕闲："没庆祝吗？"

吕曦："反正也不是真的生日。"

吕闲被这句话扎心了，顿了顿道："也对。"

吕闲回到床上，睁眼躺着。许久之后，他听见厨房里传来了模糊的动静。吕曦从冰箱里翻出他做的菜，闷不作声地吃了。

傅泽永当天没找到机会跟吕闲谈"黑历史"与转岗的事情，之后又总有些不忍心开口。

就这样拖了近一个月，傅谨来做例行汇报了。

傅谨用机械的语气汇报完几个项目进程，然后语调毫无起伏地无缝衔接到了下一项："还有，公司最近有一些关于您助理的传闻，我已经派人查证。考虑到这件事的负面影响，希望您尽早处置。"

傅泽永："……"

吕闲："……"

办公室里一片寂静。

傅泽永突然动怒："这不在你的汇报范围内，就算要提也应该用邮件。"

傅谨寸步不让："涉及公司名声，我有责任关心。"

傅泽永最近几年有意隐退，在逐步放权给傅谨，没想到倒让他隐隐有了当家做主的气势。

傅泽永冷冷道："出去。"

傅谨目不斜视地出去了，仿佛角落里的吕闲并不是刚才谈话的主题，而是一袋垃圾。

室内只剩傅泽永和吕闲两人。

傅泽永的反应充分表明了他早已知情。吕闲平静得连自己都有

夕
阳
红

些诧异。他只觉得自己一生似乎都在恐惧这一刻的到来，而如今，这一刻终于来了，他反倒再也不用担惊受怕了。

傅泽永将吕闲叫到面前，端正了一下坐姿，摆出了认真倾听的架势。他问："你有什么想说的？"

吕闲不假思索地鞠躬："当年我年轻无知，一时财迷心窍，而今已经洗心革面，只求老总看在我没有功劳也有苦劳的分儿上，让我回去当个会计……"

知道真相的傅泽永目瞪口呆地看着他。

傅泽永："就这些？"

吕闲冥思苦想。

傅泽永缓缓地问："你当年，有没有什么苦衷？"

吕闲恍然大悟："有的，有的。"

傅泽永："……"

吕闲："我当时上有老母下有幼子……嗯，家父不幸欠下赌债……哦，对，还被查出身患绝症，急需用钱……"

傅泽永："……"

吕闲全身都散发着"只要别赶我走，你想听三十二集我都编给你听"的诚恳气息。

傅泽永不得不承认，这发展不在他的预料之中。在这漫长的一个月里，他已经反复思量过许多遍，自己愿意给出多少帮助。可真到了这一刻，他才发现，对方根本不打算说出隐情，也就是根本不指望他相信，对他更没有任何期许。

他有点儿火大，冲口而出："如果我不同意留下你呢？"

吕闲愣了愣，抬眼与他对视着。傅泽永觉得这人几乎就要开口求情了，可又不知为何，一阵肉眼可见的疲惫拖住了他，将他的双唇重新粘在了一起。

最终吕闲说出的是："那支票能不能再给一张？"

傅泽永："……"

吕闲："不需要很多，稍微给点儿就行。我家的情况你也知道，我儿子最近很努力，但是离独当一面养活自己还有点儿距离，需要一两年……"

傅泽永悚然一惊。他看着双目无神的吕闲，脑中不知为何转过了一个念头：等你儿子能养活自己以后，你要干什么？

眼前之人已经被摧残得连心怀希望的力气都不剩了。一旦等他确定不用再牵挂儿子，他可能真的会选择自杀。

傅泽永原本只打算给他点儿经济支援，此刻却当机立断地收回了已经递出支票的手。

他在心里把要说的话斟酌了三遍，才若无其事道："人不能不劳而获。你先回去继续当会计。"

吕闲对傅泽永悄然冒出的冷汗毫无察觉："谢谢老总，我一定好好工作报答您的恩情。那我先收拾东西回原位了。"

傅泽永没有阻拦。他看着吕闲离去时忽然有些佝偻的背影，心中明知道自己这样做毫无用处，却还是再一次想，假如那个时候自己拉他一把……

傅泽永并不是活菩萨，如果再给他一次机会，他那时依旧不会为了一个陌生人与某财团的继承人作对。然而人类的补偿心理，总会唤醒一些仿佛早已沉没于时光的旧恨，比如小时候大哭大闹也没能讨到的那包糖果、青春期因为肥胖而追不到的那个女生。

又比如二十年前未伸出的那只手。

傅泽永回头一查，找出了公司里那些传闻的来源。

前段时间，有好事的员工翻八卦帖时看见了吕闲的照片，觉得图中的人与总裁身边的新助理有些相似，竟然将它分享到了自己办公室的聊天群里。

吕闲这些年变了很多，但如果将五官与之前的照片一一比对，却都对得上号。最关键的是，照片中的人侧脸上有颗痣，而吕闲的侧脸上却有个非常小的疤。

八卦在员工间一传十，十传百，传播的速度惊人，一时成了公司内部的热门话题。

夕阳红

吕闲之前突然升职，如今又突然被调回原部门，尽管没有被开除，却似乎已经能说明很多问题了。所以，他回到原来的工位后，受到的待遇着实不算友好。

同一间办公室里的同事尚且碍着面子，态度变化仅仅体现在"吃饭不叫他""团建不带他"之类的琐事上，而他一旦走出办公室，就总有人对他指指点点，伴随着知情人的窃窃私语、不知情者的急切询问、若干声没有控制音量的"不可能吧"。

对这一切，吕闲只当不知。

当事人的反应太消极，八卦又没有新发展，这一阵热度渐渐过去了。说到底，大多数人其实是不相信的，但总有人并不满足于遥遥围观。

一日，有个员工直接去那个八卦帖里匿名回复："图里这个人在我们公司当会计！多少年没有升职过，前段时间莫名其妙突然就跟着老总混了！如今看来真是本性难移啊……"

然而吕闲实在太没名气了，这条回复只引来寥寥几人围观：没图你说什么？

该员工不服了，找来了一张吕闲的照片：你们看这鼻子、这眼睛，还有侧脸这个疤。

这回多吸引了几个人：仔细看是有点儿像……

但还有人说：说像的是在搞笑吗？这脸修得太明显了吧？

该员工更不服了：我有必要骗人吗？我直接去拍视频！

话虽如此，那员工也不敢直接在公司里追着人拍。

但吕闲总是要下班的。

公司大多数老员工都住在附近的居民区，此人知道吕闲与自己同路，就在下班后跟着吕闲走了一段路，边走边举起手机，却只能拍到背影。

恰在此时，吕闲转进了超市买菜。

该员工立即跟上，趁他在柜台付钱，站在不远处开始了拍摄。

吕闲毕竟当过那么久演员，对镜头十分敏感，偶然一抬头，立即发现了此人。他近乎条件反射地转身就逃，冲出超市大门，跑下台阶时还被行人绊倒，重重摔了一跤。

拍摄的人原以为吕闲会上前与他理论，却没想到对方如此心虚，忍不住被逗笑了。

吕闲一瘸一拐地回了家，进门时却发现吕曦已经在家了。他看了吕曦一眼，什么也没说，魂不守舍地走向厨房。

吕曦今天难得准时下班，却看见吕闲这副模样，吃了一惊，问："你怎么了？"

吕闲不回答。

吕曦怒了："谁干的？"

吕闲沉默片刻，似乎刚刚听见他的问题："我自己摔的。"

吕曦也沉默了。

他实在太熟悉吕闲的这种状态了——这是他童年的噩梦：一片死寂的蜗居，恍恍惚惚的养父，偶尔出现在养父或自己身上的伤痕。

吕曦转身进了自己的房间，拿出手机，抖着手在搜索框内敲下了吕闲的曾用名，就像敲开一片厚厚的痂。他一眼就看见了那个八卦帖，于是点了进去，发现了回帖里那个刚刚发出来的超市视频。

晚饭时吕曦一直在沉思，饭后他回到房里，给那个匿名账号发去了一条私信：你好，我是××报娱乐版的记者，请问你能把刚才那个视频的高清版发到我邮箱吗？我愿意付费。

他报了一个价格，对方果然很快发来了邮件。

吕曦看了看对方邮件账号的前缀名，是一个昵称。虽然他已经不在傅泽永的公司了，却一直忘了退出公司的聊天群。此刻，他打开群成员列表，搜索起了那个昵称。

第二天中午，吕闲吃完饭从食堂回办公室的路上，突然听见外面走廊尽头传来了一阵喧哗，夹杂着怒吼与痛呼声。

走廊里已经站了不少围观群众，只见一个地痞流氓般打扮的男

夕阳红

人正在暴揍一名员工，一拳又一拳照着他的肚子打。

吕闲认出那个员工正是昨天偷拍自己的人，一时愣住了。

那男人不知怎么混进来的，战斗力惊人，最后上了五六个员工才把他拉到一边。那男人被制住手脚，丝毫不惧，大吼道："这人欠了赌债不还！我要他血偿！"

有人报了警，警察来了。

警察："为什么打人？"

那男人："他欠钱不还。"

员工："我不是！我没有！"

警察："证据呢？"

那男人："借条被他偷去烧了。"

警察："你打了人，要被拘留的。"

那男人一副毫不在意的样子："走呗。"

大家议论纷纷，那被打的员工目眦尽裂，突然在人群中看见了吕闲，双目发红地一指："是他！一定是他花钱让人打我！"

警察："他为什么要打你？"

那员工将心一横："因为我揭露了他的丑闻！"

围观群众顿时如同中了彩票般兴奋。

警察走到吕闲面前："有这回事吗？"

吕闲一脸呆滞，思绪却飞转——唯一有可能干这件事的人就是吕曦。

他心中一暖，随即却陷入了恐惧中。吕曦虽然没有亲自动手，但能确保不留下任何蛛丝马迹吗？一旦警察去查，会不会拘留他？他的新工作才刚刚步入正轨，万一因此又丢了饭碗怎么办？

于是吕闲缓缓地说："是我干的。"

这出闹剧传到傅泽永耳中时，傅泽永正在翻那个八卦帖。

他看完了超市视频，左右看看无从泄愤，抄起手机想掼到地上，又在最后一秒忍住了——这手机还有用。

傅泽永打了两通电话，第一通是托人删了那帖子，第二通则是让人追查那匿名用户的 IP 地址。

这时女秘书来报，说有个地痞闹事，被打的员工坚称吕闲是幕后主谋，结果吕闲也被带去派出所接受调查了。

傅泽永："行，我知道了。"

于是傅泽永又打了第三通电话。

吕闲刚进派出所大门，又被送佛似的送了出来。

吕闲站在门边一脸迷惑，忽然听见身后有人说："没事了，出来吧。"

他一转身，看见了傅泽永的车子停在门外。

傅泽永摇下车窗："上来，我有话问你。"

吕闲上了副驾驶座，傅泽永发动车子上了街道，在市内漫无目的地兜圈。

傅泽永说是有话问他，却始终不开口。吕闲有些无措，盯着窗外出神良久，才找到合适的台词："谢谢老总救我出来。"

傅泽永一晒："被打的那个员工，就是偷拍你的人吗？"

吕闲："是。"

傅泽永："行，明天他就下岗了，那视频也不会再出现。"

吕闲又说了一遍："谢谢老总。"

傅泽永："这个不用谢，公司本来就不能留这种人当隐患，别的后续处理都在公关部的工作范畴里。"

吕闲想了想，换了句台词："不愧是老总。"

傅泽永："……"

傅泽永："打手是你儿子找的？"

"是我自己。"吕闲不假思索道。

傅泽永充耳不闻："可以，有种。我之前看他一文不值，现在看来，还是值那么两毛钱的。"

傅泽永之所以对吕曦抱有成见，不仅仅是因为他撩拨过自己的女儿，也是因为在酒吧里听见他嘲讽吕闲。在傅泽永看来，如果这

夕阳红

小兔崽子是自己生的，腿早已经被自己打成八段了。

吕闲也知道傅泽永视吕曦为垃圾，但他不怕吕曦被看不起，只怕吕曦被戒备、被提防，导致日后的路难走。

吕闲："您这两毛钱的肯定我一定转达给他，让他找个大金块刻成字供起来。但打手真不是他找的。"

傅泽永听出了吕闲隐藏得极深的小心翼翼，略觉不爽。

为了安抚自己的良心，傅泽永是想在力所能及的范围内帮帮吕闲的，而傅泽永这种人物的"力所能及的范围"可就"幅员辽阔"了，哪天他善心大发，帮吕闲换个假身份，甚至换张脸，再送他回去演戏都不是难事。

然而，这一切都建立在一个条件上：吕闲得先向他表达需求。

眼下吕闲不仅不提需求，连半句真话都欠奉。这就让傅泽永活像个追着人塞钱的二傻子。

傅大总裁一瞬间有些恼火，又莫名其妙地升起了斗志。他的生命中已经很久没有出现像样的挑战了，以至于他几乎忘了，比起一路畅通，自己更喜欢劈山开路。

把吕闲当成一道难题给解开吧。

傅泽永调整了一下策略："不说这个了，说说你吧。"

吕闲："我有什么好说的？"

傅泽永："你之前那些年，是因为害怕今天这种局面，才隐姓埋名、混吃等死吗？"

吕闲："不不不，纯粹是因为懒。"

傅泽永笑了："我觉得你对我有些误会。"

吕闲顿了顿，似乎不知道这话该怎么接。

傅泽永："你可以对我吐露一点儿真心话吗？只要一点儿，你就能通过我的反应，消除对我的误会。"

吕闲愣住了。他笑道："老总，我对您一直都非常诚恳。"

直到下了车回到家，吕闲内心的震动还未消减。

虽然傅泽永那句话说得极其委婉曲折，但主要意思是：无论你说什么我都会相信，决不出言质疑，决不伤害你。

简直是个好人了。

他从未想过傅泽永会是这种好人。说到底，他对"外界"与"他人"一直都是这样漠不关心的，自然也不曾用心观察。他此刻的感受无异于天上掉下来一张大饼，虽然极可能是假的，却也有可能是真的。

只要他试探着走出第一步……

可这第一步，迟到了二十年。

晚了啊，他的人生。

傅泽永回到公司后又思索了两天，投入程度令自己都惊讶。

商场如战场，决胜的秘诀在于找准对方的死穴。

两天后。

傅泽永："你知道你儿子的问题出在哪里吗？"

提到吕曦，吕闲不禁集中了一下注意力。

傅泽永："他老是走歪路，不是因为没上进心，而是因为眼界太窄了，把歪路当捷径。真正的捷径一直存在，只是没人教给他大局观。"

傅泽永说的是实话，吕曦活到这么大，在三流院校勉勉强强混了张文凭，一切跌爬滚打全凭直觉，确实没得到过什么指点。

傅泽永："你对我说几句实话，我就帮你提点提点你儿子。咱们等价交换。"

以傅泽永的地位和眼界，他哪怕随口指点两句，那也是千金难买。

吕闲不知道他脑子抽什么风。难道听听别人的悲惨生活，能让他在高处不胜寒的人生巅峰重获存在的意义？

吕闲沉默了足足三分钟："你想听什么？"

某种意义上，吕闲宁愿死都不想回头看一眼。但他如果不提往事，还能找到什么令对方满意的惨剧呢？

傅泽永耸耸肩："随便，你可以从低难度的开始。"

吕闲又考虑了更长时间："其实……"

"嗯。"傅泽永鼓励道。

吕闲："我二十年没有对象了。"

傅泽永："……"

吕闲："你让我说实话的。"

傅泽永原本想说"我想听的不是这种"，却又觉得这个也确实很惨了。吕闲坦白了这么惨的事，自己得拿出点儿尊重。

于是傅泽永说："我过两天下班后有空，你带上你儿子，我们去吃顿便饭。"

这就是答应给吕曦上课了。

吕闲一通感谢，又想到这顿饭肯定是自己买单，就琢磨着找个理由缺席——让傅泽永跟吕曦两人吃饭，可以少花一个人的饭钱。

他在想什么都写在了脸上，话还没出口，傅泽永就皱眉看了他一眼。

吕闲又顿悟：自己必须去现场负责感恩戴德。世上没有无缘无故的好事，他认定了傅泽永是忽然迷失了人生方向，要通过"扶弱济贫"找点儿成就感。

吕闲回家后，吕曦没提找打手的事，吕闲也没提进派出所的事，两人都当作无事发生过。

两天后，吕闲带着吕曦去跟傅泽永吃饭，而吕曦的表现出人意料地温顺谦卑。

傅泽永也没再拿黑历史呛他，反而心平气和道："你有什么想问的吗？"

吕曦："您说的任何话都会让我醍醐灌顶。"他点头哈腰的姿势深得其父真传。

吕闲在一边提议："您给他讲讲自己是怎么走到今天的吧。"

没人不爱吹牛。

果然傅泽永就开始侃侃而谈了。

吕闲全程保持着"厉害厉害""牛啊牛啊""这也行啊""乡巴佬式仰望"的表情。歪打正着的是，傅泽永用余光瞥到他的"乡巴佬式仰望"脸，居然真的微妙地受用。

傅泽永想到哪儿就说到哪儿，却不拿虚的忽悠人。发家史讲到一半，开始分析市场结构，又提了几句行业内情，末了大概觉得透底太多，转而推荐了一点儿阅读材料。

饭后吕闲掏钱买单，傅泽永没有阻拦。

回家之后，吕曦又把饭钱转给了吕闲，吕闲也没拒绝。

傅泽永的所谓"便饭"也不是常人吃得起的。吕曦或许是不愿浪费这学费，找来了傅泽永推荐的材料刻苦研读。吕闲看在眼中，倍感欣慰。

一周之后，吕闲去傅泽永的办公室求见，旁敲侧击地问："您什么时候有雅兴再去吃个饭啊？要不然来我家吃呢？我做饭手艺很好的。"

傅泽永一愣：把人邀到家里，这是什么剧情？

他看了看吕闲那写满了柴米油盐的脸色，懂了——敢情是想省钱。

傅泽永没能忍住笑："好哇。"

吕闲的家没有傅泽永想象中的那么破旧，两个大老爷们住的地方，居然收拾得很整齐。

傅泽永很久没看见人下厨了。他家里虽然有厨师，但他并不会没事就去厨房视察工作。以前虽然有人为了讨好他，想抓住他的胃，会很贤惠地系着围裙下个厨，但都是煲一小盅汤，或是做个甜点小蛋糕，奔的是情趣。

吕闲家的抽油烟机动静很大。此时他正在砧板上剁一只拔了毛的鸡，手起刀落，发出哐哐哐的声响，不时溅起几滴血沫。

傅泽永："……"

吕闲盖过哐哐声喊道："让开点儿，待会儿下油锅，溅到你的衣服我赔不起……"

傅泽永被赶出了厨房。

等吕闲将饭菜端上桌时，傅泽永才发现吕闲没系围裙，显然衣服非常不金贵。

三个人在桌边围坐，气氛有点儿诡异。

吕闲为表诚意，还开了瓶酒，傅泽永抿了一口就嫌弃地放下了。

餐厅空间很小，所以被灯光照得格外亮堂，菜香也仿佛格外浓郁。傅泽永吃了几口，停下了咀嚼的动作，想：我口味真是越来越重了。

傅泽永断断续续去吕闲家蹭了几次饭，给吕曦上了几堂课。随后他发现傅思当初看上这小子是有原因的——吕曦的确聪明过人，稍经点拨就进步显著，而且逐渐放松下来后，谈吐十分幽默，还会自我开解和自嘲。可吕曦不可能凭空长成这样，从他身上，傅泽永就能想象出吕闲在私底下的样子。

一个月后，傅泽永临走时问吕曦："布置给你的阅读材料都看完没？"

吕曦："看完了，有些感悟——"

傅泽永打断他："感悟不用靠嘴说，回头帮我做几份企划书，作为考核。"

吕闲将傅泽永送出门，照例千恩万谢。

傅泽永笑了笑："我的学费很贵，可不是几顿饭就能打发的。"

吕闲："……"

傅泽永停下脚步看着吕闲："我说过，我对你儿子的提点，要与你告诉我的实话等价交换。"

吕闲也望着傅泽永。这一个月的相处，已经让吕闲充分地感受到了傅泽永的善意。吕闲想不明白这善意因何而起，所以格外诚惶诚恐。

如果傅泽永做这么多，真的只是为了打探一出惨剧，那么自述

"惨剧"大概是自己唯一能给的报答了。

吕闲酝酿了一下:"说点儿什么呢?当年那个……那个丑闻……我不是自愿的。"

从傅泽永的表情里,他看不出傅泽永是信了,还是出于怜悯地装作信了。

吕闲又想了半天,万分艰难地组织出一句:"当时我手脚没力气,没法抵抗……"

傅泽永试图回想吕闲在现场的样子,可除了一道模糊的影子,他什么也想不起来了。

吕闲仿佛并不指望说服谁,他笑道:"不过没留证据,就算有,也被销毁了。"

傅泽永:"不需要证据。我相信你。"

傅泽永希望他再多说几句,至少解释一下手脚为何会没力气。但吕闲显然不准备直面回忆,而是迅速转移了话题:"还有,我们两个以前就见过。"

傅泽永眼皮一跳:"什么时候?"

吕闲:"我来公司的第八年。那天我在走廊上,有个人叫住我,大概是你的下属吧。她有什么急事要走,让我帮她送一份文件给你。"

傅泽永:"然后呢?"

吕闲:"我心里有鬼,一直尽量避免见人。但那活儿也不好再转交给谁,只好硬着头皮去了你办公室。我心里挺怕的,但你当时在听人汇报,只扫了我一眼,客气了一声'辛苦了'。"

只一打照面,他就明白为何这人能当总裁。同为人类,有些人天生就像恒星一样耀眼。

吕闲笑了笑:"老总一直是个很好的人。这些年多亏你赏一口饭吃,我当会计活得还算体面,现在儿子也长大了。你在不知情的时候,已经帮了我很多。"

傅泽永觉出了不对劲:"你想说什么?"

夕阳红

吕闲："你这样的人，可以去帮助更多更惨的人。"

傅泽永愣了愣："你觉得我在做慈善？"

吕闲："不是不是，我真的很感恩，但我没有办法报答你，压力很大……不然你告诉我，我能为你做点儿什么？"

傅泽永能说什么呢，说他就是想看看吕闲什么时候会求自己？这种话告诉对方，显然不合适。

于是傅泽永现编了一个美丽的谎言："我小时候，喜欢捡受伤的小鸟回家。小鸟特别惨，有些毛掉得不剩几根，还有些爪子也破了，站都站不起来。家人总劝我放弃，可我看不得它们那个样子，总是一晚上起来几次，喂水喂食，养到活蹦乱跳了再放飞。不是因为怜悯，纯粹是为了让自己舒心。"

吕闲："您的脑袋后面，有圣光。"

傅泽永也被自己恶心了一下，面色却很镇定："看着它们振翅高飞，令我愉悦。你想报答我，就再让我愉悦一次。"

傅泽永利用这个理由，开始主动实施"愉悦计划"。

比如拉吕闲去健身房锻炼。

傅泽永身为帅气多金的总裁，健身多年，看背影就非常帅气。可惜颓了二十年的吕闲，十分钟后就四仰八叉宣布"扑街"，再无力气欣赏他的英姿。

又比如借公务之名，带吕闲出国去开个会，全程用英文与大佬们谈笑风生。

大佬走开了，傅泽永转头问吕闲："听懂了吗？"

吕闲："完全不懂，老总真厉害，英文真溜，气质真好。"

傅泽永深吸一口气："可能是你这眼神的问题……"

吕闲："什么？"

傅泽永："无论你说什么，我都觉得你在拿我当傻子敷衍。"

吕闲立即矢口否认，然而傅泽永依旧有些沮丧——此时的吕闲与初遇时的吕闲，在态度上的转变并不明显，让他时常觉得对方从未真正信任过自己。

傅泽永将这一丝失落隐藏得滴水不漏："走吧。"

吕闲望着他的背影，心情复杂。

吕闲不瞎，但是在吕闲的心中，傅泽永跟自己分属于截然不同的两个物种，仿佛存在于不同的世界，彼此间没有结交的选项。所以，他甚至从未想过傅泽永这魅力是故意散发的，只在那点儿微妙的情绪波动出现时，自觉羞耻地在心里说一句："我这张老脸哪……"

这段时间，吕闲虽然已经不是总裁助理了，却总会被傅泽永以各种理由带在身边。公司的人看在眼中，闲言碎语自然是少不了的，但谁也不敢当着傅泽永的面说什么。

除了傅谨。

这日傅泽永想让儿子全权负责一个新项目时，傅谨直接拒绝了："我考虑了很久，决定请个长假，思考一下另立门户的事情。"

傅泽永："为什么？"

傅谨："这公司的某些习气让我无法接受。"

这话说得就很重了。

傅泽永冷笑一声站起来，走到傅谨面前。两人一般高挑，但傅泽永商场博弈了几十年的气势压过了傅谨一头。傅谨咬紧牙关，不甘示弱地直视着他。

傅思长得像傅泽永，傅谨却更像他早逝的原配。傅泽永对着这张脸总是说不出重话，憋着火叹了口气："滚吧。"

傅谨面无表情地转身出门，去伦敦的广场喂鸽子了。

傅泽永不得不把丢给傅谨的担子再捡回来，很是忙碌了一阵。他心情欠佳，想把气撒在吕闲头上，又觉得不太好，只好拿吕曦开刀。

吕曦写的企划书，傅泽永自己没空看，就转手丢给了一个下属："你，负责挑错儿，挑不出不准下班。"

这天吕闲半夜惊醒，听见儿子屋里有微弱的动静，推门一看，吕曦还趴在电脑前机械地敲字。

吕闲打了个哈欠，想起傅泽永让吕曦写的企划书，问："还没

夕
阳
红

写完呢？"

吕曦："打回重写。"

吕闲："还会打回，说明老总挺上心的。"

吕曦顶着一对黑眼圈转过脸来："他就是把我当免费劳工吧。"

吕闲："别闹了，他会缺你这么个劳工？"

吕曦："你知道他打回了多少遍吗？"

吕闲："多少遍？"

吕曦："二十遍。"

吕闲："……"

吕闲去找傅泽永问："老总啊，我儿子是不是朽木不可雕啊？他可能真不是那块料，我也想开了，要不你就别浪费你的宝贵时间了。"

傅泽永一听，火了。

傅泽永："我帮你教儿子，你还怪我管太严了？"

吕闲："不不不，我绝对不是这个意思。"

傅泽永："你心里就是这么想的。"

吕闲百口莫辩，突然发现傅泽永最近有点儿暴躁。

傅泽永："我上次是不是说得太婉转了？你儿子长成这样，你有很大责任。你老是强硬不起来，在不该心软的时候一个劲儿心软，才放任他越走越歪！"

吕闲："您批评得对。"

傅泽永愈发恼怒："你除了套话会不会讲一句别的？你心里到底在怎么编派我？"

吕闲被逼到狗急跳墙："你说的都对！我一直觉得收养他是对不起他！"

傅泽永哑火了。

吕闲抹了把汗："但我怎么会怪你？我心里……我心里……"

傅泽永在吕闲那张咸鱼脸上第一次看见了明显的情绪波动，那是一种从不剖白自己的人头一次尝试剖白时的苦恼表情。

傅泽永一下子冷静了下来。

吕闲："我上次在酒吧看见你的样子，就知道你也是有烦恼的。最近你……很忙，我就想着，不好拿我教坏的孩子再来浪费你的时间。"

傅泽永听明白了——吕闲早就看出了他这儿也有父子矛盾。

傅泽永苦笑了一下："我原配去世时，两个孩子还很小。我那时就想过，首先，不再留下其他后代了；其次，给他们找个温柔的后妈——那会儿我还是认真考虑过婚姻的，结果我看走了眼，让一个女人有了接近和伤害他们的机会。"

吕闲没料到傅泽永会突然把家丑抖搂给自己，一时不知该做何反应。

傅泽永："我发现后立即赶走了那个女人，但两个孩子还是留下了心理阴影。那之后我就死了再婚的心，找的情人一律不带进家门了。"

吕闲终于找到了台词："这是为了孩子好。"

傅泽永："真要为了孩子好，我就该清心寡欲做个和尚，像你这样。"

吕闲："……"

傅泽永："但是，我没觉得对不起儿子、女儿——我把他们养大，给他们的都是最好的，操了不知多少心。没有父母是完美的，我这样的都不自责，你有什么好自责的？"

吕闲一怔——他没想到傅泽永说这么多，居然是为了开导自己。

傅泽永："你儿子被我打回二十遍企划书都没放弃，这已经是进步了。如何教他是我该考虑的事情，你脑子里可以琢磨点儿别的。"

吕闲："比如？"

傅泽永："比如你自己的人生。"

误解

第二章

"对不住"是
默认的意思？

夕
阳
红

　　吕闲对自己的人生当然不存任何指望了，傅泽永却略微做过一番设想。他私心里一直盼着吕闲穿回戏服，变回那副顾盼神飞、蛊惑人心的样子。起初纯粹是出于自己的愧疚之心，如今则多了为吕闲着想的成分。

　　但人生不是换装游戏，吕闲也不是任人摆布的NPC（游戏中的非玩家角色）。不管出于何种目的，傅泽永都不想替对方做这个决定。

　　无论如何，有备无患总没有坏处。傅泽永不声不响地托了个关系，销毁了吕闲的"黑历史"记录。等把"黑历史"清干净了，傅泽永又把目光投向了现今的影视圈。

　　之前由于厌恶这圈子的风气，傅泽永一直不愿往里面掺和。但以吕闲的年纪，如果将来想作为新人拿角色，唯一的可能就是带资进组。

　　既然未来存在着这个可能性，傅泽永就计划着先投点儿小钱探个路，试试这潭水的深浅——他虽然做得起赔本生意，但并不想当冤大头，商人秉性使然，加入游戏当然是冲着赢去的。

一天下班后，傅泽永将吕闲带去参加了一个聚会。

傅泽永事先没说是什么聚会，也没让吕闲如何打扮，所以吕闲一身咸鱼装扮地到了地方，才发现全是影视圈的人。

吕闲顿时进入了应激状态——手脚发冷，汗毛倒竖，如履薄冰地观察着周围的面孔。

片刻后他才想明白，担心是多余的：二十年过去了，此前和他一起在圈里混的，如今不是成了大腕儿，就是已被淘汰出局，这个圈子早已换了一批新人。即使其中有旧识，多半也已忘记了自己。

话虽如此，但当傅泽永上前去与人攀谈时，吕闲还是浑身不自在地落在了后面，转身装作去替傅泽永拿饮料。

就在这转身之际，吕闲跟一个熟人打了照面——此人是当年与他一起打拼过三年的那个导演。当初不入流的小导演钻营这么多年，也混成半个人物了，此刻正挽着自己的妻子。

对方起初还不确定见到的人是吕闲，但四目相对的一瞬间，吕闲的神情变化过于诚实，让他也骤然煞白了脸。

胡导刚入行的时候，心里还是有点儿理想主义的。这份奢侈的理想主义支撑着他带了吕闲三年，想捧红他。但他的心在那次经济危机里经历了一次大清洗，他觉得自己成熟了，可以拥抱现实了。

那个时候，胡导以为吕闲也同时成熟了。他甚至暗中猜想，吕闲跟自己是有这个默契的——否则当自己周旋于各位投资商面前讨投资时，吕闲为何一直陪在身边呢？

后来果然有财团的投资商看上了吕闲，这本是很正常的事。胡导觉得吕闲已经做好准备了，他会去跟那投资商卖乖，为自己换来翻身的机会。

可他很快发现自己想多了。

当吕闲带着一身伤痕回来时，胡导在家门口对他下跪了。在胡导心里，自己是对人生下跪了。下跪的胡导绝望而沉痛："我救不

夕
阳
红

了你……你得罪了不该得罪的人，求你走吧，我真的没有办法……"

吕闲低头看了他片刻，一句话也没说，跟跄着转身走了。

那天之后，吕闲彻底消失，不留任何踪迹。

胡导成功地跟一个有门路的女人结了婚，还生了孩子。年头儿长了，胡导甚至会怀疑他当年和吕闲的打拼只是一场梦，是一个被青春的荷尔蒙与荒诞的梦想催生的幻影。

现在，这早已逝去的幻影又阴魂不散地回来了。

胡导比吕闲更惊慌，立即找了个理由将吕闲单独拉到一边，不尴不尬地叙了几句旧，吕闲心不在焉地应了。

青春的荷尔蒙与荒诞的梦想催生的美人老了，被生活腌成了一条咸鱼。

胡导心中生出了一种难以言喻的鄙薄：为什么要出现呢？为什么要将我记忆中仅存的一点儿美好都彻底毁掉呢？

在胡导眼中，吕闲显然是光脚的不怕穿鞋的。

胡导："你也看见了，我已经结婚了，孩子还很小……他们都不知道我的过去……我混到今天确实挺不容易的，我知道你也肯定有困难。这样吧，咱们就都讲讲情义。"

胡导摸出一张支票递给他。这段话的中心思想是：拿着封口费，滚得越远越好。

吕闲盯着支票看了几秒，笑了。他主要是觉得这世界很幽默，大家都很喜欢给自己支票。

要说吕闲心里不存怨恨，那是不可能的。但这么多年过去了，说什么都晚了。退一万步讲，今日如果重提当年的事，杀敌一千自损八百，自己的平静生活也要被打碎。

但吕闲当然也不愿意让胡导顺心，为了硌硬他，吕闲死皮赖脸地屈指一弹那支票："老板，诚意不够哇。"

胡导："……"

吕闲才不管他怎么看自己，漫天要价，狠狠讹了一笔。

　　与此同时，跟人谈生意的傅泽永发现吕闲已经消失很久了。傅泽永突然想到他有可能是被谁认出来了，怕他遇到难堪事，连忙四下找他。

　　于是傅泽永寻到角落时，正好看见吕闲皮笑肉不笑地从一个人手里接过一张支票。

　　这一幕如此熟悉，傅泽永心头无明火起：谁呀？凭什么学我给钱哪？

　　傅泽永并不知道这导演当初扮演的角色，因为吕闲从未提起过。于是傅泽永衣角带风地走了过去，通身翻涌着霸气，看也不看胡导，直接质问吕闲："这是哪位？"

　　吕闲："……"

　　这种唯我独尊的既视感，让吕闲和胡导同时震惊了。

　　胡导看了看散发着总裁气质的傅泽永，又看了看被他挡在身后的吕闲，那眼神的内涵非常丰富，其中就包括层次各异的鄙夷。吕闲一颗刀枪不入的咸鱼心，终于还是被他的眼神刺成了筛子，溅出了新鲜的血肉。

　　吕闲惨淡地说："熟人。"一边自暴自弃地把支票塞进了口袋。

　　傅泽永的各种念头转得飞快：熟人为什么要给钱？是可怜吕闲吗？那吕闲为什么要收？联想到当初吕闲对他给的那张空白支票的处理，傅泽永不觉得吕闲会接受任何"熟人"的援助，加上吕闲明显不对劲的表情，傅泽永隐约猜到这"熟人"跟吕闲有着更深的瓜葛。

　　傅泽永于是又多看了胡导一眼。

　　这一眼洞穿了胡导脸上的恼怒、恐惧与鄙夷，阅人无数的傅泽永一下子懂了——不管这人对吕闲干过什么，反正不是好事。

　　傅泽永几乎是下意识地想替吕闲找回场子。

　　吕闲现在需要一个金光灿烂的大款给他撑场吗？并不需要。那只会让对方把自己想象得更为龌龊不堪。所以在长达数秒的停顿过后，傅泽永突然变魔术般变脸了。

夕阳红

傅泽永近乎谄媚地说："是我误会了，吕哥，别生气，我是生怕一个招待不周，让你遇上什么麻烦。"

胡导和吕闲再次同时目瞪口呆。

吕闲："没……没麻烦。"

傅泽永："当然当然，吕哥怎么会有麻烦呢？是我想岔了。"

吕闲："……"

傅泽永伸手拍了拍吕闲："那吕哥慢慢玩，我先走了。"

吕闲呆若木鸡地望着他离开了。

傅泽永越走越远，一直到快要消失在人群中时，才背对着他潇洒地挥了挥手，那意思是"不用谢"。

吕闲还是很自觉的，傅泽永没走出多远就被他追上了。

傅泽永："这么快就跟熟人叙完旧了？"

吕闲："叙完了，叙完了。"

傅泽永看了他一眼，见他神情中有掩饰不住的黯然，想多问几句，又怕戳他痛处，便另想了个办法："你好像不太舒服，这儿没什么事了，你可以早点儿回家。"

吕闲确实不想再继续待在这个地方，于是打了声招呼就提前离开了。

傅泽永不太放心吕闲，转身就打了通电话，派了个人远远跟着吕闲，汇报他的动向，接着又偷偷兜回那胡导附近，举起手机拍了张照，发给女秘书："帮我查查这个人，重点查二十年前。"

女秘书："有姓名吗？"

傅泽永："没有，大概率是影视圈的某人，剩下的自己想办法。"

女秘书："……"

傅泽永很快收到了跟着吕闲的那个下属的汇报——吕闲出门之后转进了一家银行，把支票兑现了。

傅泽永："兑了多少钱？"

下属："没看清，好像挺多的。"

傅泽永心中暗爽：看样子吕闲对那来头不明的人果然不客气，

自己跟对方在吕闲面前还是有待遇差别的。

下属："然后他又进了间酒吧，现在正在一个人喝酒。"

这明摆着是借酒浇愁了。

傅泽永想了想，对吕闲的酒量没什么印象："那你看着点儿，别让他喝出事。他走时再汇报一声。"

过了一个多小时，傅泽永这边的聚会都散场了，吕闲还在喝。

傅泽永开始有点儿担心，但又觉得吕闲这么大个人了，自己没什么立场管他，只好先让司机开车送自己回家。

车开到半路上，女秘书发来了信息。调查结果包括了那胡导的姓名、籍贯、学历背景，以及出道至今的所有作品，附带每部作品的演职人员表。

傅泽永从最早的短片往后翻，很快在演职人员表里看见了吕闲的曾用名。这位胡导的早期作品，几乎每部都有吕闲的参与。

傅泽永上网去挨个儿搜查，片刻后还真的找到了一张花絮照。照片看上去很有年头儿了，那胡导一副愣头青模样地坐在片场，旁边站着同样青春年少的吕闲。两人同时扭头咧嘴看镜头，嘴角是相似的弧度。

傅泽永："掉头。"

车子开到了酒吧。

傅泽永进去找人，发现吕闲早就醉了。吕闲的醉相很安静，趴在桌子上睡得人畜无害。跟着他的下属怕有小偷，不远不近地守在旁边站岗。

傅泽永拍拍下属："辛苦了。"然后他走到桌边，看着沉睡的吕闲，弯腰拍了拍吕闲："醒醒，回家再睡。"

吕闲呼呼大睡。

傅泽永俯身抬起他的一条胳膊，想把他架起来，吕闲却瑟缩了一下，口中含糊地哼哼了一句什么。

傅泽永没听清楚，又使了点儿劲儿，吕闲开始发抖。他凑近点儿听，这回听清了，吕闲说的是"烫"。

自己身上会烫吗？

傅泽永心里咯噔一声，怀疑吕闲发烧了，用手背探了一下吕闲的额头，温度却很正常。

傅泽永皱了皱眉，一旁的下属尽职尽责地背起了吕闲："老总，去哪里？"

傅泽永："送我车上吧。"

吕闲趴在下属背上时倒是安静得很。下属把吕闲塞到后座就走了，司机问傅泽永去哪里。

傅泽永："去我家。"

吕闲全程都酣睡如猪，但车子停下后，傅泽永准备把他带下来，他又开始发抖。

傅泽永疑惑了。

傅泽永想了想，转而拜托司机："帮我背他进去。"

司机一换手，吕闲又很配合。

傅泽永在内心吐血。

傅泽永心想：这是只防备我一个哪。平时还看不出来，原来这才是这家伙的真实想法。

司机把吕闲放到客房床上，走了。

傅泽永站在床边盯着吕闲看了半晌，吕闲却突然睁开了眼睛，那双眼睛直勾勾地看着傅泽永，眼睛的焦点却没对上。傅泽永僵了僵，就看见对方近平面无表情地流下了两行泪。

傅泽永："……"

傅泽永觉得心很累，叹了口气，给他掖了掖被子。

如果是怕所有人也就罢了，为什么偏偏只怕自己？

自己帮他这么多，到头来居然被当成唯一的恶人。

傅泽永满心憋屈，转身要离开，又觉得咽不下这口窝囊气。他站在原地想了几秒，突然心生一计。

第二天早晨，吕闲费尽全力撑开眼皮，因为宿醉而头痛欲裂。

吕闲迷蒙地打了个哈欠，突然觉得房间有点儿不对。他挣扎着坐起来，一看，如遭雷击，僵硬地一点一点转过头。

傅泽永坐在沙发一角，不知坐了多久，正玩味地看着自己。

吕闲原本就突突作痛的脑袋这下子要炸了，他拼命回想昨晚走进酒吧后发生了什么，却一无所获。

傅泽永将他的神色看得分明，掐准时机笑了："昨晚你可真是好样儿的。"

吕闲一下子脸色惨白，神情中满是难以置信。

傅泽永："原本我想把你送回家，没想到你一个劲儿拽着我不放，想走都不让，非要闯进我家，我只能让你留宿一晚。"

吕闲依旧将信将疑。

傅泽永："还和我动手了呢，浑身一股酒味儿。"

吕闲眼前一阵阵发黑，开始考虑立即去世。

傅泽永火上浇油："你嘴里还一直喊呢，喊什么来着……烫？"

吕闲猛然把脸埋进双手。

傅泽永终于撕开了他的面具："那到底是什么意思啊？"

吕闲慢吞吞搓了把脸，嘶哑地说："对不住。"

傅泽永并不想听这个，又添了一把火："别不好意思嘛，你这么信任我就直说啊。"

吕闲："对不住。"

傅泽永："不用……"

他一句调侃还没说完，吕闲抬起了头。

傅泽永的笑容渐渐消失，只见眼前之人脸色灰败得如同死人。这反应已经完全超出了傅泽永的预期，傅泽永的笑容维持不住了。

吕闲一声不吭，起身就躬着背往外走，那模样活像是要把自己当成一堆垃圾自动清扫了。

傅泽永终于知道慌了："等等。"

吕闲站住了。

傅泽永深吸了一口气："骗你的。"

吕闲："……"

The Setting Sun

吕闲的三魂七魄缓缓归位。

傅泽永："你根本没和我动手，你道什么歉哪？"

然而吕闲的脸色并未有丝毫好转。他张了张口，似乎想说句什么，却又半途放弃了，头也不回地滚了出去。

傅泽永知道玩笑开大了，没好意思拦，但心里依旧很疑惑。

这天傅泽永照常去公司，却发现吕闲没来上班。他郁闷地望着窗外抽烟。

吕闲一直以来表现得脸皮厚如城墙，这次为何反应激烈成这样？

傅思来办公室找他，一进门就不悦地说："爸，你不是戒烟了吗？"

傅泽永心不在焉地掐了烟："不好意思。"

话音刚落，傅泽永愣住了。

你不是戒烟了吗？——不好意思。

你这么信任我就直说啊。——对不住。

"对不住"是默认的意思？

傅泽永简直不敢相信，自己一直千方百计想让对方信任自己，却在不知情的时候已经成功了。可他还没来得及欢喜，就想到了一个更严重的问题——所以今天早上，吕闲是把自己的谎言当真了，为了"趁醉和傅泽永动手"而道歉吗？

可是为何要道歉？难道信任自己，在他心中是什么不应该的事情吗？傅泽永毕竟当惯了天之骄子，很难把自己放到吕闲的位置上，体会对方的心情，而且，傅泽永依旧没明白吕闲为什么要喊"烫"。

傅泽永脸上忽喜忽忧，傅思看得莫名其妙："你没事吧？"

傅泽永回过神："找我有什么事？"

傅思："哦，我刚才听说你那个前任助理突然辞职了，想来问问……"

傅泽永大惊。

吕闲失魂落魄地回了家，关上门后往门板上重重一靠，闭上眼吁了口气。

他一睁眼，看见了吕曦，被吓了一跳："你怎么没去上班？"

吕曦脸色铁青："这就是你要说的话？"

吕闲这才想到摸出口袋里的手机，发现它不知何时没电关机了，顿时明白了。

吕曦："我找了你一个通宵，正准备报警。"

吕闲："对不起，我昨晚不小心喝醉了……没事了，你休息吧。"

吕曦："喝醉了没人送你回家吗？还有，你又是为什么没去上班？你——"他还想继续质问，却见吕闲已经摇摇晃晃地走回了自己的房间。

吕曦看着吕闲拖沓的步履，再想到他刚进门时的表情，忽然脸色一白，久远的记忆又被唤醒。

吕曦正心想着"不可能吧"，门铃就响了。

傅泽永不待大门完全打开就强行挤了进来，发现没有人去楼空时松了口气："打扰了，我有点儿事找你爸。"

吕曦下意识地横跨一步挡住了傅泽永："我爸不在。"

傅泽永朝吕闲紧闭的房门掠去一眼，只当吕闲避而不见。他耐着性子好声好气："真有点儿急事，说完就走。"

傅泽永往前走了半步，又被吕曦拦住了："这是我们家。老总，万事留点儿余地，回去吧。"

无辜的傅泽永一听，怒火腾地蹿了起来："你算什么人？！"他懒得再跟吕曦废话，把人一推，径直朝吕闲的房间走去。

房门不等他敲就开了，吕闲满脸菜色，看着外头的傅泽永，竟然还想办法挤出了一个笑。"进来坐吧老总。"他又招呼吕曦，"去倒杯茶。"

"不用了。"傅泽永急着问话，当着吕曦的面关上了门。

吕曦独自站在客厅，漠然地看着那扇门，耳边回响起了吕闲的声音："你知道人家怎么看你吗？"

夕
阳
红

如果身份互换，自己去闯傅泽永的宅邸，能跨进去半步吗？

——谁都瞧不起我。

房间里的烟味浓烈到了熏人的地步。

吕闲推开窗子通风，左右看看只有一张椅子，便拖到了傅泽永
面前，自己坐到了床沿上。

傅泽永皱起眉，觉得吕闲这么客气，才是真正危险的信号。

傅泽永酝酿了一下，问道："怎么突然辞职？"

吕闲："年纪大了，不想干活儿了。"

这是连借口都懒得编了。

傅泽永："认识这么久了，我们也不算陌生了，彼此也可以坦
诚些。"

吕闲似乎了悟了什么，端正态度又说了一遍："对不起。"

傅泽永又火了："你到底为什么道歉个没完？"

吕闲沉默了一下，苦笑道："老总啊，人的痴心妄想这东西，
很难控制。但我有自知之明，也受到教训了，保证今后一定不再犯。"

傅泽永的脸上突然结了冰霜。

教训。

吕闲觉得今早那玩笑，是自己识破他的"痴心妄想"后给他的
教训，所以才会那样狼狈地逃走，所以才要立即辞职。

吕闲："您有恩于我，我却不识好歹，真的很羞愧，还是不要
再去公司污染您的眼睛了。"

傅泽永半晌哑口无言。

傅泽永把脸埋进了手心："来根烟。"

吕闲愣了愣，递过去一根，帮他点上了。

傅泽永拿着烟："你是不是瞎？"

吕闲："……"

傅泽永："算了。我是来道歉的。"

吕闲："您不必……"

傅泽永打断他："我之前没有注意你的想法，所以才开了那个不合时宜的玩笑。"

吕闲思索了一下，也不知信没信，又或是觉得是真是假都无所谓，便顺着他的话道："原来是这样，是我想岔了。"

傅泽永哼了一声："你确实想岔了，岔了十万八千里。但我也有责任。"

房间里一时没人说话，吕闲的台词簿里似乎没有应对这情形的套话。

吕闲打破沉默："什……什么意思？"

傅泽永严肃道："就是这意思。吕闲啊，你总喜欢躲避，喜欢拒绝，喜欢独行，好像被预设了什么'只走死路'的程序。其实只要你回头看一眼，就能瞧见天地辽阔。刚好你也不讨厌我，不如就试试跟我交个朋友，行不行？"

吕闲又半晌没吭声，他的第一反应非喜非悲，似乎遇到了什么谜题："我有什么……"

他没说完，但傅泽永听懂了——我有什么值得你看重的？

傅泽永："虽然你是个只会糊弄我的老混蛋，但我这可是一腔真心。我想帮你，但总不能在你都不信任我的情况下帮吧。不然你以为我之前是吃饱了撑的？"

吕闲依旧万分迷惑："我看着您确实脑袋后面冒圣光呢。"

傅泽永："我没救过小鸟，骗人的。我就是欣赏你。"

吕闲这回直接问出来了："不是，你这样的人，能欣赏我什么呢？"

傅泽永："太多了，包括长相，适合演戏。"

吕闲："……"

吕闲下意识地扭头看了一眼。他背后是书柜的玻璃门，这一眼看的是侧影，似乎在确认自己的长相。

傅泽永也趁机打量着他。今日之前，傅泽永一直觉得他与当年那个视频里的几乎不是同一个人了。但此时此刻，那双眼睛像两潭

夕阳红

死水掀起波澜，空洞的黑眸被无数复杂的情绪填满，刹那间无意识露出的神采，仿佛让这烟雾缭绕的房间都亮堂了几分。

神采转瞬即逝，吕闲垂下了目光："您确定不需要看看眼科？"

傅泽永懒得再磨嘴皮子，直接走到他面前，直视着他的双眼。

吕闲一动也不敢动，对面人的眼睛里全是赤诚，波涛汹涌，快要把他淹没。

"没骗你。"

吕闲："……"

吕闲被翻江倒海般复杂而强烈的情绪淹没了，反映到脸上居然是一片空白。他僵硬到手脚都不知该往哪里放了，飞快朝房门瞥了一眼。

在傅泽永眼里，吕闲跟那些摇曳生姿的花骨朵儿不一样。这已经是朵薄脆如纸的干花了，别说风吹雨打，就算光照强些，指不定也要碎裂了。

换作以往，傅泽永是没有这个耐心的，但如今傅泽永的性子也被磨慢了许多，开始别有体会了。

傅泽永笑着说："我走了。辞职我驳回了，但准你放个长假。"他说完就真的出了门，不带走一片云彩，只把一脸空白的吕闲留在原地。

吕曦并不在客厅里，还真去厨房烧水泡茶了。

傅泽永把误会解释清楚后心情大好，想到刚才闯进来时对他不怎么客气，便走到他身后拍了拍他的肩："我刚才太着急了，别放在心上。"

吕曦停顿两秒，回过头来，已经挂上了诚恳的微笑："哪里哪里，是我太冲动了，您多担待。"

傅泽永是什么段位，又是何等眼神，他早就看出这小子心气儿高、肚量小，此时见他居然把情绪掩藏得滴水不漏，反而有点儿"孺子可教"的欣慰，觉得他开始识大体了。

吕闲没给自己放长假，第二天就照常去上班了。

傅泽永那日把话说得推心置腹，但那日之后，并没有过多过问吕闲，也不干涉他的日常工作，只是会在下班后时不时带他去参加一些业内聚会。

可还是有什么在悄然发生着改变。

比如傅泽永进出总是让吕闲坐自己的车，聚会之后总是送吕闲回到家门口。比如没有聚会的时候，他偶尔会跟吕闲共进晚餐。又比如每天临别时的问候。

吕闲对这一切的反应，就是没反应。

你若是突然给在天桥贴膜的人一笔千万巨款，他的反应也只能是没反应。穷惯了的人面对横财，第一反应绝不是考虑如何消费，如何投资，而是茫然与仓皇，仿佛占有了不属于自己的东西，随时会被没收。

吕闲还在漫长的适应期，吕曦这段时间却极其活跃。

那日的事情似乎给了他某种原动力，让他更加拼尽全力地向上爬，不仅为了工作呕心沥血，还从睡眠时间里榨出一半来完成傅泽永交代的功课。

傅泽永并不是免费教他，而是时常让他帮着承担一些项目。吕曦接到的任务越来越难，却过关得越来越快，眼界与手腕日进千里，再也不是那个只会做做事务性工作、追追"白富美"的小职员了。

一个员工有多少价值是瞒不过经验老到之人的。很快，他就被自己的公司破格晋升了。

一个月后，傅泽永觉得吕闲与自己相处时逐渐放松了，便开始带着他去各地出差。

这回当助理，吕闲的表现比上次积极了一些，虽不出风头，却也绝不给他丢份儿。无论出入什么高档场所，吕闲都安静而淡定，根本不像没见过世面的小会计。

傅泽永不知道，吕闲是被赶鸭子上架，将那点儿天赋演技全用

夕阳红

在了装蒜上。

这日坐飞机时，傅泽永带的一行人包下了头等舱。

傅泽永在抱着平板电脑看视频。起初他戴着耳机，后来大约是耳朵不太舒服，便改成了外放。

旁边的吕闲听了一会儿，疑惑地望了过去："那是啥？"

"电影。"傅泽永说，"最近想收购一家影视公司，他们发来了一些之前的作品。过来一起看？"

头等舱的座位分隔较远，想一起看电影，吕闲就得蹲在旁边看。

吕闲："不了吧。"

傅泽永笑了笑。他也只是随口一说。

吕闲虽然看不见画面，那边的台词却一句句地飘进他的耳朵。

这是个古装片，男女主角干巴巴地相爱相杀，十分老套。仅有的金句都是出自一个老太监，非常黑色幽默，把傅泽永逗笑了几回，而傅泽永的笑声又把偷听的吕闲也感染了。

片刻后，吕闲起身去洗手间。

傅泽永："帮我带杯咖啡回来。"

吕闲："嘛。"

傅泽永："……"

吕闲果然端了一杯咖啡回来，走到傅泽永面前双手呈上，捏细了嗓子小声说："陛下慢用。"

傅泽永："……"

等傅泽永接过杯子，吕闲略带戏谑地笑看了他一眼，回座位了。

被反将了一军的傅泽永看着那个飞扬起来的眼神，心想：好想看他再演戏。

晚上，两人吃了顿饭，喝了点儿小酒。傅泽永回房去洗了个澡，一时没有睡意，又披着睡袍敲开吕闲的房门拉他聊天。

傅泽永调暗了灯光："别拘谨，就说说话。"

吕闲一时又拘谨起来，坐在床沿双手搁在膝上，像小学生等候回答问题。

傅泽永看他这模样就想笑："你总说'你这样的人'，在你的印象中我究竟是哪样的人？"

吕闲沉默了许久："那要看是何时的印象了。"

傅泽永："何时都成。"

吕闲回忆道："第一眼看到你的时候……"

傅泽永挑起眉："你是说进公司的第八年？"

吕闲笑而不答，接着说："那时候就是像在看一幅名画或者一颗宝石，只是纯粹欣赏。"

傅泽永听过各种恭维话，却依旧因吕闲的这几句而飘飘然："后来呢？"

吕闲："后来就……听说了不少关于你的传说。"

只言片语，他都牢牢记住了。也正因此，他才敢留在对方的公司。

吕闲这辈子，从未祈祷过有谁拯救自己，哪怕是至亲之人。那对他来说是一种浪费精力的幻想。但事实上，他人生中所有的救赎都是傅泽永给的。

早在彼此不认识的时候，傅泽永的公司就给了他安身立命之处。正因为这公司风清气正，他才能安心打工多年而无风无浪。后来相识的契机那么糟糕，傅泽永却并没有因此一脚踩死他，反而一步步地给他机会。

对吕闲来说，傅泽永的人格魅力不仅仅来自他的外貌，更是源于这个人的坦荡。

直到那天晚上，傅泽永在胡导面前替他找场子。吕闲想信任他人的痴心妄想再一次萌发，无论他如何为之无地自容、试图用酒精浇灭它，都阻止不了它萌发。

吕闲自嘲地笑笑："人真是贪心不足。"

傅泽永大致能猜到他的想法，便道："我不是名画，也不是宝石，只是出身和运气比你好些。我干过很多糟糕事，想扛起一家公司，并不能只靠正义感。还有，我的孩子都嫌弃我，情人……情人

夕阳红

倒是换过不少，但就像我女儿说的，狂蜂浪蝶而已。到头来，我依旧是单身汉。"

吕闲打量了傅泽永几眼："我敢说，你的情人都真心爱过你。"

傅泽永笑着说："谁知道呢？我其实不太懂情爱，年轻时也懒得懂。"

吕闲没有再问其他的了，他和傅泽永相识都这么久了，这里面必须有点儿真诚的东西了。

傅泽永："好了，再告诉我一句实话呗。"

吕闲点头。

傅泽永："那天晚上为什么说'烫'？"

吕闲陷入了沉默，傅泽永耐心地等待着。

半晌，大约是作为一种回报，吕闲艰难地开口了："当时喝醉了，梦到了以前的事。"

傅泽永几乎是立即预感到了他要说的是什么事。

吕闲的牙关开始打战："那天……"

"算了，"傅泽永打断了他，"不想说就别说了，早点儿睡吧。"

吕闲摇摇头："那天，他们想把我拖去那个派对，我知道他们想要弄死我，所以拼命想逃。他们应该是收到过'派对之前别留伤痕'之类的指令，不方便打我，为了控制我的行动，就……就把我丢到了冰水里，一直浸着。"

傅泽永："……"

吕闲："我被拖去现场的时候，已经半昏迷了，身上的水还没干。他们把我推进去，我手脚不听使唤，眼睛也看不清路，想逃走都迈不开步子。后来……后来他们就干了那些事，然后把我推到人群里，所有人都躲着……直到……"

傅泽永听到此处，见他的目光朝自己望来，不由得难以置信地睁大了眼睛。他紧盯着吕闲，吕闲也回望着他。

傅泽永："你知道那天我也在？"

吕闲点点头："你是我唯一看清的人。当时我的体温还很低，所以被你烫得直哆嗦……"

那才是他们真正的初见。

吕闲被推到傅泽永身边，傅泽永却很快推开了他。在周遭宾客们的欢呼声中，傅泽永嫌恶的眼神反而让吕闲感到了安全——这个人与他们是不同的。

那个短暂的接触，将吕闲烫得火烧火燎，像冰冷的岩石撞上了太阳，那是他无法承受的热，仿佛在他的皮肤上烙下了一道永生难忘的印记。从那之后，只要看见这个人，吕闲就下意识地觉得烫。

终于得知往事的始末后，傅泽永沉默了。

片刻后，他说："我后悔过，当时没有帮你。"

吕闲微微闭上眼，笑道："你已经帮我了。"

"我来得太晚了。可是我又很庆幸，没有耽搁到更晚。一切都还来得及，吕闲。"

翌日，傅泽永还要去见人，一早站到酒店穿衣镜前摆弄发型。

待他收拾完毕，敲开吕闲的房门，才见对方也是正装打扮。

"嚯。"傅泽永将他拉到镜前，左瞧右瞧，甚是满意，"合适。"

吕闲："……"

吕闲下意识地站直了点儿，虽然他知道自己一向不难看，但实在没脸接下这句"合适"。

傅泽永又说："可比那胡导体面多了。"

吕闲吃了一惊："你……你连这事都知道？"

傅泽永不提查过那家伙的事，似笑非笑地反问："他对你落井下石过，对不对？"

吕闲想了想："那倒没有，他只是想要明哲保身。现在想想，他也不是什么坏人，只是……只是普罗大众中的一员罢了。"

傅泽永转身正视着吕闲："我不是普罗大众中的一员。"

吕闲："……"

傅泽永："我跟他不一样。"

吕闲快给他跪了："那哪能比啊，快别比了，多掉身价。"

夕阳红

傅泽永满意了。

傅泽永原本还琢磨着送吕闲回演艺圈，但昨晚听完那故事，便放下了这个念头。那个圈子太伤人，没什么好留恋的。他只希望吕闲活得轻松点儿，回不回去也就那么回事。

不过，傅泽永又调出那胡导的资料多看了几眼。

如果没干过亏心事，何必塞封口费？大家都混到了这把年纪，只让他掉那么点儿肉就放他一马，好像不够"尊重"人似的。

自己暂时拿晋高临没辙，一个小小导演，就当顺手替天行道了。

傅泽永出差回来后，又找傅谨谈了一次。傅谨一如既往地端正到古板，上来先喊了声："父亲。"

傅泽永反击："唉，壮壮。"

傅谨面部肌肉抽了抽，依旧一脸冷漠："我已经确定了创业方向，等交接完手中事项就搬去新公司。"

傅泽永叹了口气，知道劝不动这个儿子。他联想到往事，多少于心有愧："那我承担初始资金吧。"

傅谨："无须您操心，我找到了合伙人，资金也有了。"

傅泽永："合伙人是谁？"

傅谨报了个名字，傅泽永却顿住了。

傅谨的社交圈里都是"富二代"或"富三代"，其中干实事的不少，但纨绔子弟也很多。傅谨从小能力卓越，所以在这群人中还挺有号召力，一次在聚会上说了说创业构思，当场就有个"纨绔"拍着桌子求加入——此人是晋高临的侄子。

傅泽永的第一反应就是反对。

傅泽永："你知道他亲戚干过些什么事吗？"

儿子："不知道。什么事？"

傅泽永："……"

他不能说。

单看晋高临对吕闲做的事，傅泽永就不想跟他们家的人沾上利害关系。更何况，即使没这些事，傅泽永也不看好他侄子。那人横行无忌的嚣张劲儿这些年有增无减，傅泽永对他的斑斑劣迹也有所耳闻。

傅泽永："人在江湖那么混，迟早是要遭报应的。你为什么一定需要合伙人？就算真的需要，不能找个正经点儿的？"

傅谨不卑不亢："打开市场这种事是要讲人脉的，他凭出身背景，就可以带来一路绿灯。"

傅泽永沉默了。

这是实话，而且是扎心窝子的实话——傅泽永的实力在同辈中已经登顶了，但论后台，终归是比不过那财团家族的，人家那后台已然不可说了。

傅谨说完就后悔了，他放缓了语气："他只是个纨绔子弟，心血来潮想玩玩，不会参与公司运作的。您把他当作投资商就行了，我会控制他的决策权。"

傅泽永还能说什么呢？他只好说："你大了，自己负责吧。"

傅谨半鞠一躬，走了。

傅泽永从儿子那里受了内伤，咽下三斤老血，转头跑去吕闲家蹭饭，顺便诉说一下自己心里的苦。到了地方才发现吕曦出差中，只有吕闲在家。傅泽永便坐在沙发上委屈，对着吕闲就是一阵碎碎念。

"过分了，真的过分了。"

"好心当成驴肝肺。"

"那小子可别是上天派来惩罚我的吧？"

吕闲难得遇到傅泽永束手无策的时候，于是帮着想办法："他对我好像有点儿那什么，我去跟他谈谈？"

"你跟他谈什么？他针对的是我。"

"翅膀硬了，想证明自己可以不靠我了。喷，让他折腾去，长江后浪推前浪……还不定谁先死沙滩上呢。"

"大不了我再捞他回来。"

夕
阳
红

"我捞他，他还嫌烦。"

吕闲："……"

他忍不住笑了。傅泽永总是疑惑傅谨究竟是怎么长的，为何一点儿也不像自己。但在他看来，父子俩分明是同一种人。他们的眼中燃着同样的光。

"年轻人敢闯是好事呀。我儿子如果这么争气，我高兴还来不及呢。"

傅泽永："可我这儿还指着他挑大梁啊！"

吕闲扭过脑袋说："这可真是家家有本难念的经。别想啦，我做饭去，想吃什么？"

吕闲今天不颓了，他轻快地钻进厨房去切菜，有些诧异于自己突如其来的精神。他低头准备着食材，半晌才惊觉，自己居然在哼小曲儿。

吕闲忽然想明白了——因为傅泽永不再无懈可击，所以自己轻快了。

吕闲呆呆地望着指尖渗出的血液。

他不懂对方看重自己什么，他害怕对方只是乐于拯救，所以他一直在焦虑不安，一直在患得患失，直到对方暴露出一个弱点——仿佛这样两人就平等了那么一点儿。

吕闲瞥了一眼门口，没人，于是抽了自己一耳光。

吕闲端菜上桌时已经面色如常。

傅泽永眼尖地瞧见了他指尖多出的创可贴："下次别折腾了，我们出去吃。"

吕闲有些走神，慢半拍地笑了笑："别，我也没什么别的能做的了。"

让一部电影"扑街"，其实比让它火容易得多。

近日，某导演"三年磨一剑"的新片首映礼刚刚散场，舞台上洒的香槟还没清理干净，参演影片的某明星就被爆出了吸毒丑闻。

据说是警方接到举报，从他家里翻出了物证，当场将人抓去体检，人赃俱获。

别的污点还能想办法洗清，吸毒却只剩跪下谢罪的份儿了。该明星代言的商家全部宣布终止合作，粉丝一夜之间从支持、喜爱转为抵制、唾骂，只剩不成气候的一小批还在等他"知错就改"。

紧急关头，导演反应神速，连夜准备危机公关，录制了一个鞠躬道歉的视频。他在视频里表示对那明星的事情毫不知情，但愿意承担责任，将片子召回重剪，去掉该明星出场的镜头，为此必须推迟影片上映的日期。

这个公关倒是为导演赢得了一波好感，路人们纷纷留言"不该由你道歉""导演纯爷们儿""心疼导演"，还保证上映之后一定去支持。

两个月后，重新剪辑过的新片终于登陆了各大影院。岂料就在上映第一天夜里，某知名娱乐账号突然放出了一段早已准备好的采访视频——采访对象是该片另一名演员的前任。

采访标题是耸人听闻的"我被 ×× 骗婚的这些年"。

关于该演员的离婚事件已经是好几年前的事了，当时公之于众的离婚原因是老掉牙的"忙于事业"，因此大家一直不知道他们离婚的真正原因。

结果，该演员的前任在视频里声泪俱下地控诉对方是如何骗自己走入婚姻，然后又在婚内出轨，与多名人员发生过不正当关系。

看热闹的群众震惊了。

该演员的粉丝自然不信，纷纷唾骂其前任血口喷人。

然而，八卦达人们很快根据该演员前任给出的提示，翻出了大量的老新闻、老照片，有该演员与他人共进晚餐的、出入公寓的、亲密摆拍的……

看热闹的群众沸腾了。

影视圈的绯闻向来很多，大众早已习惯，但"骗婚 + 出轨"的超值新套餐，劲爆程度依然创了新高。

　　紧接着，一批媒体平台不约而同地单独指出了其中一张合照，照片上是那演员与一个男人勾肩搭背。

　　"这不是那个新片导演吗？"

　　"他怎么和这样的人混在一起啊？亏我还以为他是个好人。"

　　"这导演也有家室，一点儿同理心都没有吗？"

　　群众的注意力就这样被引到了新片上面："我当初居然还为这导演说话，晃晃脑袋听见了海哭的声音！""太恶心了，我微博首页有谁去看这片子，趁早绝交吧……"

　　就这样，一个原本不会引起太大关注的事件，借着知名演员的热度登上了所有媒体平台的娱乐头条。"三年磨一剑"的新片，自然是票房惨败到大罗金仙也救不回了。

　　这个导演之前在首映之后召回成片，浪费了一次宣发费用，又二度剪辑，重新宣发，已经是砸锅卖铁、捉襟见肘。如今影片彻底完了，所有投资都打了水漂儿。

　　按理说，一个片子亏了，还有东山再起的可能，然而，这位导演的职业生涯至此已经可以宣告结束了，毕竟再怎样，也不会有投资商找一个声名尽毁的导演。

　　吕闲正和傅泽永在外面吃饭，手机振动了一下，拿起来一看，屏幕上出现了一则推送——"年度最佳八卦诞生了！"他一眼扫完大概，而后僵硬地抬头望向对面坐着的傅泽永。傅泽永惬意地抿了一口清酒，接到了吕闲复杂的目光："怎么了？"

　　吕闲："……"

　　傅泽永低头瞄了一眼他的手机屏幕："哇！这么劲爆吗？"

　　吕闲："……"

　　傅泽永："老天有眼哪。"

　　吕闲："……"

　　傅泽永："来来来，碰个杯，庆祝一下。"

　　吕闲依然陷在茫然的状态中，听话地举杯与他相碰，慢吞吞地一饮而尽，放下杯子时似乎恢复了一点儿神智，又满上一杯，说："敬你。"

傅泽永顿了顿，迎上对方郑重其事的目光，懒洋洋地笑了一声："敬我什么？我又没拿枪逼他做错事。不如敬天道好轮回。"

吕闲的眼眶有些发热："嗯，敬天道好轮回。"

老天唯一一次开眼，大约就是让我遇见了你。

两人吃完，结账时服务员笑容可掬道："老板说这顿免单。"

吕闲愣了愣："这家老板是你熟人？"

傅泽永也不明所以："我不知道老板是谁呀……请他来见见？"

老板来了，是个笑靥如花的美女。她笑吟吟地跟傅泽永打招呼："傅总，好久不见。"

吕闲的目光在两人间转了一个来回，他笑了，猜想这八成是傅泽永昔日桃花债中的一笔。于是他偏过头，假装对墙上的浮世绘产生了浓厚兴趣，让他俩寒暄。

傅泽永："怎么想到要开日本料理店？"

美女老板："托您的福哇，开店的钱还是您给的。"

傅泽永："我没……没给过吧？"

美女老板："您送我的房抵押的。"

傅泽永："这……这样吗？"

美女老板恭恭敬敬地向傅泽永敬了酒："现在生意不错，有空常来，终身免单。"

傅泽永哪儿还能接这个茬儿，敷衍地嗯了两声，起身就想走人。吕闲也跟着起身，目光与老板对上了。

美女老板："这位是——？"

吕闲想了想，不知该怎么回答，就只报了名字。

美女老板亲切道："久仰久仰，欢迎常来。"

吕闲："……"

出门之后，两人闲逛轧马路，吕闲低声笑道："你以前的品位不错。"

夕阳红

傅泽永紧闭着嘴，有一丝难以言喻的尴尬。然而，吕闲早就知道傅泽永的风流往事，只是觉得自己若是太过淡定，反而不是很给傅泽永面子。

吕闲想了半天："老板人美心善哪，对我态度那么好。不过她为什么'久仰'我？"

傅泽永这回没忍住，笑出了声："你不懂吗？"

吕闲："嗯？"

傅泽永指了指街边的玻璃橱窗："她把你当成我的生意伙伴了，面对大佬，不说'久仰'，还能说啥？"

吕闲跟着望向橱窗玻璃上两人的身影。天气渐冷，他今天出门前难得打扮了一番，长风衣加羊绒围巾，身高腿长，人模狗样，加上年纪本身带来的气场，往傅泽永旁边一站，还真有点儿旗鼓相当的味道。

吕闲干咳一声："这可真是人靠衣装啊。"

傅泽永笑道："我觉得还是得靠本人。"

傅谨自小被按照精英模式培养，的确有几分真本事。加上那"纨绔"的背景加持，一杀进市场就犹如狼进了羊圈，声势惊人。傅泽永虽然嘴上说着不知道谁先死沙滩上，但看到儿子混得像模像样，心里还是非常欣慰的。

这段时间，傅思也找到了新男友。新男友与吕曦截然不同，出身良好，名校毕业，没见过世间险恶，有点儿缺心眼儿，正好和傅思凑成一对"傻白甜"。

傅泽永忙着自己的事情，很长一段时间没再关注儿女的事情，直到这一天……

傅谨："父亲，我有点儿事想跟你谈谈。"

傅泽永习惯了他端庄肃穆的说话方式，起初没当回事："谈呗。"

傅谨沉默片刻："我刚刚发现了一个秘密。"

傅泽永笑了："哟，难得你还愿意跟为父分享小秘密，为父好感动哦。"

傅谨连嘴角都没牵动一下:"您还记得我的合伙人吗?"

傅泽永:"记得啊。晋高临的侄子。"

傅谨:"我在创业的过程中,发现他能调用的资源有点儿过于惊人了,就私下查了一下。因为不想惊动他,所以费了些时日,今天得到了确切结果。他并不是晋高临的侄子。"

傅泽永:"怎么说?"

傅谨:"他是晋高临的私生子。"

傅泽永的脸色瞬间铁青。

事情有点儿不对劲。

私生子也分得宠和不得宠的。这个"纨绔"不学无术,却能调用那么多资源,说明那人是宠爱他的。但是,如果真的宠爱他,为什么不直接在自个儿麾下替他找个肥差呢?为什么要把他赶出来创业?

傅泽永琢磨了一下:"你觉得财团的那家伙有没有可能是在磨炼他?"

傅谨:"不像。"

傅泽永:"我也觉得那家伙没那么天真。所以最大的可能是……"

那家伙是想把他从某种局势中撤出来,还顺便搭上了傅泽永的路子,这是种保护。

傅泽永:"你先不要打草惊蛇,我查一查再说。"

傅泽永回头去深入调查了一下,果然打听到了模糊的风声——财团背后的势力要换血了。虽然暂时还没有证据表明他们一定会倒——即使倒了,财团也未必没法子明哲保身,但这人的举措,似乎有点儿未雨绸缪的意思。

这个消息,至少对吕闲来说,绝对是个好消息,但傅泽永暂时不打算告诉吕闲,主要是八字还没一撇,不想给他渺茫的希望。

一切变化仅止于暗流涌动,表面上,财团依旧稳如泰山,旗下的企业依旧日进斗金,还在不断扩大规模。

夕阳红

于是这一日，吕闲家的晚餐桌上，吕曦搁下筷子，宣布道："我要跳槽了。"

吕闲咀嚼的动作停下了："不是刚被破格升职了吗？你要去哪儿啊？"

吕曦报了个大公司的名字："他们来挖我的。"

吕闲僵住了。

的确是家大公司，不仅是傅泽永的竞争对手，还是那晋高临财团旗下的。

吕闲："你已经答应了？"

吕曦："下周就去上班。"

吕曦被傅泽永培养过一遭，眼界已非昔日可比，收到对方的橄榄枝后深思熟虑了一番，竟然没跟任何人商量就点头了。

吕闲艰难地咽下嘴里的食物："为什么？"

吕曦笑了笑："薪水高，待遇好，前途光明。"

吕闲："你知不知道这公司和那个财团的关系？"

吕曦又笑了笑："知道啊。"

吕闲脸上血色尽失："所以你宁愿为那个人打工……也要向上爬，是吗？"

吕曦也跟着沉下脸："向上爬有什么不对？难道要跟你一样，躲躲藏藏，遮遮掩掩，待在阴沟里一辈子不见光，以后还要拦着自己的孩子向上爬？!"

吕闲望着吕曦。这个孩子年幼时，是同龄人中最爱笑的。哪怕没有什么好事，他也能一边绕着自己奔跑，一边咯咯发笑，仿佛人间没有忧愁。

"小阳，你从小到大，一直怕别人瞧不起你。我一直很愧疚，觉得都是我造成的，直到现在。"他浑身都在发抖，声音却很平静，"现在，你做了这件事，我们两清了。以后，我也瞧不起你。"

吕曦猛然把碗摔了，他尖声叫道："我才瞧不起你。我从你被赶出家门的那一天起就瞧不起你。你为什么只会牵着我去找房子租？为什么不把那导演连人带东西扔出去？"

吕闲："……"

吕曦："班上的同学笑我是你的孩子，把登了你丑闻的那页杂志撕下来贴在黑板上！我把刀藏在书包里。你为什么只知道让我转学？如果你那天放我去上学，我早就解脱了！"

吕闲："……"

吕曦："我瞧不起你，尤其你每次露出那副'这辈子就这样了'的表情的时候，我就更瞧不起你！你躲了二十年，二十年后你被人偷拍，还只会躲！你是不是觉得自己很无辜、很善良，像个唾面自干的圣人似的？我帮你认清事实吧——你是个废物！一把年纪了还躲在老总的荫庇下，等着人家帮你出头的老废物！"

吕闲："……"

吕曦突然叫了声："爸，你问过我后不后悔被你收养，我不后悔，因为我没得选。现在我有选择了，我要爬出这阴沟，总有一天，我要把踩过我的人都踩在脚底下，踩死。我走了，你自己烂下去吧。"

吕曦说完就转身进了自己房里，打包了一些日用品，拖着箱子走了。

吕闲一动不动地坐在原地，听着吕曦关门离去的动静。他一直枯坐到饭菜都不冒一丝热气了，才动了动眼珠，瞧见了桌上没收拾的碗筷，还有摔在地上的碎片。

吕闲惯性使然地站了起来，如同预设了程序的机器人，扫了地，洗了碗，擦了桌子。

直到将剩菜放进冰箱的时候，他的脑中才出现一个成形的念头：从此之后，做这些事都不再有意义，因为不会有人回来了，这家里只剩下他一个了。

这些年来，吕闲偶尔也会设想，如果那一天自己没有反抗，现在会是个什么境况。毕竟后来发生的事，证明了那个胡导并不是一个值得他那么信任的人。他所做的决定，到头来只是成全了自己的尊严。

夕
阳
红

如果当时选择了另一个方向，顺从了那投资商，也许那个人很快就会腻了，放自己回归平常的生活。若是那个人再顺手给一点儿机会，说不定自己还会青云直上。

每次想到这里的时候，吕闲就会强行止住思绪，仿佛连这样的设想都是一种背叛——一旦这样想了，自己这二十年的躲藏与落魄就都成了笑话。只有坚信自己那时的选择是对的，他才能凭着这点儿念想，熬过一天又一天的日子。

然而就在刚才，他听见自己养大的孩子亲口质问自己："难道要跟你一样，躲躲藏藏，遮遮掩掩，待在阴沟里一辈子不见光，以后还要拦着自己的孩子向上爬?!"

遮羞布被扯去了。

原来他并没有什么尊严。

原来这样的生活是阴沟。在其中待久了，居然不闻其臭。

吕闲擦干手上的水，从厨房走出来，看着空荡荡的餐厅和客厅。灯光将他的影子钉在墙上。

这就是他的一生，到头来什么都没留下。

不，也不是一无所有的，至少还有傅泽永可以相信。

吕闲下意识地走出家门，脚步前所未有地急促，只想离开这个地方，去见那个人一面。

他刚刚出了小区，口袋里的手机就响了起来，是傅泽永。

"我去吃夜宵，你一起来吗？"

"啊，我晚饭吃撑了，就不去了吧。"吕闲听见自己若无其事、微微带笑的声音。

"好吧。"傅泽永挂了电话。

吕闲的脚步慢了下来，心想他们见面之后要说什么呢？告诉他养子干的混账事，再让他费神安慰自己一番？

他的耳边又回荡起了吕曦的声音："一把年纪了还躲在老总的荫庇下，等着人家帮你出头的老废物！"

吕闲了解自己的孩子，知道这话里有赌气的成分，甚至是在报复自己说的那句"我也瞧不起你"。但与此同时，他也清楚地认识到这句话并没有错。

吕曦离巢飞走之后，这世上再也没有依靠他的人。他的肩上不再有负担，而他自己将成为别人的负担。

吕闲漫无目的地走过一条街，又一条街。

萍水相逢，傅泽永为他付出的已经够多了，而他却一味地消极着、怯懦着，回报给对方的只有麻烦。

不能再继续下去了啊，要立即做出改变哪。

要做一个快乐而骄傲的人，要做一个值得被爱的人。

可是太累了，太累了。

"改变"需要更多的能量，而他已经没脸再向这世界索取能量了。

自己是怎么走到这一步的呢？

回想起来，犹如一场大梦，但是他不能后悔。

不能后悔，不能往后看哪，因为仅剩这个"不后悔"了，没了它就什么都没有了。往前走吧，一直走到黑。

吕闲停下脚步，发现双脚自动将自己带到了一幢高楼下。这幢高楼在傅泽永的公司对面，从吕闲所在的办公室里，正好可以看见楼顶。

曾经的他有时会停下手头的工作，盯着那楼顶的天台发一阵子呆，但最终都会收回目光。如今那些让他收回目光的理由都不复存在。于是他慢吞吞地走了进去，搭着电梯到了最高一层，找到了通往天台的梯子。

傅泽永将车停在小区门口，又打了个电话给吕闲。铃声响了许久，对方才接起："怎么了？"

傅泽永："我在你家楼下，给你带了夜宵，你出来拿一下。"

"不好意思，我不在家……"

"这么晚了不在家，去哪儿了？"

夕阳红

对方沉默了两秒，说道："陪我儿子买东西呢，还要很久才能回去。真不好意思，你别等了吧。"

傅泽永难得体验一下给人送夜宵的感觉，却出师不利，他有些失望地发动了车子："好吧，那我回去了。"

"嗯，早点儿休息吧，晚安。"

傅泽永正要挂电话，忽然又想起一事："回头给我一把你家的钥匙呗？"

吕闲："……"

傅泽永："或者干脆住到我家，反正我一个人住这么大屋子也是浪费空间。你来了就可以多个人一起吃饭，厨师也能多做些花样。——对了，你不介意吧？"

那头半天没声音。

傅泽永皱着眉转过一个路口："喂？信号不好？"那头似乎隐隐有风声。

"没有，能听见。"吕闲的声音很平静。

傅泽永意识到这个提议有些唐突："嗯，这没关系，可以以后再说。"

吕闲的手被冷风吹得几乎失去了知觉，他害怕握不住手机，就用两只手一起紧紧抓着，声音还是温柔的："你是那样想的呀？"

傅泽永："是啊。"

吕闲的眼泪无声无息地往下淌："这么相信我呀？"

傅泽永不太适应对方突然这么说话，他干咳了一声："是啊。你那头有点儿杂声。"

"你欣赏我什么呢？当演员吗？还是当助理？还是做饭？"

傅泽永转着方向盘："呃，当然都欣赏。"

"那就说说我做什么让你最欣赏？"

"演……演员吧……但不是因为演戏本身！"傅泽永不失尴尬地笑了，他语气正经地说，"重点是……重点是你喜欢自己的时候，最有光芒。"

吕闲："……"

傅泽永："喂？"

吕闲："我知道了。晚安。"

傅泽永："晚安，明天见。"

通话结束了。

天台上黑灯瞎火，没人看见吕闲跪在地上佝偻着腰，像一尾煮熟的虾，将手机牢牢攥在胸口。

谁也不知道他是什么时候走上来，又是为何走下去。

从头到尾，傅泽永毫不知情。

第二天，吕闲请假没去公司。

傅泽永开了一上午的会，午饭时间想去找他说句话，才发现他请假这件事，有些担心地发了条信息过去：没事吧？

吕闲很快回了：没事，有点儿感冒，休息一天就好。

傅泽永：吃药没？

吕闲：吃了，别担心。

傅泽永有点儿意外，毕竟吕闲这些年在公司拿过不少全勤奖，以吕闲的忍耐力，不像是个会被普通感冒打倒的人。不过傅泽永又有点儿小欣慰，只当是两人关系不错之后，吕闲放松了不少。

直到当日下午，傅泽永才听闻吕曦跳槽去晋高临旗下公司的事。

傅泽永的第一反应是恐惧——他太清楚吕曦对于吕闲来说意味着什么了，不敢想象这件事能对吕闲造成多大的打击。吕闲今天没出现，会不会已经……

傅泽永吓得立即冲出了公司，上了车直奔吕闲家，却又害怕来不及，半途发了个视频通话邀请过去。

那头接通了，傅泽永不假思索地脱口而出："不要想不开！"

吕闲："……"

傅泽永定睛一看，发现吕闲虽然脸色很差，精神却还过得去，闻言甚至露出了带着歉意的微笑。

吕闲："你这么快就知道了？唉，我就怕你为了这点儿破事儿分神……"

傅泽永："……"

吕闲："我没事，真没事，昨晚已经想通不少了。"

傅泽永："……"

傅泽永脸上将信将疑的担忧表情让吕闲很自责，而他心中早些时候埋下的某个念头也开始生根发芽。

吕闲："不过回头确实有点儿事儿想跟你谈谈，你先回去忙吧，今晚有空吗？"

吕闲这话是给傅泽永吃了颗定心丸，潜台词是"我至少会全须全尾地活到今晚，所以别多想"。

傅泽永吁了口气，挂了通话后，那一直被恐惧压制的怒火才冒出了头。

他吩咐司机掉头，开往另一个方向，同时翻出吕曦的联系方式，发了条信息过去：你在新东家还没过试用期。猜猜看，他们获知你的种种黑历史后，会是什么反应？

吕曦很快回了：你想要什么？

傅泽永发过去一个地址：二十分钟内来这里见我。

傅泽永的车子开到那家茶楼时，吕曦已经在包厢里等着了。

傅泽永开门见山："我不知道你是不是听说了什么。"

吕曦面无表情。傅泽永判断不出他是否也听闻了自己打探出的那些风声，是否也从中做出了某种判断。

有可能吗？这小子的能力已经有了如此质的飞跃吗？

傅泽永慢悠悠地呷了口茶："不过，无论你的动机如何，都改变不了你的蠢。"

吕曦依然直勾勾地望着他。

傅泽永："你以为跳槽去做个小管理，就能接触到核心机密吗？被那家伙亲手培养了十年二十年的人是吃素的吗，还轮得到你上位？"

吕曦面部肌肉抽搐了一下："我能混成什么样，不关你的事。"

傅泽永："就算真让你走了狗屎运，入了那家伙的眼，人家难道不会查你的背景？等他们发现你被我栽培过……你是准备灰溜溜地滚回来，再赖着你爹？"

吕曦阴鸷地将茶杯一搁："再说一遍，不关你的事。"

傅泽永耸耸肩："当然，你蠢死也不关我事。"

吕曦冷笑一声："走着瞧。"他说完起身就往外走。

傅泽永继续道："但是，一旦你的蠢为你爹引去任何麻烦，我会给你上最后一课。"

这毫不掩饰的威胁一出口，吕曦脚下顿了顿，似乎想撂下一句针锋相对的狠话，但受着傅泽永的气场压制，最终一言不发地走了。

傍晚，傅泽永敲开吕闲的家门，张口就说："收拾一下换洗衣服，快，车子等着。"

吕闲愣了愣："去干吗？"

傅泽永："出差。"

吕闲："去哪儿？"

傅泽永似乎临时考虑了两秒："泡温泉。"

吕闲："……"

于是，吕闲迷迷糊糊就上了飞机。

女秘书的效率越来越惊人了，在他们去机场的路上就发来了机票订单、酒店订单和详细行程安排。吕闲一下飞机就被专车接去了度假酒店，被一路送进贵宾房。

服务生放下行李，拉开窗帘，向他们展示了一下落地玻璃墙后的私人小温泉池，又指明了挂浴衣和浴巾的地方，就鞠躬退场了。

房门关上，傅泽永开始若无其事地说："先泡会儿？"

吕闲："……"

傅泽永将浴衣随便一搭："对了，喝点儿什么？他们会送到池

夕
阳
红

子边的。"

吕闲终于从愣神状态恢复过来："不……不喝了，谈点儿事儿。"

傅泽永已经走向了内线电话："喝嘛，好几天呢，明天再谈也不迟。"

吕闲突然意识到了对方隐藏极深的无措。他怕自己冲动之下做出错误的决定，所以一路闭口不谈此事，只想让自己先放松一下紧绷的神经。

吕闲心情复杂地笑了笑，拿着浴衣下水了。

温泉烫得他龇牙咧嘴，适应好半天才往下沉一点儿。

傅泽永边拿着电话点餐，边透过玻璃墙看他缓缓入水的背影。

吕闲作为"一条咸鱼"当然是没有腹肌的，但基因优越，天生窄腰长腿，而且饮食习惯健康，身材比起年轻时并没有明显走样。傅泽永刚认识他的时候嫌弃他站姿颓废，撑不起西装，后来他在傅泽永身边慢慢地改了。如今这月色下入水的身影，恍然间又有了当年镜头里的气质。

傅泽永东拉西扯："这儿空气好，还能看见星星。"

吕闲仰头去看星星，脖颈发红。

酒很快送来了，吕闲热得暂时坐上岸去喘了口气，只将小腿浸在池子里与傅泽永碰杯，仰头饮酒的姿势是演戏那会儿受过训练的，风雅又洒脱。

两人泡了许久的温泉，泡得晕晕乎乎地才各自回房去睡觉。

翌日中午两人才爬起来，穿戴整齐，吃了午餐。

傅泽永："还想谈吗？"

吕闲："要谈的。我想了很久，有个决定要征求你的意见。"

傅泽永疑惑，等着后面的话。

吕闲吸了口气："我想回去演戏。"

傅泽永："……"

傅泽永一时没有说话，只是微微蹙眉望着吕闲。

吕闲也忐忑不安地回望着他。

傅泽永："为什么？因为我说了喜欢看你演戏？"

吕闲："不不不，这只是原因之一。我想做一个能和你并肩的伙伴。"

傅泽永嘴一张，吕闲就知道他要说什么，于是吕闲忙说道："我知道你并不在意我们事业上的差距。我说的也不是那方面。"

傅泽永："那是哪方面？"

吕闲微笑着说："我希望在余生里，做一个像你一样自信、坦荡、温和的人，把最好的自己呈现在你面前。"

对傅泽永来说，这既是极高的赞誉，也是深沉的信赖。吕闲几乎是在说"今后都是你给的新生"了。

他很久没体验过如此认真的信赖关系，一时觉得胸口很沉，一时却又满心温暖。他突然明白了傅思从前说的那些话，那时他不服气，不愿面对那可悲的描述。直到刚才，他竟然为了吕闲这一句话，生出了"以后真得自信、坦荡、温和点儿，别让人失望"的想法。

为了彼此努力做更好的人，这感觉简直又回到了年轻时代，同时也让他意识到了此前漫长的孤独。

吕闲继续说："我没有什么擅长的事，在公司里很难给你多少助力……但演戏不同，也许在未来的一天，你投资一部戏，我能把它演好、演火……当然，那还是需要时间和运气的，现在只能从龙套跑起了。"

"不会让你跑龙套的。"傅泽永表情复杂地说，"我毫不怀疑你是个好演员，只是担心你回到那个圈子会不开心。"

吕闲："总是要跟过去和解的。"

傅泽永："谁说的？不和解也没关系。"

吕闲："……"

傅泽永沉默良久，缓了口气："行吧，真的想好了，咱们就一步一步来。"

他又默念了一遍送儿子出去创业时的台词：大不了我再捞他回来。

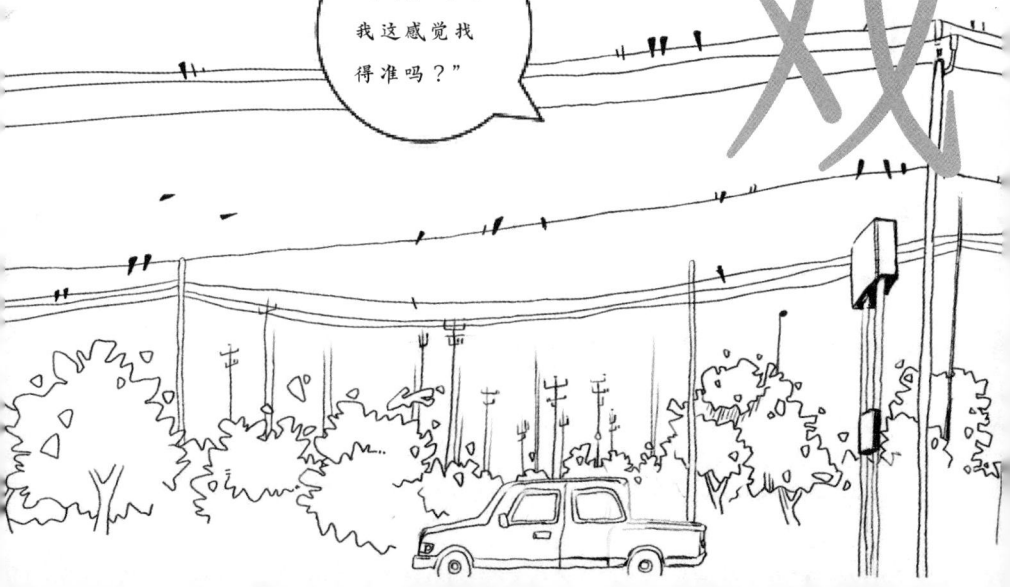

演戏

第三章

"导演，您看
我这感觉找
得准吗？"

夕
阳
红

他们在温泉山庄住了几天，傅泽永白天强行拖着吕闲吃喝闲逛，夜里泡完温泉，又拉着他运动。

吕闲一把老骨头经不起这没日没夜的折腾，反而比上班时更累了，一挨枕头就睡着，根本来不及去想糟心事。几日下来，逐渐从装出来的放松变成了真的放松。

可惜傅泽永不能偷闲太久，在下属的夺命连环电话之下，短暂的假期结束了。

回程的飞机上傅泽永打开了电脑，飞快地处理积压下的事务。

吕闲望着窗外发了一会儿呆，凑过去瞥了一眼，有些意外："这是剧本吗？"

傅泽永："不是，是一些项目简介。"

傅泽永之前就准备着收购一家成绩不错的影视公司，流程已经走了一半了，如今又加快了收尾工作。

与自己儿子白手起家的做派不同，傅泽永进入市场的姿态就比较低调，人事调整也相当温和，大体上仍旧让这家影视公司照常运营。除了业内的有心人，谁也没注意到这家公司赚的金子从此姓傅了，正可谓闷声发大财。

跟吕闲谈过之后，傅泽永就翻看起了影视公司来年的投资与制作计划，想从中为吕闲挑出一个复出作品。

投资与制作之间，他的首选是自家公司制作的。财力支持有保证，可控性强，临时变通也方便，能全方位无死角地照应吕闲。当然，前提是能物色到一个适合吕闲的角色。

什么叫适合呢？角色不要与自身差异太大，演起来不吃力，角色设定还得有出彩之处。男一号就不考虑了——基于吕闲的性格，傅泽永觉得还是循序渐进对他最好；戏份太少也不行——总得让他冒个头吧。还有最最重要的一点：这角色要符合傅泽永的审美。

满足以上所有要求的，几乎找不到。

吕闲跟傅泽永一起读了几篇剧本介绍，感受到了他的头疼，安慰道："年龄差不离的都行吧，先从龙套练习一下，正好方便我找回感觉。"

傅泽永摇摇头："那不成。"

要不然定制一部？傅泽永陷入了沉思。这么大张旗鼓会不会给吕闲压力？

傅泽永一边思索，一边随口道："你不用操心这个，有你需要操心的事情。"

吕闲："啥？"

傅泽永："给自己编个背景故事。"

吕闲明白了，傅泽永想让他伪造一个全新的身份，以免那陈年八卦阴魂不散。

吕闲犹豫道："可行吗？我本来是准备直面它的。"

"你直面啥？那本来就是陷害。"傅泽永冷冷地说。

吕闲："曾用名……"

傅泽永："能查到的记录早就帮你销毁了，提过你的八卦帖封了，偷拍你的视频也彻底删除了。没有任何人能证明你是他。"

吕闲："公司的同事……"

傅泽永："谣传而已，他们也不敢往外说，说了也没证据。你

夕阳红

就是个普普通通的会计师，突然转行去演戏。"

吕闲又想了想："可是胡导……"

傅泽永："他已经倒了，翻不起风浪，我盯着呢。"

吕闲欲言又止。

他本质上依旧是个谨小慎微的人，但最近越来越无条件相信傅泽永说的话了，仿佛傅泽永说没问题，那潜在的问题也会自动消失一般。

吕闲放弃了原本要说的话，苦思冥想了片刻："我……我年轻时为了养家放弃了梦想，在自己不喜欢的行业干了几十年，直到最近痛失重要之人，才被当头棒喝，决定珍惜余生，重拾梦想？"

傅泽永呃摸了一下，脸上浮现出了笑意："怎么这么聪明？信手拈来呀。"

这故事基本堵死了所有八卦提问——为什么这把年纪才入行？为了梦想。为什么年轻时不演戏？为了家人。这种荒唐决定得到了家人支持吗？家人已经痛失了。

完全没毛病。

吕闲笑道："熟能生巧呗。"论扯幌子，他也算是颇有心得了。

虽然熟人都知道吕闲有个一言难尽的儿子，但只要吕曦自己不跳出来作妖，舆论就不会影响到他，而现在吕曦忙着抱大腿，应该也不会干这种自毁前程的事。

傅泽永眯了眯眼睛。

——对了，还有晋高临。

他知道吕闲刚才为什么欲言又止了。

二十年了，那晋高临还能认出当初被自己亲手毁了的小艺人吗？真的认出了，又会采取什么行动呢，出手再毁他一次吗？

傅泽永对此并不是很担心。晋高临如今自身难保，吕闲又明显有人罩着。他相信那家伙只要看得清情势，就不会生出那等闲心。

吕闲始终畏惧那家伙，如同恐惧某个法力通天的恶魔，连提都不敢提。傅泽永却能平静甚至漠然地分析对方，这主要是站位决定的。

傅泽永不愿谈这件事，转而说："还有个小事……回去之后就搬去我家呗？我家的安保更好，你做艺人后安保要加强。"

第二天，傅泽永带着人陪他回家收拾了行李。

吕闲在卧房打包衣服，傅泽永进厨房转悠了一圈，看见冰箱上粘着一张泛黄的纸，上头是油画棒涂出的一大一小两个人，笔法很稚拙，像小孩子画的。

傅泽永朝吕闲的方向瞟了一眼，将纸揭下来藏进了兜里，免得他触景生情。

傅泽永的屋子虽是豪宅，但规矩很少，一切从简。儿女早就不跟他住了，他平时也只是回家睡个觉，没事儿不愿意待在家里，免得有种空巢老人既视感。

吕闲搬进客房之后，最高兴的是厨师，当晚就用一桌精简版满汉全席表达了大展拳脚的兴奋之情。

吕闲为了表示捧场，吃撑到神志不清，最后瘫在椅子上揉肚子。

傅泽永嘲笑道："你这样不行，过会儿跟我跑步去，明天还要拍写真的。"

"什么写真？"吕闲问完就自己反应了过来，多半是争取角色用的，要给剧组成员过目。

傅泽永托人预约了一个业内出名的人像摄影师，让司机送吕闲去摄影棚。

吕闲拿出了最端正的态度，一丝不苟地洗漱打扮，提前十分钟到场，衣冠楚楚地与摄影师团队打招呼。

傅泽永是个大佬，牵线的朋友也是个大佬。摄影师一看吕闲这年纪，想当然地把吕闲也当成了个大佬，头顶一堆"巨擘""传奇""先驱"之类的名头的那种。

吕闲坐到白幕布前，仗着当年练出的镜头感，倒也丝毫不露怯，边调整姿势边微笑道："一切听您指挥。"

"我懂，我懂。"摄影师以为要拍的是公关照，搁在人物百科资料页上的那种。

几日后，一组照片发到了吕闲的邮箱里。

傅泽永："……"

吕闲："……"

屏幕上是吕闲的四分之三侧面半身像，饱和度低，对比度高，打光凸显了他的面部轮廓，上了年纪之后愈发瘦削的脸颊在镜头中反而显得立体而高雅，整个人散发出一种金融巨擘的贵气。

吕闲："挺……挺帅的。可惜不像我。"

傅泽永笑了："说明你可塑性高啊。发我一份，我要给一个导演看看。"

又几日后，傅泽永说："搞定了，你去跟这位导演吃顿饭，合拍的话就准备入组吧。"

吕闲："什么角色啊？"

傅泽永将项目简介递给他看。短短两页，也看不出什么细节，大致是一部现代职场剧。

"男三号，是主角的顶头上司，我觉得挺适合你。"

吕闲听见"上司"二字就有些心里没底："我尽力吧……"

吕闲再次打扮得人模狗样地去赴饭局。

导演是个年轻人，去年刚出过一部大热剧，野心勃勃地想再出一部神作。年轻人一头扑在作品上，选角都想亲力亲为。

这年头儿，男、女主角的决定权基本不在导演手上，男二号、女二号也被资方预留给了各自捧的新人。然而到了男三号这儿竟然还得面对"空降党"，导演心里就有点儿不乐意了，尤其是看完吕闲的资料、照片后，更加失望。

结果资方开了口，说可以先吃顿饭，看看合不合拍。

话虽如此，导演也知道就算不合拍，自己也没资本拒绝人，只好先走个过场，你好我好一番，回头再以"气质不太符合"为由删改点儿戏份。

吕闲进了包厢，与剧组几人挨个儿握了手，人模狗样地坐下了。

导演毕竟年轻，藏不住事儿，面对吕闲时总有些敷衍。

吕闲看出来了，态度却很诚恳："给您添麻烦了，我没有经验，到时候还得拜托您讲讲戏。"

声音倒是挺好听的，吐字也清晰。这台词功底不像是玩票的，倒像是曾经苦练过。

论年纪，导演都得叫他叔了，当下拉不下脸来，假笑道："哪里哪里，您形象还是很好的，回头找找人物的感觉，肯定没问题。"

吕闲当场开始敬酒："男三是怎样的上司呢？"

导演只得干了："嗯……现在剧本上写的是个落魄中年，曾经在职场受挫，后来就放弃了努力，每天混日子，还会时不时给主角喂点儿'毒鸡汤'打击他的积极性……"

导演又倒了杯酒，抬起头，蒙了。

只见对面的吕闲以肉眼可见的速度垮了下去，整个人犹如突然脱水的咸鱼。

吕闲的眼神也死了："导演，您看我这感觉找得准吗？"

导演瞬间坐直了身子。

这部剧演男一号的劳先是个"小鲜肉"。说是"小鲜肉"，其实已经快三十了，只是出道时走的偶像路线，后来没机会转型，就一直觍着脸"鲜肉"到了现在。

男二号年纪比男一号小几岁，叫萧显柔，也是个"小鲜肉"。他虽然也走偶像路线，但颜值比不上男一号，青春饭吃不了几年，又不愿意老是整容，再加上本人比较有抱负，公司也早早为他设计了演技派路线，让他好好琢磨演戏，通稿再吹几波，争取早日拿个奖。

劳先和萧显柔同在一个公司，互相看不顺眼已经多时。萧显柔鄙视劳先一把年纪了还装嫩，老黄瓜刷绿漆；劳先鄙视萧显柔硬吹演技，明明跟大家半斤八两，非要自视清高，没事儿还捧本《演员的自我修养》，不知道装给谁看。

两人在片场表面上客客气气，转过身就互相翻白眼。

直到吕闲进组了，"鄙视链"忽然有了最底层。

吕闲的名字早在刚刚确定选角时，就传遍了剧组。所有人都在八卦这个从未听说过的新人是怎么拿到机会的，最后得出了一个听起来最靠谱的结论：这是个带资进组玩儿票的"土财主"。

劳先近年演了不少不温不火的剧，粉丝都快审美疲劳了，急需整出个像样的作品。萧显柔的野心就更大了，是想靠这一部拿奖的。两人一看吕闲进组，都暗中担忧，等到目睹导演笑口常开围着吕闲转的样子，更加心惊胆战，就怕这"土财主"往空中撒点儿钱，给自己加个几十场戏过瘾，这剧就毁了。

但不管他们怎么担心，该来的还是会来。

这一天，轮到劳先和吕闲对戏了。

这部剧的男一号是个刚入职场的新人，和同样一穷二白的女友在大城市里咬着牙各自打拼，誓要闯出一片天地。男三号则是男一号的顶头上司，职场失意的落魄中年，看不惯男一号盲目乐观的样子，时常给他喂"毒鸡汤"，要让他认清真实的社会。

换句话说，劳先和吕闲的对手戏特别多。

萧显柔对此幸灾乐祸。劳先暗呼"倒霉"了一阵儿后，却又觉得"塞翁失马，焉知非福"：万一在吕闲的反衬之下，显得自己又帅又有演技呢？

劳先到片场化妆时，吕闲已经坐在化妆间里了。见劳先进来，他主动微笑着打了声招呼。

劳先："……"

劳先想问好，却突然在称呼上卡壳了。

叫他什么呢？按理说他这把年纪了，自己应该叫老师，可他在业内分明是个新人，资历还不如自己老。

劳先想了想，强行回了声："老师好。"

就见对方彬彬有礼地说："不敢当不敢当，叫我名字就行。"

　　劳先见他识相，便也客气了一句："待会儿多关照。"

　　吕闲继续彬彬有礼："第一次演戏，您多担待。"

　　那头棚里机器准备好了，副导演便来领着两人过去。

　　片场布置成了办公室的样子。

　　导演是个强迫症，下的指令极其细致，安排站位的时候连身子的朝向和抬头的角度都报出来了。这也是因为近来"花瓶"太多，只会僵硬地原地站桩，逼得导演像个木偶戏的操纵员似的。

　　导演："好，吕闲坐着，劳先进来，走到这儿，这么看着他，说台词，懂了吗？试一次，场记！"

　　场记板一打，导演喊了声"Action"（开始拍摄）。

　　劳先走到站位上开始念台词："主任，我的方案为什么又被打回了？"

　　吕闲缩在电脑屏幕后面，装作在打"斗地主"的样子，闻言探出半个脑袋："什么方案？"

　　劳先："……"

　　劳先的内心遭受了巨大冲击。他心想：不可能吧？错觉吧？

　　劳先继续念台词："昨天下午发到您邮箱里的那个方案，已经照您的意见改过了，您又打回了。"

　　吕闲双目无神地看着他，想了想，缩回电脑屏幕后，鼠标点了几下，再探头出来："年轻人哪，有想法是好事……"

　　不是错觉！前一刻在化妆室里还很正常的一个人，此刻赫然被角色"附体"了。"丧"得出神入化，"咸鱼"得以假乱真。

　　吕闲的语气平板无波："……这个不到位，啊，不到位，缺一点儿脚踏实地的东西，你要好好想想……"

　　劳先惊吓过度，一不小心忘词了。

　　"Cut（停）！"导演说，"主任就照着这个来，男主角表情变化丰富一点儿，先点头认真听，然后慢慢皱眉眯眼……"

　　导演根本不讲"愤怒""委屈"这样抽象的字眼，直接掰开揉碎，把五官该怎么配合都设计好了，仿佛恨不得演员是泥巴人，随

The Setting Sun

夕
阳
红

便他捏。

　　劳先在这样的讲解下感受到了赤裸裸的歧视。他心想：我还比不上一个第一次拍戏的新人吗？这也太丢人了。

　　劳先抖擞精神，要拿出干劲儿来了。

　　第二场戏。

　　劳先听着吕闲慢吞吞讲套话，努力把眉头拧了起来，提高声音："我觉得这个方案是切实可行的，可以为客户省去很多复杂的步骤，我愿意加班去跟客户沟通！"

　　吕闲八风不动地斗地主，输了一盘后，放下鼠标走到窗前的站位点，给自己倒了杯茶。

　　吕闲："年轻人，不要想着一蹴而就，要一步一步慢慢地去努力……你就会发现，你一步都走不通。"

　　"Cut！"导演喊道，"很好很好很好，过了过了。"

　　劳先："……"

　　吕闲就着手中的道具杯子喝了口茶，暗中叹了口气，抬起头来时又恢复了风度翩翩的样子："谢谢您配合。"

　　劳先呆滞着，仿佛已经预见到了悲剧的未来。

　　一周之后，吕闲终于迎来了和男二号的对手戏。

　　这场戏里三个男角色都在。萧显柔上午跟女一号对了场戏，吃过午饭，看见劳先和吕闲走进了片场。

　　萧显柔站起来，先是假笑着跟劳先打了声招呼，然后客客气气地跟吕闲握手："老师好。"

　　吕闲于是又重复了一遍跟劳先初见时的流程。劳先冷眼旁观，间或瞥萧显柔一眼，那眼神几乎带着怜悯，可惜萧显柔没发现。

　　萧显柔扮演的角色是这家公司的继承人，标准"富二代"，同时也是男主角的情敌。这场戏讲的是男主角干出了优秀的业绩，却被他上司顺手抢了功，他追着上司据理力争时，迎面遇见了情敌。

　　场景是一处走廊，为了衔接连贯，导演让劳先和吕闲把上一个镜头的末尾也演一遍。

导演一喊"Action"，萧显柔就站在走廊里装作低头看手机，听着走廊尽头的楼梯间里传出劳先的声音："你就不怕我告发你吗？"紧接着吕闲转入了走廊，后头紧追着劳先。

吕闲对着萧显柔愣了两秒，随即笑容可掬地走了过来："少爷，您怎么亲自来了，有什么事吩咐一声就行了……"

萧显柔："……"

吕闲见到"富二代"就点头哈腰，然而连点头哈腰的动作都显得敷衍了事，仿佛只是走个过场。

"丧"得自成体系，"咸鱼"得层次丰富。

萧显柔的目光在半空中与劳先的交会，两人的目光第一次散发出达成共识的光芒。

又一周后，两人已经被压戏压得没脾气了。

"鲜肉"之间原本还是有演技高低之分的，然而一场戏里一旦出现一个层级高出太多的人物，就会把他们那五十步与百步的区别碾压到不值一提。

按理说，这个时候就要动用资源给对方减戏份了，然而，这偏偏还是个带资进组的"土财主"，他不减你的就算厚道了。

劳先已经放弃抵抗，听天由命，继续安心当"花瓶"，让抬头抬头，让闭眼闭眼。萧显柔却还憋着一口气——他是要发通稿吹演技的，一旦被碾压太多，连路人都能看出来，以后还怎么走演技派的路子？

萧显柔痛定思痛，决定换个方针。

一日午休时，萧显柔偷偷走向吕闲的休息室，想跟吕闲搞好关系，让他教一教自己——也别扯什么形而上的，就说说下一场戏怎么演就行了。毕竟他们之间的对手戏很少，把这几场混过去，就算逃过一劫。

萧显柔捧着剧本走到吕闲的休息室门口，恰好碰见吕闲带进组的助理出门。

助理："啊，萧老师，有什么事吗？"

夕阳红

萧显柔不想说实话，便笑眯眯地说："我来求个签名。"

助理知道吕闲脾气好，肯定答应，便直接走了："门没锁，您进去吧。"

萧显柔推开门，发现吕闲坐在窗前发呆，背脊微弓，眼神空洞。吕闲趁着独处时在想吕曦的事情，没注意到开门声。萧显柔却震惊而敬畏地原地立正。

这可别是传说中的"方法派"吧？

这当口儿，吕闲也听见了动静，回头一见满脸敬佩的萧显柔，立刻切换模式，微笑着问了声好。

萧显柔说明了来意："老师，您演技真是太厉害了，我太崇拜了，想冒昧向您讨教一下……"

吕闲并不敢教人家。先不说他自己也才刚刚找回点儿感觉，就算他真的有本事教，那也不能答应。每个人对演技的理解都不一样，万一人家觉得他有所保留或者故意乱教，那他还要担责任呢。

吕闲怎么说也是一条在职场躺了二十年的"咸鱼"，避坑能力一流，当即微笑着对萧显柔进行了一番亲切友好的商业吹捧，大意是：不不不，你是青年才俊，年少有为，演技比我强多了，要的就是你这种出淤泥而不染的清新之气呀，我教你岂不是拿匠气在污染你吗？

萧显柔："……"

萧显柔发现"土财主"的门没那么容易敲开，于是也收起了商业假笑，拿出了真实的哭丧脸，坦诚交代道："老师，我不容易呀，我也有演出好戏的理想，可是公司天天指着我赶场赚钱，不给我潜心修习的机会呀。我被人骂得好惨，说我没演技却硬造演技派人设，这回再不拿出点儿表现来，以后更加没路走了……"

话都说到这份儿上了，吕闲也不好再推脱，只得拿出点儿模棱两可的"心灵鸡汤"："重要的是观察和体会……"

结果他刚一开口，萧显柔这边却早有准备："您说的都有道理，但我比较愚钝，悟性不高。您能不能教点儿具体的，比如咱俩下一场对手戏怎么演？"

吕闲："……"

萧显柔睁大泪汪汪的"狗狗眼"："拜托了老师，那场好难好难的。"

吕闲回忆了一番下一场戏的剧情。

他俩的对手戏不多，所以拍摄日程里把这几场戏集中到了萧显柔在组的最后几天，拍完他就杀青了。

故事情节是：当劳先发愤图强，克服重重艰难险阻，同时用自己不屈不挠的精神逐渐打动了"毒鸡汤"上司，一切看似朝好的方向发展时，萧显柔他爹的公司突然出现了资金问题，苟延残喘数月后，不得不宣告破产。劳先和吕闲一夜间失业，萧显柔他爹卷了点儿钱跑路了，萧显柔失魂落魄，不知何去何从。

在这场戏中，萧显柔偶遇吕闲，又"喝"了一碗"毒鸡汤"，却反而燃起了斗志，决定从头开始创业，不轻易向命运低头。

萧显柔看着吕闲陷入沉思，觉得有戏，连忙开口道："主要是这个人生突然陷入谷底之后的状态，我怕我把握不好……能不能麻烦您看我演一遍，给点儿建议？"

吕闲："那我陪你过一遍吧。"

于是两人把休息室想象成超市，开始进入角色。吕闲在货架间挑东西，一转头看见了萧显柔，他几乎条件反射地点头哈腰，点到一半忽然意识到了对方的身份转换，于是又默默站直了。

吕闲："少爷，这么巧吗？"

萧显柔露出恼羞成怒的表情，又深吸一口气忍住了，高傲地笑了笑："是啊，我在学买菜呢。"

吕闲："那你慢慢买，我先去结账了。"

萧显柔看着他的背影，突然扬声道："我知道你们看着我倒霉，都在幸灾乐祸。别高兴得太早，风水轮流转！"

吕闲顿了顿，回身道："您误会了，您倒霉了没人幸灾乐祸，来日您走运了也没人五体投地——大家都很忙的，忙着挣钱养家，

夕阳红

没空管别人的闲事儿，您对得起自己就行了。"

萧显柔："老师演得太好了！这段'毒鸡汤'的念白简直振聋发聩啊！"

吕闲："哪里，哪里。"

萧显柔："老师，我觉得我的表情有一点儿过头，太刻意了，您说呢？"

吕闲意识到他是诚心求教，于是也认真想了想："我觉得吧，这个角色乍逢变故，整个人应该还在适应期，脑子挺乱的，反应会比平时慢。比如遇到我的时候，可能没有那么快恼怒起来，先木然一点儿，到第二句对话再慢慢调动情绪，就会真实一些。"他说完还赶紧补充一句："个人想法，具体还是要以导演意见为准。"

萧显柔一听有理，千恩万谢地走了。

当天下午拍摄时。

导演："萧显柔怎么回事，台词老是慢半拍才出来！得跟上节奏哇！"

萧显柔看了吕闲一眼。

吕闲一脸"我已经做了免责声明"的无辜表情。

萧显柔想了想，决定赌一把："导演，我觉得这里这个角色乍逢变故，状态会比较差，所以一开始可以恍惚一点儿……"

导演仔细一琢磨："也有几分道理，但是你后面节奏要加快。再试一次！"

他们又拍了一条，过了。

导演很满意。

萧显柔很兴奋。

萧显柔自称愚钝，其实还挺有悟性，知道什么是好的。于是接下来的几场对手戏，他又缠着吕闲"开小灶"，并且指天发誓天塌下来自己扛，绝不让吕闲背锅。

他学得也很快，前脚记下的后脚就能表现出来，加上与吕闲提前排练过，竟基本做到了没被压戏，获得了导演的重点表扬。

萧显柔杀青时,对吕闲的称呼已经从"老师"变成了"哥",热乎得不行。

吕闲温文尔雅地参加完萧显柔的杀青饭局,边与人寒暄边走出餐厅大门,发现等待自己的车换了一辆。

他愣了愣,不动声色地加快脚步,打开后座门坐了进去。

果不其然,里边坐着傅泽永。

吕闲:"你……你怎么来了?"

傅泽永:"接你下班。"

拍摄基地就在本市,但离傅泽永家有点儿远,所以只有碰上拍摄工作不紧张时,吕闲才不用住在剧组。

傅泽永:"你好像瘦了点儿。很累吗?"

吕闲:"还行,有一点儿。"

傅泽永:"怎么还绷着?"

正襟危坐的吕闲哧溜一声滑了下去,断电般瘫在了后座上:"不绷了……"

这段时间的吕闲,可以说无时无刻不在演戏,只有听见"Action",才能在镜头前短暂地做回"咸鱼",确实很不容易了。

傅泽永有点儿过意不去:"要不然就当玩儿票,演完就回家吧?"

吕闲:"不不,我其实还是挺开心的。"

傅泽永沉默片刻。

傅泽永:"如果你是为了成全我的面子勉强自己……"

吕闲打断他:"不是,是我自己喜欢演戏。"

傅泽永笑了。吕闲的"土财主"虽然是装的,但进组之后整个人确实开心了不少,也慢慢有了自信,傅泽永能感觉到这是真的。

傅泽永:"我有个梦想。"

吕闲:"什么?"

傅泽永:"我想看着你拿影帝。"

吕闲:"嗯,我会努力的。"

夕
阳
红

傅泽永："然后你捧着奖杯，直到它掉下去为止。"

吕闲："你的梦想好具体啊。"

萧显柔杀青之后，吕闲剩下的戏份也不多了。

这部剧接下来的剧情主要是男主角和男二号各自从零开始打拼奋斗，在为了女主角争斗不休的同时，却又逐渐对彼此的毅力与闯劲产生了惺惺相惜的认同感。一次机缘巧合之下，两人决定互通有无、共同创业，并把仍旧待业在家的男三号一起拉进了公司。

男主角和男二号后来一点一滴地进步、成长，经历过各种考验，还找到了各自的真爱。男三号却并非成长型角色，在初期的展现之后，就主要是一个站在男主身后帮忙的配角了。

吕闲把这些跟在男主角旁边的镜头一一拍完之后，成功杀青回家了。

临走时，导演依依不舍地拉着他。

导演："您会火的。"

吕闲："托您吉言。"

导演："不不不，我是说真的，您一定会火的。"

吕闲："多谢，多谢。"

导演喝了点儿小酒，满脸感慨："您这样的人才为什么不早十几年入行呢？"

吕闲："……"

吕闲已经上了车，导演的微信又追了过来："火了之后别忘了我啊哥！将来写什么影帝回忆录的时候，记得说我是您第一个导演啊哥！"

吕闲扶着额失笑，笑完之后却又忍不住想：如果人生中遇见的第一个导演真是这样的人，该多好哇。

傅泽永为了帮吕闲庆祝回归演艺圈后首部戏的杀青，特意把接下来几日的工作都往后推了，留出空来陪着吕闲胡吃海喝。

几天之后的饭桌上，傅泽永沉思片刻，开口道："有个配角的戏份，大概十天就能拍完，你去吗？"

吕闲："什么时候进组？"

傅泽永："明天。拍摄地在外省。"

吕闲有些迟疑。

傅泽永："我提前看了你上部剧的粗剪镜头，你演得很好，角色本身也很出彩，但风格有点儿太偏了……把它作为成名作，对你未来的戏路会有影响。我说的这部剧已经快拍完了，是演员受伤临时空出来的角色，主角的师长。你如果去顶上的话，两部剧差不多可以前后脚开播。到时候再配合着一波宣传，大家对你的记忆点就不仅限于'毒鸡汤'了。"

吕闲觉得傅泽永为自己真是尽心尽力，自己也该拿出点儿拼劲儿了，于是说："可以，我没问题。"

傅泽永低头夹了块肉给他："那多吃点儿，接下来又要辛苦一阵了……"

吕闲的新角色是个极其典型的悲剧性人物，儒雅、清贫的文化人，教了一辈子书，最后却死于动乱，留下年幼的女儿，临死时的最后一句话是"我想回家"。

之后的故事线都围绕着主角与这位遗孤展开。

演这个人物，吕闲没有什么压力——主要是角色本身也没什么挑战性。

首先，他在外形上就赢了一大半。吕闲的脸本就清瘦，自带文弱气质，再倒点儿血浆抹点儿灰，即使不做表情也活脱脱写着个"惨"字。

其次，并非所有角色都能给演员发挥的余地。有时主角的形象复杂、丰满了，配角就需要纯粹、单薄一些，发挥完对剧情的推动作用就可以安静离场了。

这部剧的导演显然也不是鼓励演员自由发挥的那一类，口头禅

夕
阳
红

是"你懂还是我懂"。

　　导演："眼睛不要往旁边看，台词晚点儿出来！"

　　吕闲点点头，维持着一张悲苦而绝望的脸，一丝不苟地照着演，十天之后迅速杀青收工。

　　两个月后，吕闲的第一部剧迎来了首播。

　　这也是傅泽永收购影视公司后交出的第一份答卷，业内都盯着它的表现。

　　初期一板一眼的媒体宣传之余，各平台的营销号开始投放软文，主打的是男主角与男二号的相爱相杀。劳先和萧显柔分别自带流量，粉丝们狂喜乱舞，站队互撕，老一套炒作永不过时。

　　几集之后，异军突起。

　　几位影视博主先后发了类似的内容："我要被这位笑死了，哈哈哈哈……"配图是吕闲在剧中的各种动图剪辑。

　　"要一步一步慢慢地去努力……你就会发现，你一步都走不通。"

　　"人生在世，没拼搏过，怎会知道拼也没用呢？"

　　"年轻人，我就喜欢看你这热血的样子。搁电影里，十分钟后就死了。"

　　这些台词配上吕闲那张丧气中不失优雅的脸，迅速地火遍了社交网络。

　　转发推荐语里一片狂笑和调侃："哈哈哈哈哈……转发这条'咸鱼'！""这条'咸鱼'是我追剧的动力啊！""每天就等着看他花式泼冷水……""谁知道这位大叔是谁？"

　　公司的资源原本就优先紧着吕闲用，对此，宣传部门自然积极地推波助澜。

　　很快，网友们连表情包都做出来了。

　　"质疑叔，理解叔，成为叔""猫猫破防""'咸鱼'鼓掌"……

　　最终火成了年度表情包的，还是一张剧组花絮照。

照片中的吕闲正坐在化妆镜前任人摆布，而他的助理站在一旁，拿着一块面包喂他。吕闲大约是因为没吃早饭而双目无神，抬起头张嘴去接面包，却没碰到。

这个表情包名叫"直钩钓鱼"。

吕闲的真名没几个人记得，"咸鱼叔"的称号倒是先广为人知了。

面对各家媒体发来的采访邀请，吕闲的团队统一回复：一周之后可以安排。

吕闲的神秘感就此保持了一周。网络上的话题瞬息万变，就在"咸鱼"表情包即将过气时，他的第二部剧播出了。

观众的反应可以通过弹幕概括。

主角的师长刚出场时，弹幕里迅速闪过一片"前方高能""哈哈哈哈这不是那条'咸鱼'吗？""您的老师突然失去了梦想"。

到第二集时，弹幕变成了"老师的 flag 高高立起""完了我竟然觉得老师很苏""老师不要死啊啊啊啊啊"。

又两集之后。

"我号啕大哭""QAQ""老师走好！""您已经回家了"……

与世无争的清贫文人被世道摧残成泥，这等悲剧永远深入人心。吕闲这个名字刚刚沾染上的喜剧感，就这么被泪水冲刷了个干净。

经纪人一看时机差不多了，便开始逐步安排媒体采访，但问题都提前筛选过。

果不其然，每家第一个问题都是：您为何在这个年纪选择演戏？

吕闲牢牢记着之前编出来的背景故事，说了一遍又一遍：为了家庭放弃梦想，却又在中年痛失家人，最终选择遵从内心……

这背景故事虽不及真相那么惨，却胜在感人。在公司的宣传助力下，吕闲很快收获了第一批粉丝。

经纪人："我们帮你注册了一个微博账号，你想自己用着还是找专人管理？"

夕
阳
红

吕闲："专人吧，我不太懂年轻人的东西。"

经纪人："好的，不过至少去跟粉丝们打个招呼吧？"

吕闲为了打这声招呼，抱着手机研究了一下午"年轻人的文化"。

是日晚八点，吕闲的账号发出了第一条微博——"大家好（咸鱼的微笑）。"

吕闲的知名度在缓慢上升。

傅泽永的计划是循序渐进，前期给他安排的都是一些人物设定比较好的配角，营销团队也控制好了力度，宣传节奏基本只保持在"别从公众视野消失太久"的水平。

傅泽永想得很清楚，吕闲有自己照拂着，只需享受演戏本身的乐趣，不需要承受名气与随之而来的争议带来的压力，也不需要自带流量作为争取机会的筹码。所以，最适合他的定位是有路人缘的好演员，能让各位导演觉得这人用着不丢份儿就行了。

事实证明，吕闲自身的条件也非常适合这个定位。

他的形象过关，又真心珍惜得来不易的机会，态度极其诚恳，给每个合作过的团队都留下了很好的印象。

最令人惊喜的是他的表演。

傅泽永为他挑的角色都是一些生活气息很浓的小人物。吕闲在人间烟火中翻滚过，比懵懂的新人更能吃透角色，却又远离镜头二十年，没有沾染上一些中年演员路数定型后的坏习惯。这就让他的表演既老到，又带着一股几乎与这个年纪绝缘的"灵气"。

团队还没怎么运营，粉丝就已经把他的演技捧上了神坛。

"什么叫演技，同志们？你叔连眼睫毛都藏着戏，赞美你叔。"

"那谁都能拿奖的话，你叔的眼睫毛也得封个影帝吧？"

"真心希望有些连哭都不敢拧巴脸的明星能过来看看我叔的哭戏！"

真正让吕闲的"戏骨"定位深入人心的，还是一个广告。

某保健品牌五十年店庆，花大手笔策划了一系列五分钟短片，拍的都是二十世纪经典华语文学的片段，核心广告语是"风华永驻，文化长生"。

这个短片系列走的是高端路线，号称邀请了一群戏骨演绎经典。其实真正咖位高、名气大的"常青树"只有两位，剩下的人里，有演技到位却缺点儿名气的，也有知名度足够却需要借机抬高格调的。

经纪人："我帮你拿下了其中一个短片。品牌方会不遗余力投放这个系列，你好好拍，攒一波路人缘。"

吕闲："拿的是哪篇文啊？"

经纪人："《背影》。"

吕闲："我演朱自清还是他爸？"

经纪人："他爸。"

吕闲："……"

吕闲："如果我没记错的话，朱自清写过他的父亲是个胖子。"

经纪人："哎呀，没办法，另外两个符合你年龄的选项是《孔乙己》和《白鹿原》，都被挑走了。这篇也不错，所有人都读过，你的气质也可以往那上面再靠靠。一点儿形象差异不要那么在意，服化道会弥补的。"

吕闲："拍摄日期是哪天？"

经纪人："一周后。"

吕闲开始暴饮暴食。

傅泽永看得心惊肉跳："一周时间你是吃不成胖子的！"

吕闲又塞了一把薯片："我知道，能长几斤算几斤吧……"

傅泽永："省点儿力气吧，万一把自己折腾进医院怎么办？"

"不会的，我有数。"他突然望着傅泽永沉思了一会儿，"要不，我还是去剧组住几天吧？"

傅泽永："为什么？"

吕闲："嗯……剧组房间面积小，从这头走到那头只需要几十步，可以有效减少活动量，胖得快一些。"

夕
阳
红

傅泽永差点儿信了他的邪，转念一想，又忽然悟了："你是不是怕长胖了难看，面对熟人不好意思？"

吕闲尴尬地笑了："你怎么越来越会看穿我了？"

傅泽永："这有什么的！"

吕闲被看穿心事，有些窘迫，半开玩笑道："我都这把年纪了，姿色就别提了，再不注意点儿形象，指不定哪天……"

傅泽永气不打一处来："那你就别增肥呀！"

吕闲居然真的就此低头纠结了片刻。

吕闲小心翼翼道："接了的戏，还是要认真对待的。真不行的话，我回头把它推了？"

傅泽永叹了口气，笑了。

傅泽永："首先，你这么敬业，我还是很欣赏的。其次，我是个有品位的人，只欣赏影帝。"

吕闲："……"

傅泽永："所以，你加油。"

吕闲最终没能一周暴肥，但在成片中，轮廓确实圆润了一些。

角色的年纪更大一些，所以吕闲还化了一点儿老年妆。按照原著的描述，他穿着黑布大马褂、深青布棉袍，戴了一顶黑布小帽。服装组在棉袍里又垫了些东西，让他的身形看起来更敦实。

这是个操劳半生、晚景颓唐的父亲，送别儿子时做派老旧，因而被儿子暗暗嫌弃。

吕闲演得非常入戏。

路人们对他演技的印象被这个短片刷上了新高度。

"'咸鱼'还是那条'咸鱼'，我却看哭了……"

"不知道为什么，看见'咸鱼叔'念出这句'我买几个橘子去。你就在此地，不要走动'时的样子，我就想到自己的爸妈，也是这么操心，这么倔，年纪渐长却总想着表现得有用些……他们不是不服老，是不放心老去啊！呜呜……"

路人的留言还比较克制，粉丝们则直接对他多了个爱称——"老父亲"。

吕闲的心情比较复杂。

广告投放了一阵子后，经纪人突然带回了一个新的剧本。

经纪人："不是我争取的，是大导演亲自邀请你的。大银幕，男主角。"

吕闲震惊了。

没料到这么快就会有出演电影的机会，而且一上来就是主角。

他读完剧本，有些忐忑。

故事是很好的故事。一对师兄妹在年少时因为师门命案而决裂，走上了不同的道路。在白道的师兄逐渐变得世故圆滑、追名逐利，在黑道的师妹几经生死之后，突然开始行侠仗义、济世救人。多年之后，两人又被一桩与当年的命案隐隐相关的冤案牵扯到了一起，一边从不同的渠道展开调查，一边彼此明争暗斗。

导演希望吕闲来演中年版的师兄，而师妹已经确定由知名影后乔其修出演。

算盘打得很好——少年版的男主角担流量，中年版的男主角撑门面。

角色也是很好的角色。他身份尊贵、武功超群、道貌岸然、手段狡诈，内心却时不时地陷入迷茫，最终被师妹的执拗感化，选择坚守正道而牺牲自己。

唯一的问题是，这是与那些"小人物"迥然不同的全新角色。

"他"离吕闲太远了。

这部戏的出现在傅泽永的计划之外，投资人也不是他。

傅泽永心中很矛盾。

一方面，这导演获奖无数，新片也是有冲奖机会的。若不是导演本人的要求，这等好事就算砸钱也换不来，放弃太可惜了。另一方面，他也觉得这个角色的挑战性比较大。

傅泽永："你要是感到勉强，咱们就再等等，机会还会有的。"

夕
阳
红

　　吕闲知道，傅泽永指的机会是自家投钱，为他量身打造一个角色。到那时候，即使他状态不佳拖了进程，甚至演砸赔钱，傅泽永也不会怪罪，甚至还会创造下一个机会。

　　待在一座象牙塔里，感觉当然舒坦。

　　这段时间，吕闲全身心地扑在工作上，已经很久没有放任自己去想吕曦的事情了，然而只要念头一转，耳边便会回响起那句"一把年纪了还躲在老总的荫庇下"。

　　他觉得是时候走出象牙塔了，只有走出去，走到广袤的天地间，才有可能与傅泽永平等地做朋友。

　　吕闲："我决定接了。"

　　不久之后，吕闲见到了那位传说中才华横溢、获奖无数的大导演。

　　大导演见到吕闲也很高兴，拉着他左看右看，连声说："不错不错，找对人了。"

　　吕闲受宠若惊，又有点儿高兴，毕竟这么大牌的导演都认可了自己的演技，多少能证明点儿什么。

　　吕闲："我会好好演……尽量不让您觉得看走了眼。"

　　大导演："哦，演技是得再磨炼，我说找对了，是指你的脸。"

　　吕闲："……"

　　大导演赞不绝口："我看见你那广告片的时候，就认准了这张脸，长得好哇，没有更合适的了，百分百是我想象中的男主了。"

　　吕闲完全不知道该说什么。

　　大导演微微一笑："你不懂，很多人都不懂。在大银幕上，有些脸能把三分的演技加到十分，还有些脸拼尽全力也只能演出五分。"

　　直到拍定妆照时，吕闲才隐约明白了大导演的意思。

　　吕闲已经很多年没有穿过古装了。男主作为坐镇正道的掌门人，一身白衣纤尘不染，发髻高束，还有一部分长发披散在身后。

鼓风机一吹，他端的是仙风道骨，俊逸无俦，眼神中却压着晦暗之色。

古装凸显了吕闲那种游离于正邪之间的特殊气质，让人一眼看见，就觉得这是一张"有故事的脸"。

正式开拍之前，吕闲接受了一个月的武打训练，每天喘成一只狗，离开时双脚都是打战的。

主演分别学会各自的动作之后，还要共同练习几天对打。也是在这时，吕闲终于见到了饰演女主的乔其修。

乔其修来训练时没有化妆——反正最后都会花的。略微上了年纪的面容，即使精心保养也有些憔悴，气质却很出众，属于走在人群中会自然成为视线焦点的那一类。

吕闲笑呵呵地与她握了手，第一反应是"有点儿眼熟"。不过对方的脸时常出现在各种广告中，不眼熟才奇怪。

吕闲："一会儿打我的时候您不用手下留情，我皮厚，打不疼。"

乔其修哈哈大笑："我也是，不用手软。"

乔其修也隐约觉得对方面善，心中想的却是：不可能吧。不可能是那个人吧？

二十多年前，乔其修显然还不是影后，只是个跟吕闲一样的小演员。

一次拍一部古装剧时，乔其修演的是一个娇蛮小姐，那部剧的女主则是个平民女子。

乔其修其实很兴奋，因为自己终于有台词了。她出镜的场景中，女主凄凄惨惨地跪在地上淋雨，娇蛮小姐就站在她面前教训她。

女主的远景都用了替身，主演本人最后才走进雨幕里，补了几个特写镜头。乔其修则在雨中从头站到尾。

主演那天进入不了状态，"NG"（重拍）了很多遍才哭出来，乔其修便陪着她一遍又一遍地念台词。

那段戏一拍完，所有人一拥而上，拿着毯子和毛巾去伺候主演。

夕
阳
红

乔其修被晾在一边，四处寻找毛巾想擦身上的雨水。淋了雨的衣服紧贴着皮肤，惹来了几个灯光组的毛头小伙子，聚在一起对她起哄。

就在那时，突然有个人小跑过来，脱了自己的衣服罩在她身上，然后转身又跑走了。

乔其修扭头去看，只看见一个穿着白背心、戴着假发的背影。

过了片刻，那个白背心又回来了，手里抓着干毛巾："快擦擦，别着凉了。"

乔其修想起来了，这人也是个小演员，在这一幕里站在远处当背景。

两个无人知晓的小演员就这么认识了。有时在剧组碰上，两人就见缝插针地聊聊天，收工之后，还会相约去路边买个烤红薯，站在寒风里一起吃完。

他们会抱怨演戏时遭受的各种委屈，然后互相天花乱坠地吹捧一番，权当为彼此鼓劲。

这人吹高兴了，冒出一句大话："我觉得我就是欠点儿机遇，迟早有一天是要当主演、拿影帝的。"

那时候，同样年少轻狂的乔其修就笑着说："那我就在同一届拿影后，然后我们一起喝酒去。"

那部戏之后，她又进了许多剧组，但都没有遇见对方。

又过了几年，乔其修再次看见他的名字，是在八卦杂志的角落里，上面压着大大的"丑闻"二字。

配图是她熟悉的那张年轻的脸，对着镜头笑得漂亮。

乔其修起初不敢相信自己认识的人会做出那样的事，但是后来，随着年岁渐长，在这圈子里一年年地摸爬滚打，她逐渐明白了，人是什么事都做得出的。

乔其修目睹着一代又一代的年轻人怀揣着梦想，前赴后继地闯进来，大多数被碾成了炮灰，只有少数人踩着"尸体"爬了上去。可即使爬到高处，他们也不敢松懈，一步踏错，就又要坠回那个混杂着泥水与烤红薯味儿的人间。

后来她如愿以偿地当了主角，再后来她拿了影后。

获奖那天晚上她过于激动，回到家后又喝了很多酒，在坠入梦乡前，耳边似乎传来一个遥远的声音："我迟早有一天是要拿影帝的……"

吕闲并不记得乔其修的名字。

当年那件事对他的刺激太大，导致他在之后的几年里，整个人混混沌沌的。缓过来之后，演戏生涯的记忆都变得模糊不清了，只有画上休止符的那一刻是鲜明的、永不褪色的。

说到底，谁也不会把堂堂影后跟当年的一个小龙套联系在一起。

两人一无所知地参加了开机仪式。

拍摄计划是先拍中年组，再拍少年组。开机第一天，就是吕闲跟乔其修的对手戏。

这是一场雨中戏。

乔其修一看见古装打扮的吕闲，就愣住了。

吕闲起初还没察觉出异样，只觉得乔其修的演技十分普通，令人诧异。

乔其修心不在焉地"NG"了两次，面对顶着一头湿淋淋假发的吕闲，终于忍不住颤声问他："过会儿收工之后，去吃烤红薯吗？"

吕闲如遭雷击。

大导演："你俩怎么回事？"

"我真长见识了，堂堂影后，开拍第一天忘词！"

"你俩到底还想不想拍了?!"

两人从早上"NG"到下午，大导演开始认真考虑换角的事情了。最终还是乔其修先调整回来，带着吕闲勉强完成了几个镜头。

一连数日，吕闲迟迟找不到节奏。

大导演对他越来越没有耐心，嗓门儿也一天天地大了起来："你现在是大掌门，不是什么天桥上贴膜的小人物！拿出点儿气势来！再来一次！"

　　吕闲面色苍白地转向被拖累的乔其修："抱歉。"

　　乔其修："没事没事。"

　　那天之后，两人默契地没有相认。谁也不愿回忆往事，但往事却一个劲儿地翻涌而上。

　　当初嚷嚷着要当影后的小姑娘，真的成了影后了。

　　吕闲不敢与乔其修对视。细节记起得越多，他就越不敢在她面前放开来演。他一点儿也不想知道对方是怎么看待自己的。

　　物是人非事事休。

　　这日收工，吕闲心情沉重地回到酒店，拖着步子走到自己房间，推开门。

　　里面坐着傅泽永。

　　吕闲呆住了："你……怎么不打招呼就来了？"

　　傅泽永："来探班。怎么这个表情？不欢迎我？"

　　吕闲："不是不是……"

　　吕闲努力调整表情，却已经来不及了。傅泽永了然地问："演得不顺？要不要我帮帮你呀？"

　　吕闲呆滞了一下："好……好哇。"

　　傅泽永："站着别动。"

　　吕闲愣愣地，不知道是什么意思。

　　傅泽永笑吟吟地看着他："掌门大人，小徒来伺候您。"

　　吕闲："……"总觉得傅泽永演得好像很开心。

　　吕闲突然拦住了傅泽永，直起身来，眼神不知何时变了，高高在上地扫了傅泽永一眼："替我奉茶。"

　　傅泽永乐了，依言照做。

　　吕闲接过茶，末了轻轻说了一句："乖徒儿。"

　　傅泽永的脑中突然浮现出了二十年前那一身红衣的身影。那个小家伙一脸飞扬跋扈，像云端飘下的谪仙，又像刚刚化形的狐狸，眼里有一段天真的风流。

面前之人与那幻影重叠，却又截然不同。双眼中的光芒黯淡了，也深邃了许多，仿佛落了尘埃，却更显温柔。

翌日清晨，傅泽永没去跟吕闲打招呼，自己准备悄悄离开。

吕闲却打包了早餐给他送来。

傅泽永："我走了。"

吕闲："这么快？"

傅泽永："公司今天还要开会，我就是放心不下，跑来看看。"

吕闲既感动又愧疚："我这边没问题……会调整好的。"

傅泽永："有问题也没关系。别怕，什么也不用怕，你现在是有底气的人，懂吗？"

吕闲的眼眶湿了。

傅泽永走出了门，又突然想起一事，退了回来："经纪人给我看了片场照，你那身戏服不错，拍完戏记得找服装组要来，留个纪念。"

吕闲正目送着他的背影，情绪酝酿到一半，没了："好的。"

傅泽永见惯了大风大浪，天大的事儿到他这里，也影响不了吃饭和睡觉。这份淡定无形中也影响着吕闲，像一根撑着他站直的脊骨。

吕闲穿上掌门戏服时，仿佛仍能接收到一道充满力量的目光。那声"你现在是有底气的人"如在耳旁。

今天这场戏里，江湖出现血案，男主带着门徒赶到现场，发现了重要证据。男主敏锐地意识到，作案人与自己那不可见光的势力之间有牵扯。他正要神不知鬼不觉地掩盖证据，忽然撞见了同样前来调查的女主。

时隔多年，师兄妹在这种情形下重逢，两人都是神情数变，谁也说不出话。

徒弟不明所以："掌门，要拿下那女贼吗？"

男主不动声色地瞥了徒弟一眼，又望向女主。两人相距不过数步，却仿佛隔着一条波浪滔天的河。

夕
阳
红

吕闲的眼神一瞬间变得迷茫，迷茫得如同芢芢少年。

然而几息之后，他便别开了目光，恢复了道貌岸然的模样："拿下吧。"

女主难以置信地瞪视着他，随后露出一丝轻蔑的冷笑，转身逃了。

大导演今日的脸色终于阴转晴了。

大导演拍着吕闲的肩给予表扬："这才对嘛，这才配得上你这张有戏的脸哪。我知道你算是新人，但是不要有压力，你行的……"

吕闲连连点头，不经意间看了乔其修一眼，发觉对方也正望着自己。

吕闲主动笑了一下。

乔其修也对他笑了一下。

两位主演逐渐培养出了默契。吕闲成功入戏后，乔其修的状态也被激发了出来，互相飙戏飙得酣畅淋漓。等到少年组的两个年轻演员进组时，吕闲已经游刃有余了。

饰演少年版男主的人，正是吕闲之前认识的萧显柔。

萧显柔见到吕闲很兴奋："哥！又能跟你对戏了，我一定好好表现！"

剧本里有一处四个人同时出场的对手戏，用的是一个比较复杂的蒙太奇手法。

这是男主选择牺牲自己之前的最后一幕。镜头旋转着在男主、女主之间切换，少年与中年的面容交替出现。时光的界限被模糊，中年组要念出少年组回忆中的台词，少年组却要做出中年组此刻进行的打斗动作。

由于做后期效果需要大量镜头素材，这场戏要连续拍三天。拍完之后，中年组就杀青了。

午间休息时，萧显柔依旧对吕闲的演技赞不绝口："真是神了啊，按说我也演过很多戏了，什么时候才能达到你这个水平？"

吕闲对萧显柔的印象也不错，微笑着鼓励道："你进步很大啊，已经可以说是演技派了。"

萧显柔："差得远，差得远。"

或许是因为年龄差抹消了竞争关系，萧显柔对吕闲十分坦诚："我压力很大，过两年就吃不了青春饭了，我还是很想好好演戏，争取当常青树的。"

吕闲："加油，我觉得你没问题。"

对戏的第二天傍晚，萧显柔忽然拉着吕闲悄悄问："哥，制片人突然喊我和一个年轻的女演员晚上去一个饭局，你觉得我该不该去啊？"

吕闲一听就懂了，他扫了一眼正在镜头边跟大导演商量事情的制片人，不好明说，只得委婉道："可能也是想介绍你认识些人吧。这事儿你自己决定比较好。"

萧显柔不是没应酬过，只是因为资源不佳，没陪过这位制片人这种级别的。他心中有些没底，这番对话就是为了引出下一句："那你陪我去行不行？"

吕闲："……"

吕闲还没来得及拒绝，大导演已经吆喝道："来吧，今天最后一场，速战速决！"

萧显柔只得跑去站位。吕闲乐得被打岔，正好不用想理由。

岂料这个镜头拍完后，萧显柔突然大声邀请道："哥，晚上一起来吃饭吧？"

制片人听见了，不置可否地笑道："一起呗？"

吕闲："……"

既然已经拉上了吕闲，不邀请乔其修就显得不会做人了。于是制片人顺口问了乔其修一句，乔其修很顺利地找理由拒绝了："有几个多年老粉丝来探班，我要跟他们撸串去。"

吕闲："那个，我也不太——"

萧显柔当机立断地拉住他发动了"狗狗眼"攻势，制片人也豪迈地拍了拍他："来嘛，大家聚一下。"

夕
阳
红

吕闲："……"

这剧组毕竟不是傅泽永的地盘，即使是，他也没必要为了自己的一点儿小阴影就去驳制片人的面子。以后要在这行混，应酬终归是免不了的，他便硬着头皮上了车。

有些事往往只是一念之差。

走到包厢门前时，吕闲不经意间往里面瞧了一眼，第一反应是穿越回半小时前掐死自己。

吕闲猛然刹住了脚步，身后的萧显柔还在一无所知地往里钻。他近乎下意识地一把扯住了萧显柔。

萧显柔："嗯？怎么了哥？"

吕闲的心率飙升，整个人陷入了失重般的晕眩中，脚底的地板开始旋转着吞噬他的双腿。他试了两次才发出正常的声音："别进去。"

"啥？"萧显柔惊疑不定地看着他，心想，这也太浮夸了。

吕闲在心里尖叫着试图逃离，却被一丝责任感钉在原地，又飞快地说了一遍："信我就别进去。"

"怎么都站在外头？进来呀。"制片人朝他们走来。

萧显柔不知所措，瞧瞧这个又看看那个，制片人直接勾住了他的肩膀，将他带了进去。

吕闲转身就走。

制片人叫了他一声："怎么了这是？"

吕闲不得不半侧过头，强笑道："找洗手间呢。"

"包厢里就有啊，就在你右边。"制片人指了指。

制片人身旁传来了一道他永生无法忘记的笑声。

吕闲双腿发软，勉强维持着身形牵了牵嘴角，转身闪进了洗手间，那笑声如附骨之疽般阴魂不散地追在他背后。他锁上洗手间的门，跌坐在马桶上。这么半分钟的工夫，衣服已经被冷汗浸透了。

"那是哪位呀？怪有趣的。"包厢里面的人笑呵呵地问制片人。

制片人："您不认识吧，看着年纪挺大了，其实是个新人。"

晋高临眯着眼笑了笑："是吗？我怎么还觉得有点儿眼熟呢……"

制片人："您阅人无数哇。"

吕闲将脸埋进手心里，徒劳地想从噩梦中醒来。

现在的困境是：如果他当场溜号，如此明显的行为异常，或许反而会让对方注意到自己。

怎么办？要找什么理由才能逃出去？

在里面躲得越久，破绽就越多。

吕闲本能地摸出手机，想打电话给傅泽永。但远水救不了近火，傅泽永也不是随时都能从天而降的救世主。

这一刹那，吕闲竟然还分出了一点儿心思自嘲：认识傅泽永之前的几十年，我是怎么过来的呢？

是的……自己一个人也是可以的。

吕闲做了几次深呼吸，装模作样地冲了水，将手机举在耳边，边说话边走了出去："好的好的，没问题，你别急，我马上来。"

吕闲放下手机，强迫自己将目光聚在制片人脸上，苦笑着作揖道："真对不住，乔其修撸串好像吃坏肚子了，助理也不在，她让我给她送药去。"

制片人："没事没事，快去吧。"

吕闲又作了个揖，维持着正常的步速走了。

制片人故作愠怒："这家伙跟乔其修什么时候好上的，我都不知道！"

晋高临眯缝着眼笑得像个弥勒佛，半真半假地说了一句："这么不给面子呀。"

晋高临那两条缝里的眼珠子朝萧显柔滚了滚。

萧显柔被吕闲的临阵脱逃吓得不轻，隐约明白了这人绝对得罪不起，立即自觉地起身走去，赔着笑替他倒酒。

乔其修好歹是全剧组最大的腕儿，制片人没忘了打个电话致以慰问："要不要紧哪？需要我派车送你去医院吗？"

乔其修："什么？"

制片人："你不是吃坏肚子了吗？"

乔其修没有立即接茬儿，微微皱眉思索着。

恰在此时，手机响起提示音，另一个电话打进来了，显示的联系人是吕闲。

乔其修扫了一眼屏幕。

制片人："喂？"

乔其修笑了一声："您消息太灵通了，我还想捂着呢。没什么事，吃点儿药就好。"

制片人笑道："行行，那我就不打扰你们二人世界了，呵呵呵……"

吕闲等了半天，电话终于通了。他已经逃出了餐厅，走在空旷的街道上，压低声音说："真不好意思，求你件事，如果制片人问你——"

乔其修轻笑："我已经帮你圆谎了。"

吕闲能听出对方语气中的愠怒，连连赔礼："实在抱歉，太冒犯了。"

乔其修："怎么回事呀？"

吕闲："喀……是我不胜酒力，想逃跑……"

乔其修没有吭声。

如此明显的搪塞，连被戳穿的价值都没有。

如果这是个坑，未免挖得太低级了。

"撸串吃坏肚子"这种花边小新闻，虽然有损影后格调，但终归无伤大雅，但"同组男演员深夜送药"的爆料，就是另一种性质了。圈中虎狼环伺，如果不以最大的恶意揣测他人，她也活不到今天。

吕闲被冷风一吹，脑子逐渐清醒，开始意识到了乔其修沉默背后的怀疑："我……我会拜托制片人别说出去的。"

乔其修嗤笑了一声，意思不言而喻：这么天真就太假了。

吕闲也知道，继续扯谎是无法取信于人的，想请人帮忙，就必须拿出诚意来。

吕闲平复了一下情绪，低声道："饭局上有我不敢见的人。"

乔其修愣住了。她根本没考虑过这个可能性。

毕竟在她看来，吕闲这把年纪能改名换姓杀回圈中，还一上来就拿到男一号，只有两个可能：不是自己混成了大佬，就是找到了靠山。

乔其修自己也是一路杀上来的，"见都不敢见"的人，多年前就不存在了。

她经历了很多，也见过了很多，早已学会了不好奇、不惊讶。然而今夜吕闲这一句话，又勾起了她深埋心底的疑问：当年到底发生了什么？这些年你去了哪里？

或许是因为年轻时的交情总是比较走心；又或许是因为，吕闲今夜的求救之举，透着一种无言的信任——说明他那时对自己也是走过心的吧？

乔其修知道自己不能问下去了。他们早已不是当初的年轻人了。

乔其修最终轻描淡写道："行吧，你欠我一顿饭。"

吕闲："当然当然，一顿大餐。"

第二天，乔其修醒来时几乎做好了应对"同组男演员深夜送药"通稿的准备。大家原本就都是演员，真真假假更加难辨。然而这一整天风平浪静，无事发生。

萧显柔精神萎靡，显然度过了难忘的一夜，情绪却还算平静。

昨晚在饭局上，他很快弄清楚了晋高临的身份。萧显柔怕得直冒汗，却也知道形势比人强。

晋高临天亮时醒来，看了看天色，笑眯眯地跟他说："你该去片场了。"

夕
阳
红

他的顺从换来了不少打赏。

坐在来剧组的车上，萧显柔闭着眼睛给自己灌心灵鸡汤——"欲戴王冠，必承其重"，What doesn't kill you makes you stronger（杀不死你的会让你更强大），就当是为事业做的投资吧。

昨天的他还只是个普通人，对上位者心存畏惧，本身又暗怀憧憬。今天的他，已经跨进了新世界的大门。

这样的适应能力实在不是泛泛之辈可比。唯独遇见吕闲的时候，他切实地感受到遮羞布被一层层地扯了下来：第一层是因为对方显然对晋高临的事心知肚明；第二层是因为对方真的试图阻拦过，而自己没有接受。在走进那道门时，自己的潜意识已经做出了选择——萧显柔觉得吕闲对这一点也同样心知肚明。

这种彻底的尊严扫地令人极度不适。

萧显柔将所有怒火都指向了吕闲，难堪地想：他也没有真想帮我逃出去，否则……

在这般酝酿怒火时，他的脑中连晋高临的名字都没有出现过，就像人不会无谓地指摘头顶上方高高在上的天。

但萧显柔不是蠢角色，既然看见了青云直上的曙光，便不忙着翻脸得罪人，只是面对吕闲时疏远客气了很多，称呼从"哥"又变回了"老师"。

下午，最后一个四人镜头拍完了，中年组顺利杀青。吕闲与乔其修一起坐上剧组的车，带着助理和行李去机场。

车子停下等红灯时，吕闲望着窗外，看见路边有人守着炉子，在卖烤红薯。

吕闲知道身旁的乔其修也看见了，但他们谁也没有出声。

红灯转绿，车子默默开走了。

接机的车子停在机场外。

傅泽永坐在车里，接到了手下的电话。

"老总，您之前让我盯着的那个导演，已经在家待业大半年了，最近好像有点儿不安分……"

　　傅泽永面无表情地听完汇报，点头道："知道了，回头帮我去办点儿事。"

　　他挂了电话，探身过去推开另一边的车门，笑道："恭迎掌门。戏服带回来了吗？"

　　胡导近来时常觉得时光又倒流回了二十年前。

　　二十年前，他也是这样突逢变故，一无所有，也是这样赔着笑脸辗转于不同的聚会，向认识或不认识的老板画大饼。

　　不同的是，那时候有吕闲，而现在，妻子看见他的丑闻后就与他离了婚，还把孩子也带走了。

　　他原以为辛苦经营了这么多年，总不至于还像年轻时那样举步维艰，但他很快就见识了人的现实，所有人脉、交情，在丑闻发生后都荡然无存。

　　所谓身败名裂、众叛亲离，莫过于此。

　　胡导多少还是攒了点儿老本的，从此退休养老，也能活命。

　　可他不甘心，他知道有人在对付自己。

　　想来想去，那个人只可能是吕闲。那晚重遇时，吕闲的身边不是有个只差没将"老子无所不能"写在脸上的人物吗？得，"咸鱼"一朝翻身，要来仗势欺人了。

　　胡导恨哪！

　　若是别人倒也罢了，正因为这个人是吕闲——当年那个受尽折磨也只会默默离去的老实良善之人——才让他感到一种额外的屈辱。

　　人果然都是会变的，一点儿旧情，经不起境遇的考验。

　　胡导觉得自己的心肠也该硬起来了。他决定背水一战，即使战败，至少也要把吕闲拖下水。他先后找到了几家娱乐媒体，那些人收到他的爆料之后都表现出了浓厚兴趣，可说好的"热点新闻"写着写着，就都没有下文了，再去找他们，他们却避而不见了。

　　于是他明白了，吕闲傍上的靠山不得了，能未雨绸缪地买通媒体，将负面报道扼杀在摇篮里。

胡导冷笑。这年头儿还想只手遮天，遮得住吗？

于是胡导通过各种门路求见晋高临。

晋高临当然没空理会他。但胡导没有放弃，四处托关系，最后找上了萧显柔。

萧显柔最近在晋高临那里很是得宠。有钱人虽然也有有钱人的烦恼，但破船还有三千钉，拔根汗毛比腰粗，晋高临的打赏足以让他今非昔比了。杂志封面随便上，名牌代言闭眼接。

劳先？劳先是明日黄花，不配蹭他的热度。

萧显柔领略了高处的风景，想开了，暂且委曲求全也没什么，只要把握机会爬上去，日后自有人争着讨好自己。

萧显柔纡尊降贵地来见胡导。

胡导也不迂回，直接给他看吕闲的照片："萧老师，您知道这个人的原名吗？"

胡导给萧显柔讲了一遍"香槟酒瓶"事件，绘声绘色地描述了吕闲当年是如何不择手段，甚至不惜去派对上当众人眼里的笑话。

萧显柔惊讶，心道："失敬失敬，原来是个中前辈。"

他原以为吕闲是带资进组的"土豪"，如今一琢磨，还不知道带的是谁的资呢，回头再想想吕闲在包厢门口拦着自己的举动，便彻底变味了。

吕闲明显当时就认出了晋高临，晋高临也说了一句"眼熟"。他拉住自己不让进门，究竟是好心还是另有私心呢？见自己进了门，他为何转身就走呢？

萧显柔觉得自己又长大了，看懂更多东西了。

萧显柔："你想要啥？"

胡导："啥都不要，只想见您老板一面。"

胡导如愿以偿地见到了晋高临。

晋高临："你有一分钟的时间说话。"

胡导用一分钟时间，表达了"当年不识好歹冲撞了您老的家伙卷土重来了，您老不再摁死他一次吗？"这层意思。

晋高临愣了愣，眯起眼睛陷入了回忆。

"哦……哦，是他呀，我说怎么有点儿眼熟呢。他怎么爬回来的？"

胡导嘲笑道："也真是有点儿本事，居然被傅总看中了。"

晋高临听见傅泽永的名字，又愣了愣，呵呵笑了："哎呀，这个事……"

他没忘记自己的儿子还搭着傅泽永那条船，若为了这点儿小事让傅泽永不舒服，岂不因小失大？

晋高临："都是陈年往事了，我老啦，不想管啦。"

胡导急了："不是，傅总哪会真看重那种人哪？说不定明天就忘了。您不用亲自动手，我来，只需要您老点个头。"

几个月后，吕闲与乔其修主演的那部电影即将首映，宣传铺天盖地。

胡导以牙还牙，卡在电影上映前夕，爆了个大料。

数家媒体同时以"演技派男主竟是昔日丑闻主角"为题放出新闻，文章内容也大同小异："有网友指出，一位最近突然蹿红的中年演员，面容竟肖似多年前因'香槟酒瓶'事件退圈的小明星。难道真的是丑闻主角改名换姓，试图掩盖过往？……"

文章末尾还要提上一句，吕闲当年为了名利背叛他人，而那人正是近日惨遭封杀的胡导演。

胡导变成了光脚不怕穿鞋的那一个，不等吕闲这边的公关团队准备辟谣的通稿，便直接发了一条微博："没想到再见到你会是在这样的情境下。这么多年，某种意义上，你一点儿没变。"不仅坐实了吕闲的身份，还暗示自己的遭遇是吕闲的手笔。

看热闹的人们激动了。

消息传到傅泽永的耳中时，吕闲的名字已经光速蹿上了热搜

夕
阳
红

榜。网友们开始翻找能当证据的旧照，娱乐媒体记者倾巢而出，四处寻找当事人。

此时此刻，吕闲正在某电视台演播间里，跟其他几位主演一起录制宣传电影的访谈节目。傅泽永面色如霜，飞快地拨通经纪人的电话："马上把他带出来，节目不录了！"

吕闲正努力地面带微笑，听着萧显柔侃侃而谈，观众席里突然传来了一阵骚动。节目主持人似乎也从耳机里听见了什么指示，愣怔地看了吕闲一眼。

吕闲心中生出不祥的预感。

萧显柔结束了发言，主持人心不在焉道："好的好的……那我们先中场休息五分钟。"

骚动更明显了。吕闲朝台下看去，看见经纪人正焦急地挥着手，示意自己走出演播室。他迟疑地站了起来。

观众席里有人举起了偷藏的手机拍视频，还有人起哄道："喂！你的黑历史是真的吗？"

吕闲在众目睽睽之下一个趔趄。

主持人听从指示，急忙控场。吕闲微弓着身子快步离开，萧显柔冷眼望着他的背影，殊不知自己的表情也落入了乔其修眼里。

傅泽永给吕闲派的司机训练有素，车子恰好与蜂拥而至的八卦记者擦肩而过，打着时间差逃出了围堵。

吕闲浑身僵冷地坐了片刻，慢慢朝经纪人伸手："麻烦把我的手机给我。"

经纪人正在副驾驶座上刷微博，闻言慌忙锁上了屏："老总说暂时没收。"

吕闲便不再吭声了。

经纪人从后视镜里观察着他的脸色，几度欲言又止，一开始想问"是真的吗"，到后来想问"你没事吧"。

吕闲终于注意到了他的目光，幅度极小地笑了一下："不是真的。"

经纪人："我当然相信你……"

吕闲却转向窗外，又自言自语了一遍："不是真的。"

司机确认没有尾随者后，将车开到了傅泽永家。

吕闲一进门就见到了一脸关切迎上来的傅泽永。

傅泽永有许多说不出口的话。

比如他很抱歉，事态确实脱离了自己的设想。原以为那导演翻不起风浪，没想到那家伙为了弄个鱼死网破，找了个最不可能的外援。但他并不想让吕闲知道外援是谁。

又比如请吕闲放心，他做了万全的准备，未必不能反败为胜。但他也不想让吕闲知道自己即将与谁杠上。

说到底，傅泽永是个要面子的人。

他最终只是问："你还相信我吗？"

吕闲点头。

傅泽永："那给我三天时间。我既然让你回去演戏，就一定护得住你。"

傅泽永没收了吕闲的手机，让他在自己家休养三天，别管外界的事。

因此，吕闲对于舆论一无所知，只能猜测网上闹成了什么样子。

广大网民最近"吃瓜"吃到消化不良。

一年前爆出的新闻已经够劲爆了，没想到一山更比一山高，又冒出了一桩跨度长达二十年的"史诗级"新闻，集明星、权贵、身份造假等关键词为一体，像是将某个不为人道的世界对公众揭开了一角帷幕。

更何况，如今旧事重提的胡导，身份竟是当事人的旧识。

紧张紧张，刺激刺激。

一夜之间，热搜榜前三名变成了旧日丑闻、吕闲当年的名字"叶宾鸿"和如今的名字"吕闲"，第四名则是"胡导"。

所有人都在激烈讨论吕闲到底是不是叶宾鸿。

客观来说，吕闲的相貌确实变了很多，气质与昔日相比，更是天差地别。但他毕竟没整过容，若是认真比对五官，仍旧对得上号。

网友们纷纷化身福尔摩斯，有人分析耳朵是不是大了，有人辩论门牙是不是窄了，还有人为他侧脸的痣吵架——当年那颗痣早已被弄掉了，但脸上留下了小小的疤印。重新出道后，吕闲将疤印藏得十分小心，只要出镜都会化妆遮掉。

尽管吕闲之前的路人缘不错，并且有相当一部分人质疑胡导的人品，但主流观点仍是吕闲就是叶宾鸿。胡导就算再蠢再坏，也不会在这种事上撒谎，因为捏造一个人的身份太难了。

所以，除了为数不多的死心塌地喜欢吕闲的粉丝还在苦苦等待吕闲的澄清，其余的人基本已经将吕闲与叶宾鸿画上了等号。

当年的丑闻，实在太醒醒、太恶心了，洗白都无从洗起。于是有人早早跑到吕闲的微博底下放话道：电影我是不会去看了，看见你的脸都嫌硌硬。

事态发酵到这一步，压是已经压不住了。要想翻盘，只能将它进一步闹大。

大家都在等着看吕闲这边见招拆招，但谁也没想到第一个出招的人，会是某中年制片人。

此人突然发了一条微博，矛头直指胡导演：你失心疯了吧？宾鸿都过世多少年了？那年12月20日，葬礼你没去，可我去了！当年的真相，朋友们都心知肚明，现在你为了自己，敢朝墓碑上泼一盆脏水，你还是人吗？

这条微博的信息量相当可观。

"吃瓜群众"的第一反应是：这人是谁呀？

他们很快群策群力地查到了答案：哦，一个不太出名的制片人，曾经跟胡导合作过几次，跟叶宾鸿也合作过一次。这人一直混得不怎么样，但为人低调，此前没在社交媒体上发表过什么过激言论，只是偶尔发点儿人生感悟。

慢着！机智的八卦先锋翻出了他三年前的一条微博：又是一年

忌日，你还好吗？

发表日期是 12 月 20 日，配图是一杯白酒，点赞列表里还有胡导的微博账号。

事情变得错综复杂了起来！

八卦先锋从制片人的发言中提取了两条关键信息——"叶宾鸿早就死了"，以及"当年的事件另有真相"。

当年的事件真相查证起来难如登天，毕竟叶宾鸿只是个默默无闻的小人物，但是第一条信息却不同，一个人是活着还是死了，总不可能毫无痕迹。

便在此时，各大社交网站上悄然出现了大同小异的发言：我记得好几年前就听人说起过，叶宾鸿确实死了啊，死得可惨了。看见那导演的发言我还以为自己记错了呢……你们没听说过吗？

还有一些人甚至准确指出了消息的来源，无外乎某娱乐公司高层、某公关公司领导，或是某资深八卦记者。

这其中当然有"网络水军"的引导，但还真有一部分是自发的留言。

早在二十年前，傅泽永就曾听狐朋狗友说过："那个得罪晋高临的小演员？大概被折磨得不成人样了吧，没死也多半自杀了。"

吕闲在那次派对过后就人间蒸发，因此那个派对的参与者，大半都是如此猜想的。

他们对傅泽永这样说了，自然也会对别人这样说。年复一年，这条八卦越传越广，以至于不少人真心实意地自诩知情人士，免费站出来证实"人已经死了"的传闻。

就这样，制片人的一条微博搅乱了一池春水。

胡导很是意外。

他既然发动了舆论攻势，自然也设想过吕闲的反击方式。但他满心以为吕闲只有一条路，就是声明自己当年的事是被迫的。

胡导很清楚，吕闲绝对拿不出任何证据，如此说法只会引来冷嘲热讽。若是吕闲情急之下再犯一点儿蠢，把矛头指向晋高临，那就更好了，一旦惹得晋高临动了真格，傅泽永也保不住他。

但他万万没料到吕闲会胆大包天，把活人硬生生说成死人。

那个制片人的发言，显然是傅泽永授意的。制片人这些年混得不好，傅泽永只需要许诺一些好处，就能拿他当枪使。

胡导压根儿不记得自己给那个制片人的那条微博点过赞，当时肯定只是随手点赞表示下关心，鬼知道是谁的忌日，心下以为八成是对方的哪个前女友。

开弓没有回头箭，胡导决定找出破绽，揭穿吕闲的弥天大谎。

他先是托关系去查吕闲的曾用名记录，却发现查不到。于是他又凭着记忆连夜订了机票，飞去吕闲的老家，辗转找到了对方的家人。

吕闲的家人早在当年丑闻爆出时，就跟吕闲断绝了关系，这么多年从未联系过，只当他死了，一听胡导说明来意，便大呼着"晦气"赶他走，生怕被邻居听见。胡导想要掏钱请他们出面做证，钱包还没摸出来，那家人便抄起电话报警了，他只得遁走。

两条路都被堵死了。胡导仔细一琢磨，竟有些茫然——他根本不知道吕闲这二十年都去了哪里，住过哪些地方，干过什么工作。

对了，吕闲离去时还带着一个养子呀。那个养子如今在哪儿？

胡导想方设法地找人打入傅泽永的公司，向吕闲的前同事打听吕曦的去向。

傅泽永早已料到了胡导会试图搬出吕曦这个证人，证明吕闲就是叶宾鸿，但他却吃准了吕曦不会跳出来搅局。

傅泽永有一百个理由鄙视吕曦，却唯独相信一点：他宁愿死，也不会再提当年的丑闻一个字。因为那个丑闻，正是他一切不幸的来源。

没等胡导准备好后招，他想找的人物就粉墨登场了。

一名平日里写写忧伤情话，攒了几千粉丝的博主，突然在微博上发表了一篇长文。这篇长文用清新而忧伤的笔调写就，意思大致是这样的：

他是叶宾鸿的养子，可以证明叶宾鸿已经死了。

多年前，他的养父与胡导相遇相知，一起打拼，后面养父收养了自己。可胡导无能，赌博成瘾，欠下了巨额赌债还不上，竟丧心病狂骗了养父，带着养父去巴结债主。至于债主是谁，自己当时年幼，没弄清。

养父受尽折辱还落得身败名裂，不得不带着他逃到别的城市，几年之后郁郁而终。

他当时还未成年，不久后找到了新的养父母。胡导则结婚生子，与他断绝往来。

这些年来，他经历了许多事，吃了许多苦，遇见了各种各样的人，牢记着养父临死时的嘱托，努力活得善良而勇敢。直到几年前，胡导私下找到他忏悔往事，又偷偷出资为养父重修了陵墓、做了法事，他才与胡导恢复了联系。

长大之后，他也曾想过要为养父洗清所谓的污点，但当年的事没有证据，即使说出来也无法取信于人。人言可畏，还会对逝者造成二次伤害，因此他只好一直保持沉默。

没想到，江山易改，本性难移。胡导最近跟一个男演员结了梁子，无意中发现该男演员长得有点儿像养父，于是为了报复该男演员，竟然用这种方式毁他的名声。

既然牵连无辜，他就不能再沉默下去了。虽然人微言轻，干不过胡导，但他也要遵循养父临死时的嘱托，善良而勇敢地站出来，说出真相，以慰其在天之灵。

…………

这篇长文里面插入了大量旧照，有胡导、叶宾鸿和一个孩子的合照，若干病历照，还有上面刻着叶宾鸿的生卒年月的墓碑的照片，里面的墓碑看上去还很新。此外他还顺便放上了大量自己的近照，搭配失去父亲后的个人经历，赚满了同情。

紧张紧张，刺激刺激。

夕阳红

　　"吃瓜"群众想看的，是打官腔的通稿吗？不是。是律师函与官司往来吗？不是。要的就是转折，要的就是戏剧性！

　　情话博主瞬间涨粉数万，于是他顺势推销了一波自己以前出版的忧伤情话集。

　　不过，这篇长文的戏剧性有些过头了，以至于大多数人的第一反应是：连这种热度都蹭，想红想疯了吧。

　　普罗大众，一不信世上有文中那样的势力，二不信世上有文中的胡导那样的坏人。因为见所未见、闻所未闻，所以只会觉得他瞎编乱造、语言浮夸。

　　八卦先锋们当然也迅速把该情话博主扒了个底朝天。

　　这博主不怎么出门，现实中朋友很少。虽有几个老同学看见长文之后冒出来相认，但他们也不记得这个人的家庭背景，无法证实或证伪。

　　最后大家翻出的最有价值的证据，是一段偷拍视频。

　　视频是在一年前胡导电影的演员出事那会儿拍的。有狗仔蹲不到当事人，只好退而求其次去蹲胡导，在一家餐厅外捕捉到了他的身影。他似乎刚吃完饭，推门而出，身后还跟着一个人。两人边走边低声交流着什么，然后那人坐上了胡导的车，一起离去了。

　　连偷拍的狗仔也不知道旁边那人是谁，视频描述里是含糊其词的"年轻男人"。现在回过头来再看情话博主发的照片，那可不就是情话博主本人吗！视频中的胡导满脸堆笑，情感博主却面色冷淡，正好暗合了长文中描述的人物关系。

　　胡导彻底蒙了。

　　他回忆了半天才想起来，那段时间自己四处找投资人，参加了很多饭局。有个陌生的家伙自称是某电影公司的项目负责人，表现出了合作的兴趣，饭后还拉着自己换了一家茶馆详谈，结果谈完回去，就再也没联系过自己。

　　一年前，那是傅泽永刚刚出手整自己的时候。

　　他居然在那时就埋下了一步棋，预防着自己的反击。

情话博主的长文发出来之后，关注的人大体上分为三派。

一派觉得长文有理有据，足以证明叶宾鸿确实死了，吕闲则是被无辜中伤。

他们还从情话博主这儿翻出了更多证据，比如他每年12月20日发的微博都非常伤感，去年是这么一句——"你走之后群星陨落，余生只剩下与废墟和解"，听上去就是在悼念自己的养父。

当然，派别内部也有分歧，仅有极少数人相信叶宾鸿确实是冤死，其余的则认为死者为大，情话博主总是要尽力美化养父的。

"众人皆醉我独醒"派觉得这故事过于玄幻，电视剧都不敢这么拍。每年忌日发的微博说明不了任何问题，因为情话博主每天的微博都是这么个"明媚的忧伤"的调调，可以套用在一百种情境里。

还有一派摇摆不定，看娱乐新闻看得殚精竭虑，誓要从别的方向寻找突破口。

他们翻遍各大社交网站，找出了不少吕闲的前同事的发言。

"吕闲以前是我们公司的会计啊，我还见过他，后来突然听说他跟老总走得很近，再后来老总就捧他出道了。有段时间公司里也在议论，都说他长得像以前的一个小演员，好像还有员工去偷拍他，被老总开除了……"

但许多人并不买账——有总裁捧他，也说明不了他是叶宾鸿。更何况，这些前同事往往还会加上一句："他还有个儿子，也在我们公司干过，不清楚是不是收养的，但跟这个情话博主肯定不是同一个人，长得完全不像。"

这仿佛也侧面证明了吕闲确实不是叶宾鸿。

胡导是不可能坐以待毙的。他知道成败在此一举，又雇了不少人去评论区里引导舆论。

"只有我一个人看明白真相了吗？吕闲就是叶宾鸿，有人花钱帮他换身份洗白，迄今为止拿出的证据都不足为信哪！"

"12月20日是谁的忌日？制片人说是叶宾鸿的，有事实依据吗？难道不正是因为导演给他那条博文点了赞，所以他才顺势把它套在叶宾鸿头上吗？"

"情话博主放出来的图就更可笑了。旧照里的小孩子是单眼皮，他近照怎么变双眼皮了？后面发的病历和墓碑看上去都很新，医院名字都没拍进去，说是连夜赶制出来的我也信！"

"我推断出的真相是：叶宾鸿确实有个养子，就是旧照里的那个人。但这个情话博主只是个出来放烟幕弹的假养子！别说不可能，有钱能使鬼推磨，何况经此一役他'粉'也涨了，书也卖了，可以说是名利双收了吧？"

"不要扯什么狗仔视频，那视频里的两个人，你们只是看见他们一起走了一段路，并不能知晓他们的关系。也许他从一年前就开始谋划，所以故意留下了这么一段视频呢？"

"要我说，要想证明叶宾鸿真的死了，就拿出点儿可供核实的东西，比如医院开具的死亡证明和火葬场的记录。或者反过来，拿出吕闲年轻时的户口本、毕业证、入职证明之类的东西，跟叶宾鸿做一个对比啊。"

但是在公众眼中，这出"罗生门"完全是胡导先挑起来的，所以"连夜造出个假坟"和"提前一年留视频"这样的天方夜谭，听上去与情话博主的故事一样，太过戏剧化而没有真实感。

傅泽永这头的人也正等着回应他。

他们的回复显得比较高冷，并不与对方长篇大论，只是不停地转发一幅条漫。

条漫里画的是胡导。

胡导："我在此发誓：吕闲就是叶宾鸿。"

胡导看着叶宾鸿的墓碑："假的，请拿出病历。"

胡导看着叶宾鸿的病历："假的，请拿出死亡证明。"

胡导看着叶宾鸿的死亡证明："假的，请拿出吕闲的户口本、毕业证、入职证明。"

胡导被一大堆文件淹没："假的，请……"

一个火柴人冒出来问胡导："那您这边能拿出什么呢？"

胡导："……"

胡导："我刚才发了个誓，到现在还没被雷劈死，说明我说的是真的。"

短短的条漫比大段的文字更加浅显易懂，便于传播。

将此次事件的气氛推向最高潮的，是情话博主的一张闭眼自拍照——"我割个双眼皮也碍着你了？"引发了"哈哈党"的狂欢。

但无论怎样回击都改变不了一个事实：吕闲确实拿不出户口本、毕业证、入职证明，而且从事发到现在，"叶宾鸿"的旧友、养子挨个儿冒泡，"吕闲"年轻时的亲朋好友却始终不见踪影，没有一个人站出来说一句："我跟吕闲从小就是玩伴，他当然不是叶宾鸿。"

双方都缺乏关键证据，所以双方都无法完全带动舆论走向。

吕闲刚上映的电影倒没有"扑街"，甚至有许多人抱着猎奇心理特地买票去看他，看完了还要头头是道地分析一番："演技这么娴熟，恐怕不是新人"，或者说"长得有点儿邪气，感觉不是好人"。

"众人皆醉我独醒"派的言论迅速进化了："我算是懂了，这出大戏就是为了炒红某'大龄新人'，双方一个唱红脸一个唱白脸，只有'吃瓜'群众被带得团团转。如此史无前例的缺德炒法，带死人出场，自泼脏水，自修坟墓……也不怕适得其反？我已经不在乎他的过往是什么样了，从此不看他演的任何东西。"

经此一役，电影票房或许没受到太大影响，但已经没有人关心剧情本身了，更无人留意吕闲的演技。大导演前几天还说要跟吕闲继续合作，如今也不提了。

傅泽永还没有收拾好战场，三天时间却已经到了，吕闲终于拿回了自己的手机。

夕
阳
红

此时他的微博评论区里依旧有骂得很难听的，但大部分是催他自证的路人，还有些坚持不懈地表白、鼓励他的粉丝。

未接电话和微信好友申请也有一大堆，都是来求采访的媒体。

吕闲花了两个小时研究舆论战始末，傅泽永知道拦不住，也就由着他去看。

吕闲看得目瞪口呆："你一年前就开始准备了？"

傅泽永："当时只是做了最坏的打算。"这毕竟是下策，按他原本的计划，胡导本应被压制得死死的，根本没有机会闹这一出。

吕闲："那这些公关策略……也是你想出来的吗？"他实在不信公关部门会如此用心。

傅泽永："哪能啊，我也一把年纪了，哪还懂这些小年轻玩的东西。我不想揽功，但真正的功臣不让我告诉你。"

吕闲陷入了沉思。

傅泽永："但你要是真想知道我就说了，是我女儿。"

吕闲："……"

傅泽永："她一向喜欢看娱乐新闻，当初也是她翻帖子，才提醒了我你是谁。一年前我收拾完胡导，想留点儿后手，她就来自告奋勇了，前后提交了好几份计划书，从制片人的那条微博着手布局，病历、墓碑、假养子，连说辞细节也跟我一一推敲……"

吕闲："虎……虎父无犬女。"

傅泽永一声长叹："智商全用在这种地方了。"

傅泽永："哦，对了，我女儿看了你的新片，说你演得很棒。"

吕闲心中暖乎乎的。小姑娘喜欢自己，显然离不开傅泽永的功劳，同时他也知道，傅泽永为什么要在此刻提起这些，大致是"别管世人怎么看你，重要的人喜欢你就行"的意思。

吕闲："她最近怎么样？"

傅泽永："忙着谈恋爱，准备订婚了。"

吕闲："替我谢谢她不计前嫌。""前嫌"指的是吕曦的事。

傅泽永："我会转达的。还有件事要向你道歉，情话博主发的旧照片，是我从你那本相簿里扫描出来的。这是我女儿写在计划书里的，我那会儿只是以防万一，不想让你烦心，就没跟你提。没想到真有用上的一天。"

傅泽永始终没有告诉吕闲，这场舆论战打得这么艰难，是因为胡导借的是那个人的势。

这还仅仅是借势，一旦他本人感受到威胁，亲自出手，己方就毫无胜算了，双方实力的对比令人绝望。因此，傅泽永的出招都必须留有余地，就连情话博主的长文里，也只说不知道当年的"黑手"是谁。

关于"香槟酒瓶"事件，己方拿不出证据，又不能报出加害者的名字，所以，只要那人还稳坐台上一天，己方便不可能洗清叶宾鸿的污名。他能做的，唯有尽量让吕闲与污名划清界限。

傅泽永想到这里，神色有些愁闷，仿佛亲手将记忆中的那个年轻人再次推入了深渊。他心里清楚，舆论战只是表面的，只要去请晋高临那边收手，胡导根本不成气候。晋高临念在私生子的分儿上，必然会乐得卖自己一个人情，放过吕闲这个"小玩意儿"。

但时至今日，让他放软态度去求晋高临，简直是奇耻大辱。

他要赌上吕闲的名声，继续硬扛吗？还是就闭眼受这一回辱？

吕闲虽然不知事情原委，却能感觉到傅泽永的愁闷。

"别想太多了，世事怎么可能尽如人意？你又不是神仙，能算到这一步已经非常了不起了。"吕闲安慰道。

傅泽永敷衍地"哼"了一声。

吕闲微笑道："老总，其实你能为我做这么多，无论未来如何，我都已经死而无憾。"

傅泽永怒道："干吗提那个字？"

吕闲："收回，收回。我的意思是，接下来该让我也做点儿什么了。"

傅泽永并不采纳吕闲的提议。

"你什么也不用做，你的任务就是待在家里吃好睡好。"

整个计划从头到尾，都不需要吕闲本人出场。吕闲的团队拒绝了所有对他本人的采访邀约，只有经纪人代为出面回应。微博也有专人打理，替他给出几句四平八稳的标准回应。一切通告无限推迟，吕闲想躲多久都没问题。

但吕闲这一次却忽然不躲了。

吕闲："我躲了半辈子，够久了。现在你在前面替我挡着，可我不想只当个拖后腿的……让我去吧，三天了，我也该露面了。"

原定的通告照常进行，吕闲又出现在了公众视野中。

望眼欲穿的媒体记者们闻风而动，纷纷追着他的行程求采访。经纪人在旁边捏着一把汗，千叮咛万嘱咐地筛选问题，随时准备拦下不合适的提问。

岂料，吕闲仿佛把"接受采访的自己"当成了一个全新的角色，全情投入了表演。

"前几天那事儿？当然听说了，我也去关注了一下。"他笑道，"听上去是个很复杂的故事呀，但是对我来说……"他的笑容转为尴尬，"怎么讲呢，天降大'锅'于斯人吧。"

"结梁子？我入行不久，跟那位导演也不熟。祝他事业进步吧。"他略微露出轻蔑的神色，仿佛在暗示"没错，就是结过梁子，所以他才要整我"。

"我觉得吧，身正不怕影子斜。我俯仰无愧于天地，在这件事上，只对不起一个人。"

记者纷纷紧张地捏住了话筒："谁？"

吕闲："我演的掌门大侠。"

记者："……"

吕闲："我想对他说声抱歉。他是个复杂而真实的人，希望观众进影院，看的是他而不是我。"

记者："……"

刚一送走记者，经纪人就直拍大腿："金句啊，最后那一下太神了，今天的通稿就拿它做中心句吧！"

吕闲摆着手找水喝。

经纪人奔去给他倒水："哎呀，姜还是老的辣呀，不服不行。我以前伺候的那些小孩，嘴笨得带都带不动……"

吕闲疲惫地笑笑。

傅泽永很欣慰。

最近遭受了这么大的打击，几十年来的噩梦一朝照进现实，傅泽永原本还挺担心吕闲的精神状态，如今一看，这人比他想象中勇敢。

他记得吕闲曾说过类似于"我有什么值得别人喜欢的"的话，却并不因这份自卑而推远别人，反而一路"更新升级"，要让自己担得起这份喜欢。

看似一碰就碎的干花，根须却深埋在大地中，春风吹又生。

由于吕闲是个入行不久的大龄新人，记者也找不到他的业内好友，出了事便只得拉着他最近的合作对象一一问感想。

这些合作对象里就包括了萧显柔。

萧显柔："啊？吕老师？他演技超厉害的，我很佩服哇。"

萧显柔："啊？他最近发生了啥事吗？我不知道啊。"

记者："网上闹得很厉害。"

萧显柔："不好意思，我最近沉迷游戏，很久没关注别的了……"

这篇采访稿一出，萧显柔的粉丝们哈哈大笑。

"不要带我们弟弟出场啦，他懂个啥？他只知道吃饭睡觉打游戏，哈哈哈。"

"论'粉'一个不按套路出牌的偶像是什么体验，哈哈哈哈哈……"

"这样的偶像真让人省心，请大家关注作品就好啦！"

乔其修也被问到了类似的问题。

她微笑道："我们只是一起演过戏，我知道的不比你们多。"

记者一听居然又是个打太极的，大为失望。

乔其修保持着微笑："不过，我不相信那位胡导的话。"

夕
阳
红

记者闻言眼睛一亮。

乔其修："因为一个声名狼藉的公众人物，是没有公信力可言的。"

记者激动了！"乔其修矛头直指胡导"顿时成了新的热点。

乔其修对广大"吃瓜"群众的影响力就不是萧显柔可比的了，经她稍稍一提，舆论的风向顿时一变——"没毛病啊，胡导的新闻早就一抓一把了，板上钉钉的人渣啊。就算不喜欢吕闲，也不能忘了他干的那些事儿啊！"

这场风波接近尾声，且不论胡导将吕闲往泥潭里拖进了几分，他自己反正是彻底沉下去了。

不过，或许是因为近期的舆论风波，不久之后的颁奖季，那部电影并未拿到重要奖项，吕闲也颗粒无收。倒是萧显柔捧了个"最佳男配角奖"回家，顺便买了一波"专注磨炼演技，不借话题炒作"的通稿，言下之意是"他们是淤泥，而我不染"。

吕闲再次见到乔其修，是在颁奖典礼结束后的派对上——乔其修是颁奖嘉宾，吕闲是落选的陪跑员。

两人在拿饮料时碰上了，吕闲清了清嗓子："之前的采访，谢谢你。我又多欠你一顿饭了。"

乔其修："不用谢我，我只是说了实话。"

吕闲："所以才更要谢你。"

乔其修望着吕闲没有说话。她是活明白了的人，从那场你来我往、真假参半的舆论战里，已经猜出了一点点实情。

吕闲："嗯……还要对你说声抱歉，你演得那么好，是我的破事儿影响了电影的口碑。"

乔其修："世事难料，别放在心上。"

置身于这个派对，两人心中都浮现出了当年那个"影帝""影后"的约定，再看看如今的身份对比，果然应了那句"世事难料"。

沉默片刻后，乔其修说："我工作室最近接了个本子，挺有意思的，需要一个撑得起戏的男演员。你要不要考虑跟我合作？"

吕闲愣住了。

跟影后合作的机会很少，而会演戏的男演员却很多。

吕闲："你上次帮我圆谎，已经很够朋友了，不必这样……"

乔其修一晒："你是不是很怕跟我当朋友？"

吕闲确实很怕。

在这风口浪尖朝他抛橄榄枝的人，不受拖累是不可能的。为二十年前的一件戏服、几个红薯，值得吗？

吕闲带着乔其修给的剧本，回家跟傅泽永说了这事。傅泽永却有点儿兴趣："剧本不错啊，回头我让人去找她的工作室接洽，谈谈合作呗。"

吕闲踌躇着。

傅泽永还挺受用的——吕闲越是将外人的善意小心轻放，便越是体现出对自己的信赖。

傅泽永："不要担心，真想报答她的话，就去捧个奖回来嘛。不过你确定不用先休息一段时间？"

吕闲其实也有些惊讶于自己的状态。他原以为自己会低迷很久，然而即使是事情刚刚被爆出的那三天，似乎也无法与天台上的那个夜晚相比。

那是他生命中最孤独的一夜，但他活着看见了太阳升起，而那太阳从此再也没有落下。

乔其修给的剧本改编自某英文小说，将原故事融入了中国本土背景。

男女主角原本是一对夫妻，离婚多年，各自生活在不同的地方。曾经的婚姻留下了一个漂亮女儿，如今在某大城市工作。一日，他们突然收到了女儿的死讯。

两人匆匆赶去认尸，却被警方告知，他们的女儿是某犯罪组织的成员。警方在突袭犯罪基地时遭到了她的剧烈反抗，当场将她击毙。

面对着铁板上钉钉的罪证，男女主角大吵一架，一个哭着忏悔对孩子教育得太少，另一个却固执地不肯相信孩子犯了罪。于是他们一边回忆往昔的点滴细节，一边四处奔走调查，一点点地挖掘出隐藏的证据，最后终于拼凑出了意想不到的真相，还原了女儿当时出现在现场的真正目的。

剧本虽然讲的是个推理故事，其动人之处却在于角色之间细腻而复杂的感情。如果能演绎出来，确实非常容易出彩。

几天之后，傅泽永派了人去跟乔其修工作室谈项目，两边都是爽快人，很快定下了合同。

此时电影才刚刚敲定导演，之后还要搭班子、建场景、做道具，距离正式开拍还有将近半年。于是经纪人先给吕闲安排了一部自家公司的电视剧，拍摄地就在本市，每天收工后还可以回家睡觉。

吕闲开工的第一天，傅泽永家迎来了一个稀客——准确地说，是稀"主"。

傅谨破天荒地回家了。

傅泽永气压很低地坐在沙发上，皱眉望着走进门的儿子："你有什么事？"

他下意识地觉得儿子是听说了吕闲前阵子的丑闻，又上门来找自己麻烦了。

傅谨沉默片刻，提了提手中的礼品袋，以示和平："来探望您。"

傅泽永："……"

傅谨留下来用了晚餐，端庄肃穆地坐在桌边，没话找话地慰问了三遍傅泽永的健康，就是赖着不起身。

傅泽永早就看出了他在等吕闲，断然送客道："不早了，你该回去了。"

傅谨："我连自己家都不能留宿了吗？"

傅泽永："少来这一套，我独守空巢多少年了也没见你们留宿。"

两人正在僵持，吕闲却到了。

吕闲趿拉着拖鞋，边脱外套边走过来："累死了，刚才在门口突然很想吃红烧——"他抬头看见了来客，语声戛然而止。

傅谨："……"

傅泽永："红烧什么？"

吕闲："排……排骨。"

傅泽永给了儿子一个"你最好老实点儿"的眼神，起身去厨房点菜了，留下傅谨与吕闲沉默相对。

傅谨忍不住不着痕迹地打量吕闲。

这人已经不是他印象中那条缩在总裁办公室角落的"咸鱼"了，虽然刚拍了一天戏，风尘仆仆地从片场回来，却依旧挺拔而有范儿，

夕阳红

望过来的目光也不再躲闪，却流露出恰到好处的、近乎礼节性的尴尬。

吕闲："抱歉，我不知道你在家……傅少。"

他用的是"你在家"，这个措辞礼数相当周全，于是傅谨顿了顿，也投桃报李地叫了声："叔。"

走回来的傅泽永恰好听见了这声"叔"，反而愈发惊疑不定了："你这是遇上啥事了？"以自己儿子严肃到古板的性子，万万不可能凭空转变态度。

傅谨肃穆道："实不相瞒，我是来向叔道歉的。"

原来，傅谨在创业打拼的过程中，与合伙的"纨绔"之间逐渐建立了一些信任。

"纨绔"虽是晋高临私生子，却四体不勤、五谷不分，每天只琢磨着四处蹦迪，也不过问公司决策，唯一值得称道的是对朋友讲义气，说要一起赚钱，就会把手上的资源都拿出来，从不跟人计较。所以公司建立之初几经风雨，两人之间还真的培养出了点儿友谊。

"结果，'纨绔'前几天看见了那条八卦新闻，突然显得心情很低落，连着几天买醉。"傅谨述说道，"昨天晚上他喝得实在太多了，我去送他回家，被他拉着说了好长一段醉话。他说……他知道'香槟酒瓶'事件是自己大伯的手笔。"

"纨绔"名义上是晋高临的侄子，出生以来就对晋高临以大伯相称。

傅谨："他说那人这些年逼死过不少年轻人，逼疯过更多，他的出生也只是其中一个意外。他说自己有时候活得很不开心，但又知道自己蠢，离了大伯就一无是处，所以很迷茫……还说了别的，我听不清了。"

从"纨绔"颠三倒四的醉话里，傅谨得到了一条信息：吕闲当年确实是受害者之一。他朝吕闲深深鞠了一躬："我误会了您的品格，要向您郑重道歉。"

吕闲："哎，别别别——"

傅泽永冷眼看着，提醒道："你是不是还忘了一份道歉？"

傅谨直起身来，面无表情道："我冤枉了他，但并没有冤枉您。您为了私事干预公司决策、收购影视公司的行为，无论有何种先决条件，我都是不认同的。"

傅泽永想：还是小时候打少了。

气氛非常僵硬。

吕闲夹在中间，看看这个，又瞅瞅那个，拿不准该不该由自己打圆场。

最终，傅泽永首先放弃了探讨父子关系的机会，模仿着儿子一板一眼的语气说："我希望你明白，向人道歉是要带上补偿措施的。你准备怎么补偿你叔？"

傅谨有点儿迷茫。

傅泽永："'纨绔'说的那些话，你录音了吗？"

傅谨更迷茫了："没有，事发突然，没能想到。"

傅泽永："那我给你指一条路：你再灌醉他一次，录下他的话，最好能问出晋高临逼死过哪些人，要具体姓名。"

傅谨愣了愣，似乎陷入了复杂的道德悖论中，天人斗争了半晌才开口："'纨绔'虽然傻了点儿，但恶劣程度从来没有超过当街打架，还帮过我很多……他是无辜的。"

傅泽永指了指吕闲："谁比他更无辜？"

傅谨："我知道。但是冤有头债有主，不该让'纨绔'来代人偿还。"

傅泽永："我记得上次我们谈到'纨绔'的时候，你对他的态度还不是这样的。后来发生什么事了吗？"

傅谨咬牙不语。

傅泽永叹了口气。傅谨像他母亲，看似只认死理，却总在莫名其妙的关头心软，有时还不如他妹妹强硬。

傅泽永："放心，不会直接用到他的录音。我只是想根据录音中提到的细节去查证一些事，试试看能不能找到一点儿证据。"

夕
阳
红

　　这种罪名是扳不倒晋高临的，但如今正值多事之秋，没准儿哪天他就坐不稳了。墙倒众人推，到时候傅泽永并不介意出一份力，送他一程。更何况，如果能证明晋高临是个虐待狂，而当年的"香槟酒瓶"事件是他的手笔，那么很大程度上，也能洗清叶宾鸿的"污点"。

　　尽管叶宾鸿已经"死"了，傅泽永依旧希望有朝一日可以还他清白。

　　吕闲一听就明白了傅泽永的想法。他当然也愿意看见自己沉冤昭雪，但他望了望傅谨的表情，斟酌道："算了吧，叶宾鸿已经'死'了，别为难小辈了。"

　　傅泽永从他嘴里听见"叶宾鸿已经'死'了"，心脏揪痛，一下子就火了："你以为我只是为了帮你报仇？那几个被他折磨的年轻人至今还不能安心呢！他们也有爹妈，说不定也有爱人呢！"

　　吕闲："……"

　　傅泽永："心里头能不能有点儿大爱？！"

　　傅谨："……"

　　吕闲无地自容道："我错了。"

　　傅谨沉重地低着头站了一阵儿，忽然转身走了。

　　傅泽永满意了。

　　他就是为了帮吕闲报仇。

　　一周之后，傅谨来复命了，交给傅泽永一张打印纸。

　　傅泽永："这是什么？"

　　傅谨："我把录音从头到尾听写出来了。"

　　傅泽永："那录音文件呢？"

　　傅谨："我销毁了，以免你不守诺言。"

　　父子俩在沉默中对视了片刻。傅泽永对此没有发表任何意见，低头读起了打印纸上的内容，这一读之下，心跳顿时加快了些许。

　　"纨绔"这回可能真的喝大了。傅谨不仅套出了傅泽永要的"供词"，还一不小心套出了更重要的情报。

傅谨："那二傻子把他爹的家底都抖搂出来了。"

纸上是经过傅谨整理的事件列表，关键词包括了"谋杀""金融诈骗""洗钱"等等。大部分事件的描述含糊不清，甚至只有一个年份或者一个地名，或许"纨绔"自己也只知道一星半点儿。即使如此，这张纸也透露了很多信息了。

傅泽永："他会不会是装醉，故意设了陷阱骗你？"

傅谨："可能性很小，但保险起见，我们还是尽量隐蔽地调查吧。"

傅泽永："调查？你知道这意味着什么吗？"

傅谨愣了愣，面色严肃了起来。

迄今为止，傅泽永都没有直接与那人针锋相对。

傅泽永纵横商场至今，靠的是胆大心细。傅谨说他意气用事，其实他连偶尔的意气用事都经过了反复推演。他太清楚自己跟对方的实力差距，所以一直在曲线救国。

他想等到对方大厦将倾，再补上一刀。

他想等到对方彻底垮台，再为吕闲翻案。

可是现在不一样了。有了手上的这份东西，他们突然有了"主动出击"这一选项。只是胜算依旧渺茫，而且一旦失败，就将面对对方的反扑。

父子俩再次沉默对视。

傅谨："值得吗？"

傅泽永也在问自己这个问题。

值得吗？帮吕闲报仇，值得他赌上身家性命乃至万千员工的命运吗？

与此同时，接连醉了半个月的"纨绔"终于清醒了一个早上。

他头痛欲裂地泡了个澡，模模糊糊地想起昨晚似乎说了什么不该说的话，却无法分辨那是现实还是梦境。

夕阳红

　　"纨绔"试着联系傅谨，然而此前万事秒回的对方这一次却迟迟不回信息。他皱着眉，迟钝地思考了两个小时，依旧拿不准这事儿的严重性，但他已经被晋高临骂出了惯性，从小到大，遇事总要先汇报，于是他拨了个电话给晋高临，如此这般地说了说。

　　晋高临大发雷霆，把他训得狗血淋头。

　　晋高临："你是不是没脑子?!"

　　纨绔："是……是呀。"

　　晋高临无言以对，立即找来心腹吩咐道："你再去查一遍当年那几件事有没有留下痕迹，有的话就处理掉，手脚干净点儿。"

　　心腹查了几天，一无所获。

　　晋高临不敢松懈，忽然灵光一现："再去查查手下的兄弟最近有没有异动。"

　　这一回找对了方向：有一个跟了晋高临十几年的手下，这两年对自己的待遇颇有微词。心腹等到了一个机会，偷了他的手机，找专人破解了密码，一翻消息记录，果然有人在指使他从内部查账。

　　尽管对方隐藏了自己的身份，但结合前情，不用猜也知道是什么来头。

　　晋高临不理解。

　　在他眼里，有了自己儿子这一层合作关系，傅泽永拆他的台一点儿好处都没有。如今这算什么呢？恩将仇报，不知好歹，难道就为了那个叫吕闲的？

　　晋高临沉思了许久："看来是时候会一会傅总了。"

　　心腹："我还查到一件有趣的事情——吕闲的养子，目前在我们旗下的公司任职。"

　　傅泽永根据"纨绔"的说辞悄悄展开了调查，然而证据都被抹得干干净净，收买的线人也突然断了联系。于是他知道事情败露了。

　　自己才刚走出半步棋，就被晋高临发现了。

　　还有一个更可怕的可能："纨绔"原本就是被派来钓鱼的。

　　傅泽永一向不曾轻敌，没想到仍旧低估了对手的水平。他顿时后悔冒进，立即停了手，同时让傅谨那边保持警惕。

　　几天之后，他收到了一封请柬。

　　又到了晋高临一年一度的生日宴会，傅泽永仍像往年一样在被邀请嘉宾名单上。

　　鸿门宴吗？

　　傅泽永琢磨了几根烟的时间，觉得以晋高临的处境，八成不会再在生日宴会这样的公众场合搞什么事，而自己也不是易与之辈，就算是晋高临，出手之前也得掂量掂量。之所以发来请柬，最大的可能无非是想来一番威逼利诱，让自己老实点儿。

　　无论如何，此时拒绝邀约，不仅相当于提前撕破脸，而且还显得怯场，不符合傅泽永的做事风格，所以他不动声色地回了邮件，表示自己会准时到场。

　　傅泽永没有告诉吕闲这件事，省得他担心。吕闲从骨子里畏惧晋高临，一定会坚决反对自己以身犯险。

　　身居高位的人办事肯定是要留后手的。

　　发出请柬的同一天，晋高临也给"纨绔"下了命令："你也去查那对父子。我会派人跟你里应外合，黑进他们的电脑，找出一些证据，如果没有，就造出一些证据抹黑他们。咱们不能落入被动，先握住他们的把柄，至于用不用，可以再说。"

　　没想到"纨绔"坚决不肯。

　　"纨绔"："傅少是我的朋友，我不能害他！"

　　晋高临气到翻白眼。

　　晋高临："你把他当朋友，他却灌醉你套话，他爹都查到我头上了！"

　　"纨绔"："你如果没干坏事，又怎么怕被查？傅少在得知你的事情之前跟我好着呢，直到那天套话之后，就一直躲着我……如果不是你，我们也不至于闹矛盾……"

　　晋高临掴了他几个耳光："如果不是我，你现在还不知道在哪块泥巴地里打滚。吃里爬外的狗东西，跟我讲仁义？先净身出户再讲！"

"纨绔"咫了。

如果在天平的两端放上"良心"与"混吃等死的人生"，他的良心会被弹射出大气层。

晋高临："这才听话。"

晋高临对这个私生子总是格外宽容些。

他当年是靠联姻起家的，女方背靠娘家，对他颐指气使。晋高临在混出名堂之前受了很多年的气。他恨她，也连带着不喜欢她生的儿子，对"纨绔"的偏宠，不如说是一种报复行为。

不过，他们毕竟是利益共同体。妻子的家族近年在权力角逐中连连失利，导致晋高临的日子也不好过了起来。

放在平时，若是有人敢来查他的把柄，他会不惜代价搞垮对方。但今时不同往日，他有一堆烦心事要处理，此时再树敌显然不太明智，多一事不如少一事，别的不提，儿子还搭着傅泽永那条船呢。

况且，两方往日无怨近日无仇，傅泽永会突然查这些，无非是想帮吕闲。晋高临觉得这不是什么不可调和的矛盾，可以先晓之以理动之以情，试试和平解决。

生日宴当日，傅泽永随便编了个理由没回家吃饭，独自赴约了。

宴会还是跟往年一样，衣香鬓影，纸醉金迷，一排美女在大厅中央拉提琴。傅泽永亮出请柬走了进去，一边笑着与熟人打招呼，一边用目光在人群中搜寻，结果看见了一个意想不到的身影——吕曦西装革履，单手端着托盘穿行在大厅中，正风度翩翩地为客人们供酒。

吕曦走到近前，也发现了傅泽永，一顿之后，笑眯眯地招呼道："傅总好哇，好久不见。"

他将托盘朝傅泽永递了递："要来一杯什么？"

斜刺里一只福气团团的胖手伸了过来，替傅泽永挑了酒杯："香槟吧。"

现场一片沉默。

傅泽永一转头，看见了晋高临。

晋高临拍了拍吕曦的肩，对傅泽永笑道："这个小伙子很能干，手脚利索，人也机灵，以后在我们这儿肯定大有作为呀。"

一句话表明自己已经知道了吕曦的身份。

吕曦连忙谦虚了几句："哪里哪里，我还要多学习。"

晋高临继续对傅泽永笑道："年轻真好，朝气蓬勃的。我那侄儿也常常向我提起你家公子，说大家一起创业很开心哪。"

傅泽永也露出了商业假笑："犬子承蒙令侄照顾。"

他笑着跟晋高临碰了杯，却没喝酒，又闲扯了两句。

晋高临眯了眯眼，更像一尊弥勒佛了："怎么，酒不合你心意？"

傅泽永："哎哟，聊忘了。"

傅泽永在晋高临的注视下缓缓举杯，抿了一口。

晋高临满意了："都是好孩子，都是好孩子。以后这个世界，归根结底是小辈们的天下，我们也就是趁着退出历史舞台之前再帮一把，哈哈哈哈……"

这番话潜在的意思是：过去的事就让它过去吧，别为一个戏子伤了和气。

这便是威逼与利诱了。你老实点儿，大家发财；你不老实，我照样可以搞死你。

傅泽永也只能老实点儿。

没底气直接宣战，就只得忍受一点儿委屈。

人精说话都是点到即止，晋高临笑着在傅泽永背上拍了两下，转身去招呼别的客人了。

傅泽永放下酒杯，嘲讽地看着吕曦。

吕曦也嘲讽地看着傅泽永。

傅泽永没想到吕曦会是这表情，顿时火了。两人同时举步，朝没人的地方走了一段。傅泽永还没来得及质问吕曦，对方却抢先低

夕
阳
红

声说："我还以为你会把酒泼到他脸上。"

傅泽永："那是野蛮人干的事。"

吕曦："没种就是没种，别说得那么冠冕堂皇。"

傅泽永怒极反笑："这会儿知道屈辱了？你自己为什么不泼？你倒是挺有种的，他毁了你和你爹一辈子，你给他当端酒的佣人。"

晋高临跟别人寒暄着，用余光扫了扫角落里的傅泽永和吕曦。

就见吕曦端着托盘，笑着对傅泽永说了几句话。傅泽永起初蹙眉听着，猛然间满面怒气，一拳揍向了吕曦的胃部。吕曦被揍得弓起了身体，托盘滑落在地，满盘的酒杯碎得清脆悦耳。

傅泽永回过头，冷冷望了晋高临一眼，一言不发地离开了宴席。

听见声响才望过去的宾客们不明所以，晋高临只得走去打圆场，叱责吕曦："怎么连托盘都端不稳，还泼到客人身上?!"

吕曦捂着胃，点头哈腰地道歉。

待到其他宾客不再注意这头，晋高临才问："怎么回事？"

吕曦低声说："对不起，傅总骂了我几句，问我为什么给您干活儿，我只是说您对我很好，而且很有本事很厉害，不该与您作对……他就……他就打了我。"

晋高临："啧，不识好歹。"

回家的路上，傅泽永收到了儿子的电话，傅谨的声音疲惫而沉重，听上去很反常："父亲，您先前嘱咐我最近保持警惕，我就在自己的办公室里装了微型摄像头。"

傅泽永沉吟："拍到什么了？"

傅谨叹气："'纨绔'半夜三更把我的电脑抱走过一小时。我让人检查了电脑，已经发现加密文件被破解的痕迹，目前还在检查他们干了别的什么。"

傅泽永冷笑道："是谁说他是无辜的？"

傅谨沉默良久："我也有错在先。"

傅泽永："我并不想听你的心路历程。明天就跟他散伙，资产按合约分掉，限你一周之内把他踢出公司。"

傅谨又不说话了。

傅泽永："这是为你好，趁着他还没为他爹办出更过分的事，留点儿美好回忆吧。"

傅谨不回应，转移了话题："突然摆到明面上，会把晋高临惹毛吗？"

傅泽永心道："已经惹毛了。"

傅谨的办事效率从来没让傅泽永失望过，说了一周解决就是一周解决。一周之后，"纨绔"已经连人带东西一起搬出了傅谨的公司。

傅谨将人送到大门口，问："你还有什么想说的吗？"

"纨绔"没想到对方一出手就做得这么绝，垂头丧气，但自知理亏，憋了半天只冒出一句："对不起。"

傅谨："行吧，再见。"

"纨绔"又憋了半天："小心点儿。"

傅谨放着手头的烂摊子不收拾，跑去伦敦追平了他妹妹喂鸽子时长的最高纪录。

"纨绔"夹着尾巴去向晋高临汇报这件事，做好了接受一顿痛骂的准备。没想到晋高临只是说："知道了，迟早要有这一天的。你去找个地方度假吧，回头我再给你安排个差事，别跟人合伙了。"

"纨绔"："大伯……你不生气吗？"

晋高临当然生气，自己还没倒呢，就有人敢来蹭鼻子上脸了。上一个在他面前如此不自量力的人，还是二十年前的吕闲。

晋高临的心腹问："要给那对父子一点儿好看吗？"

晋高临："怎么给？"

"咱们这里不是有个人吗……"

晋高临想起来了。傅泽永把吕闲看得那么重，而吕闲的养子就在自己眼皮底下啊。

他把吕曦叫到了面前："你养父最近如何啊？"

夕阳红

　　吕曦立即苦笑道："这个问题恕我无法回答。"

　　晋高临："为什么？"

　　吕曦："因为从我来上班的那一天起，我们已经断绝关系了。"

　　吕曦也不管晋高临在不在听，一股脑儿地说了自己的过往，从追求傅泽永的女儿被傅泽永赶走，到为了自己的前程与养父恩断义绝，最后还提到了傅泽永打自己的那一拳。他最后总结道："我跟他们早就不是一路人了。"

　　晋高临意味不明地笑了笑："小小年纪，立场变得很快嘛。"

　　吕曦面容阴鸷："因为他们瞧不起我。我最恨的事情就是被人瞧不起。"

　　晋高临听懂了。他不知道吕闲在想什么，但这个吕曦倒是挺好懂的。他问："那你想证明自己吗？"

　　吕曦点头。

　　晋高临："我给你一个机会。你出去开一场记者招待会，告诉大家吕闲就是叶宾鸿，你是他真正的养子。"

　　吕曦愣了一下。

　　晋高临弥勒佛般笑了："不愿意？叶宾鸿的事情，对你影响也不小吧？"

　　吕曦只沉默了一小会儿，就笑了："对我倒是没什么……只是我养父那种小人物，哪值得您老大动干戈啊？他能翻得起风浪，还不是因为傅总给他撑腰？"

　　晋高临意外地扬起眉。

　　吕曦："实不相瞒，我以前为傅总办过很多事，手上还留了不少内部资料，您不妨看看。"

　　一个月后的某一天，傅泽永加班回家，发现吕闲正坐在沙发上读着什么。

　　傅泽永问道："看什么呢？"

　　吕闲："乔其修那部电影的原著译本。晚饭吃饱了吗？我去给你煮点儿汤？"

傅泽永："吃饱了，不用管……那电影不是还要好几个月才拍吗？"

吕闲不好意思地笑了笑："我还挺想靠它拿个奖的，就提前做做功课。这本书里写到男主角身材很好，你说我现在去练肌肉还来得及吗？"

傅泽永说："你愿意锻炼当然是好的。"

吕闲觉得这句后头应该有个"但是"，然而傅泽永却就此打住了。

吕闲又道："我会注意美观的。"

傅泽永原本想说的话顿时被堵了回去："你练成啥样都可以。"

于是吕闲投入了刻苦的锻炼中，只要是没通告的日子都泡在傅泽永家的健身室里，挥汗如雨，直到胳膊都抬不起来，才去冲个让人神清气爽的澡。

他的脸上开始焕发出坚持运动的人特有的光彩，如同一条突然入水的鱼。

傅泽永看在眼中，有时会露出欣慰的神色，有时却又欲言又止。

一日，傅泽永终于开口了："那个，也别太拼了。"

吕闲："没事没事，我开始喜欢锻炼了。"

傅泽永："……"

吕闲看着他纠结的表情，又低头看了看自己的腹肌："这种程度……您……您看如何？"

傅泽永哭笑不得。

傅泽永："我是想说，你是个好演员，拿奖只是时间问题。所以……别着急，就算这部不成，以后也还有很多的机会。"

吕闲似懂非懂，只觉得傅泽永的态度怪怪的。以前他从不会在电影开拍之前就说这种丧气话，这回却仿佛对片子的前景十分悲观。

可是为什么呢？傅泽永与乔其修两家联手，剧本是好剧本，演员也是好演员，拿奖的希望还是挺大的啊！胡导那招总不可能

夕
阳
红

再用一次吧？可能吗？

吕闲在心中翻来覆去地想了两日，忍不住找了个机会问傅泽永："晋高临那边，没出什么问题吧？"

傅泽永眼皮一跳："为什么这样问？"

吕闲："你最近好像经常加班，说话也跟平常不太一样。"

傅泽永顿了顿，笑道："有吗？我只是怕你对一部戏太过投入，期望越高，失望越大。"

吕闲："放心吧，我的抗打击能力还是不错的，耐摔。"

傅泽永沉默了。

正是因为如此，正是因为清楚这一点，所以自己才做出了那样的选择。

有一瞬间，愧疚感几乎将他淹没了。

吕闲："你真的没事吗？"

傅泽永张了张嘴，门铃却突然响了。

来的人是傅思，后面还站着她憨厚的未婚夫。

傅思是来送请柬的："下个月就是我们的婚礼了，叔，你也来参加吧。"

吕闲很感动，但自己却不能接这个邀请。原因无他，自己好歹也是个公众人物了，加上先前的种种流言蜚语，出现在婚礼这样的场合，会给傅泽永和傅思带去麻烦的。

傅思被拒绝之后反而对吕闲的印象更好了——她也明白这是他的体贴。

傅思："那婚礼结束后，我们再搞个聚会吧，我带他来看你们。"

吕闲摸了摸她的脑袋："好，叔给你们做吃的。"

傅泽永："……"

傅泽永也偷偷摸摸地朝女儿头顶伸出手。

傅思嫌弃地避开了。

吕闲担心家常菜搬不上台面，提前研究了许久的菜谱，到了聚会当日，更是大半天都耗在厨房里，连摆盘都是亲力亲为。每个人都吃得很开心，虽然聊的话题天南地北，气氛却始终很融洽。

总体而言，是一场温馨的聚会——如果傅思没有一时忘形，关心起傅泽永的身体的话。

傅思："最近那么多事，睡眠还好吗？"

傅泽永："没事，多开几次会而已。"

傅思："但是影视公司不是——"

吕闲的耳朵动了动，不动声色地看了看傅泽永，却恰好捕捉到他给女儿使的"闭嘴"的眼色。

傅思立即生硬地转移了话题。

吕闲对此装作没看见，转头却去探经纪人的口风。

经纪人："影视公司？哦，这么说来，确实听说最近出了个大麻烦。"

原来，公司的一部已经完成剪辑、获得了发行许可证的电视剧，突然被另一部题材和剧情非常相似的电视剧抢了风头。后者仅仅早一个星期开播，制作和剪辑也相当粗糙，但仍旧抢走了很大一部分观众。

一周后，公司出品的电视剧开播，立即被痛骂抄袭。制作方只得匆匆澄清剧本完全是原创的，而且考虑到制作周期和播出时间差，也不存在这么短时间内抄袭的可能。

在查不出剧本泄露的证据的情况下，这场闹剧只能被草草归结于"撞题材"。

但无论抄袭与否，一般观众都不会在短时间内连看两部题材重复的剧。因此，这边的收视率极其惨淡，可以说是血本无归。结合傅泽永前段时间的表现，吕闲隐隐感觉到了蹊跷。

吕闲连忙去追问傅泽永："这事儿跟晋高临有关吗？"

傅泽永："完全没有，你想多了。这就是个不幸的巧合。"

吕闲："我觉得不能太大意啊，你有问过傅谨吗？会不会是他那边干了什么傻事，被晋高临报复了？"

夕
阳
红

傅泽永看出了吕闲勉强掩饰的惊恐，想了想，安抚道："我是那么大意的人吗？前段时间开会就是为了解决这事，现在已经没问题了，别担心。"

然而，仅仅一个半月之后，公司的另一部网剧也遭遇了相同的"撞题材"风波。这一回，对方提早了半个月播出。

好消息是，公司的网剧改编自某篇几年前发表的网文，而对方的作品却号称是原创剧本。谁是原版，谁是盗窃，变得一目了然。

坏消息是，无论官司怎么打，舆论怎么骂，大部分观众依然只会选择看那部先播出的。

吕闲不是傻子。一次巧合已经过于诡异，更何况是接连两次。唯一合理的解释，就是有内部人员泄露了项目计划，甚至剧本信息。

出乎意料的是，傅泽永依旧矢口否认。

吕闲愧疚得差点儿跪下："别瞒我了，肯定是晋高临干的啊。都怪我，如果不是因为我，晋高临也不会盯上你……"

傅泽永："真的没事，都解决了——"

吕闲："为什么不告诉我？如果我多拍几部戏，能为公司弥补一点儿损失吗？对了，在那之前，内奸找到没有？开除了吗？"

傅泽永："……"

吕闲看着闪烁其词的傅泽永，忽然间福至心灵般明白了什么。

为什么瞒着自己？因为自己在这件事上的责任比想象中更大。

泄露资料的"内奸"，是吕曦。

吕曦最近的日子并不好过。

一方面，先前他在晋高临面前立了军令状，被调遣到了财团旗下的影视公司，也不负所托地摆了傅泽永两道。虽然立了功，但由于那些前尘往事，他依旧不被晋高临完全信任，只是获得了象征性的提拔。

另一方面，他一个毫无相关从业经验的人，突然空降到影视公司的管理层，无形中也树了不少敌，想要继续向上爬，首先就必须站稳脚跟。

吕曦一边闷头苦干，一边拼命补习，正忙得不可开交，忽然听见新同事在叫自己。

"有个人在外面找你，说是你爸。"

吕曦一跃而起，奔了出去，果然看见吕闲正站在接待桌旁。

吕闲一身大卖场装扮，戴着寒碜的鸭舌帽，恍然间又变回了那个穷会计——不，比那更惨，说他是流浪汉恐怕都有人信。这浑然天成的"咸鱼"气质成了最好的保护色，来来去去的员工连看都懒得看他一眼，更别提认出他来了。

与此同时，傅泽永正举着手机勃然大怒："没拦住是什么意思？让你们跟着他，你们干什么吃的?!"

下属很惶恐："对不起，我们跟车的距离有点儿远，他突然下车走了进去，这里是对方的地盘，我们怕打草惊蛇就没敢去追……"

傅泽永："定位发来，我现在就过去。"

吕曦四下张望了一圈，几步走到吕闲面前，绷着脸将他拉到一边："你怎么敢一个人来这里?!"万一被晋高临的人认出来，岂不是羊入虎口？

吕闲面无表情地看了吕曦一眼，转身走进了电梯，吕曦只得跟上。

吕闲带着他一路走出大楼，转过街角，拐进一道无人的小巷，忽然回身，一巴掌抽了过去。

吕曦站在原地，没反应过来。

傅泽永的下属："慢着，他又出来了，后面还跟了个人……快快快！跟上——他们现在拐进了巷子里……呃，老总……"

傅泽永："怎么？"

下属："他在……在打人。"

傅泽永："啊？"

下属抹了把汗："拳……拳打脚踢的。"

傅泽永："你看清楚了，他是打人的那个还是被打的那个？"

下属："打人的那个。对方没还手……已经倒下了。"

吕闲最后踹了吕曦一脚。

吕曦倒在地上，弓着身子喘粗气。

吕闲也喘息未定："我从小到大都没有打过你，因为我觉得你已经吃了太多苦，觉得自己对不起你。这一顿，是替傅总打的，打你忘恩负义，浪费了他的教诲。"

吕曦什么也没说。

吕闲："至于我自己……"

吕曦抬头看着他。

吕闲突然朝他鞠了一躬："我最后一次向你道歉。我思索过很久，我这么懦弱的人，究竟怎么会养出你这样的孩子。后来我明白了，正是因为我的懦弱，将你逼成了这样。如果我多给你一些保护，如果我替你争一争，如果我曾像一个父亲一样挡在你身前，你不至于一个人跑得这么远。你犯下的错，都是我的罪过。"

吕曦："……"

吕闲弯着身子，表情渐渐不受控制。他不想让吕曦看见，跟跄着转身走出了巷子。

一辆黑车倏然冲来，在不远处来了个急刹。车窗降下，露出了傅泽永的面容。

傅泽永朝吕闲身后望了一眼，迟疑地问："人没死吧？"

吕闲："皮肉伤。"

傅泽永松了口气："上来，一会儿跟你解释。"

吕闲愣了愣，心想：解释什么？

傅泽永再次露出了难以启齿的表情："我需要向你郑重道歉。"

"这件事要从很久以前说起。"到家之后，傅泽永带着吕闲进了书房，安排他坐在椅子上，自己坐到书桌对面，摆出了正襟危坐的架势。

傅泽永："其实吕曦刚刚跳槽去晋高临麾下的时候，我就怀疑过他的真实目的。因为他早不跳晚不跳，恰恰在晋高临后台不稳的风声传出之后跳槽了。假设他是在判断情势之后去的，那么比起奔前程，就更像是去搅局的。但是，我并不能完全肯定，原因有二：其一，我虽然教过他，却不知道他学到了多少，有没有培养出判断情势的眼力；其二嘛……成功率太低。"

傅泽永回忆起了那场茶楼里的谈话，自己在那一天是这样问吕曦的："你以为跳槽去做个小管理，就能接触到核心机密吗？"

吕曦是这样回答的："我能混成什么样，不关你的事。"

当时的傅泽永拿不准他的动机，斟酌着又提点了一句："就算真让你走了狗屎运，入了那家伙的眼，人家难道不会查你的背景？"

傅泽永："我当时只是随口一说，现在看来，他确实听进去了。前段时间，我去了晋高临的生日宴会……"

吕闲："什么时候的事?!"

傅泽永："在那里遇到了吕曦……"

吕闲："为什么不告诉我？"

傅泽永干咳了一声："怕你担心。总之，我们趁着晋高临没注意，交流了一会儿。"

宴会当日。

傅泽永："这会儿知道屈辱了？你自己为什么不泼？你倒是挺有种的，他毁了你和你爹一辈子，你给他当端酒的佣人。"

吕曦突然收起了冷笑，咬牙瞪视着傅泽永。那眼神中凶狠的恨意，让傅泽永刹那间得到了在茶楼里没有得到的答案。

傅泽永："不是吧你，这年头儿玩卧薪尝胆有用吗？"

吕曦："呵呵，谁叫我那个养父自己太孬呢。我小时候，一直盼着他从阴沟里爬起来，卧薪尝胆也好，图穷匕见也罢，把仇给报了。我就这么盼了很多年，后来终于明白了，有些人宁愿一辈子趴

夕阳红

在阴沟里。"

傅泽永:"炸成烟花当然壮丽,苟且偷生当然耻辱。可你爹忍受了一辈子的耻辱,你觉得是为了谁呢?"

吕曦:"是呀,就这么自我感动吧,只要说着'都是为了你',就可以安宁地度过新的一天了。"

傅泽永又一次心想:如果这是我儿子,腿早就被打成八段了。

吕曦:"别浪费时间扯闲话了——你已经得罪晋高临了,与其等他找你麻烦,不如主动出击。我们来谈谈合作吧。"

…………

傅泽永:"当时只是简短谈了几句,但我觉得他的计划颇有可行性。作为计划中的第一步,我当着晋高临的面打了他一拳。事后我们又谈妥了更多细节。"

吕曦在晋高临那里潜伏至今,初步认定了晋高临主要是靠旗下的影视公司和艺人经纪公司洗钱。只要进一步确定资金流向,不仅能作为扳倒晋高临的重要证据,甚至还可以断了他的后路。

然而,正如傅泽永预言的那样,要想接触核心机密,就必须博取晋高临的信任。所以,吕曦请傅泽永配合自己演一出戏。

傅泽永:"我主动向他提供了自家影视公司的几个项目计划,再由他'泄露'给晋高临。他向晋高临献计,并帮助他们抢先推出类似的作品,使我血本无归——当然,'血本无归'也是演给他们看的,其实事先就控制了成本,真正重点投资的都是未泄露的项目,只不过为了糊弄晋高临,用的是皮包公司的名义。"

亏损仍然是无可避免的,而且体现在财务报表上,又会影响公众的投资信心。但对于傅泽永来说,示敌以弱、出奇制胜,是比硬碰硬更可行的方案。

吕闲许久都没说话,脑袋越埋越低。

傅泽永顾不上揣摩他的反应,深吸了一口气:"这就说到了我要向你道歉的原因。"

吕曦一瘸一拐地回到了公司，半边脸上还留着模糊的红痕。

所有同事都在偷眼打量他。主管担心影响不好，委婉地劝他请病假回去休息了。

吕曦最近是个备受关注的关键人物，因此很快就有人将这件事的前因后果梳理出来，汇报给了晋高临：有个人自称他爸，把他叫了出去，疑似还打了一顿。

晋高临向吕曦发去了亲切友好的慰问："怎么，傅总那边查出是你泄露的情报了？"

吕曦眼中闪着愤恨的光："他们只是猜测，没有证据。不管怎么说，他们现在一定会把未拍摄的项目全部放弃，重新制定计划了。"

晋高临露出看穿一切的笑容："所以你是想说，这就是你能提供的全部了？"

吕曦："当然不是。有一个花了大价钱的重点项目，前期筹备已经全做好了，马上就要开拍，他们现在已经来不及放弃了。"

晋高临："他们马上就要开拍，那我们也抢不了先哪。"

吕曦："抢得了。我会证明给您看。"

…………

傅泽永："仅靠我跟你儿子演这出戏，是不够的，只有让晋高临相信你们父子反目，才能让他彻底放下戒备。所以，有一步棋是必须走的……你和乔其修即将开拍的那部电影，也在'泄露'名单中。"

一旦被抢先，票房就没希望了。

等于说这是一部在开拍之前就已然被放弃的电影。

"做戏做全套，电影依旧要照常拍，但我会控制成本，你也可以把精力放到别的作品上……至于乔其修那边，如果你信任她的话，可以挑个时机跟她说说……"傅泽永的声音越说越小，最后叹了口气，"对不起。"

吕闲缓缓抬起头，终于开口了。

夕阳红

他浑身都在发抖："你怎么能不经过我的同意……"

傅泽永："对不起，我知道这部电影对你很重要。"

"……不经过我的同意，就去赴晋高临的宴会？"

傅泽永："啊？"

傅泽永猜到了吕闲会生气，却没猜到他生气的原因。

傅泽永："这个……我心里有数的，为了扳倒他，这些都是可以接受的冒险——"

吕闲："我不需要哇！我根本不需要你去扳倒他！说是为了我，为什么不问问我的意思呢？现在拥有的这一切，是我好不容易、好不容易才盼来的……"

听到这儿，傅泽永觉得心头一凉，好生没趣："是我多事了。"

他转头去找烟，忽然被拉住，衣袖被搂得死紧。

吕闲的手心冷得像冰："但是万一你们出了什么事，这一切又有什么意义？"

傅泽永一瞬间有点儿被触动到。

他还记得刚认识的时候，吕闲那故作谄媚的敷衍与隐藏得极深的戒备，而此刻吕闲目不转睛地望着他，那眼神让他联想到一只终于被驯服的流浪猫。断了尾巴的流浪猫在寒夜里进入他的家门，在此地画了个安全的圈，于是时刻用爪爪勾着他，生怕他走出圈去。

但下一个瞬间，傅泽永想到了吕闲在圈外遭遇过什么才会如此患得患失，心头那被爪爪勾出来的感动，顿时变成了轻微而持续的刺痛。

傅泽永站起身，走过去，发觉对方依旧在发抖，于是他耐着性子不停地安慰着吕闲，直到他不再发抖，冷静下来。

傅泽永松了口气，觉得摊牌这一关终于过了。

没想到，吕闲的大脑这才刚开始运转。

吕闲对吕曦的卧底行为表达了坚决反对。

"我儿子绝对不能继续待在那个地方了，你得让他尽快辞职。"

傅泽永："可你儿子并不全是为了你，他自己也跟晋高临有仇啊，我拦得住吗？不如暂时达成战略性合作，有我帮着他，他也少一分危险。"

"少一分危险？"吕闲像是听见了什么好笑的话，又不知该如何跟傅泽永解释。

吕曦上小学的时候就在书包里藏了利器，要去报复嘲笑自己的同学，幸好吕闲发现得及时，强行带他转了校，才阻止了一场悲剧。

这份不择手段与自毁倾向一直伴随着他长大。

吕闲："你不记得了吗？他为了往上走干的那些事，还曾经找打手来公司打人，跑去当双面间谍……他本性不坏，但做事的方式实在是……你当初把他带上正途，现在却放任他往歪路上走，可你根本不知道他会走多远。万一……万一他就回不来了呢？"

傅泽永却不以为然："首先，他已经是个成年人了，这是他自己的选择，你不能牵着他的手走一辈子。其次，我个人不觉得这是歪路。以牙还牙，天经地义。"

吕闲说不过傅泽永，也不想跟他争执。说到底，吕曦不归傅泽永管，自己应该直接去跟吕曦谈。

然而吕曦刚刚坐上那个位子，自己现在去找他反而容易打草惊蛇。反正他短时间内也不可能轻举妄动，吕闲决定再等等。

接下来是电影的问题。

吕闲："不用向我道歉，你做这些原本就是为了我，我'扑街'一次根本算不了什么。只是乔其修肯定得尽早退出，我得好好登门道歉。"

傅泽永："……"

按傅泽永原本的意思，知道己方计划的人越少越好，提前跟乔其修透底，无疑增加了一个不定数。放在往常，他会选择坑一次队友，回头再找机会找补。

但他不想让吕闲发现自己是这样的人。

傅泽永："应该的，她是为了帮你才提出的合作，还是让她早点儿上岸，及时止损吧。"

夕
阳
红

傅泽永的目标仅仅是回本，不亏钱就行。为了不亏钱，他也会大幅度地缩减后续支出，比如宣发上，他几乎不会砸钱。

傅泽永回头又开了一次会，拟定了一个新方案：从原本的合作投资改为由自家影视公司独家出品，并且把版权费与迄今为止的筹备费用补偿给乔其修，再付给她一笔赔偿金。

这样一来，风险完全由己方承担。

几天后，吕闲与影视公司的代表一道儿去造访了乔其修——吕闲负责负荆请罪，代表负责协商细节。

乔其修自然生气。

乔其修："让我放弃投资？活在梦里吗？这是我工作室今年的重点项目之一，等着它大赚的，你们这是来明抢了?!"

代表连忙赔着笑脸开始打官腔。乔其修冷着脸打断了他，转向吕闲说："你最好给我一个合理的解释。"

吕闲支开代表，在不提到晋高临的情况下，技术性地陈述了"这片子注定'扑街'，劝你退出是帮你止损"这一事实。

乔其修："所以为什么会'扑街'？有盗窃剧情的片子插队，那现在就告他们哪！"

吕闲："告不倒。"

乔其修："怎么可能？"

于是吕闲又在不涉及秘密计划的情况下，技术性地陈述了"有人来整我，而我不想硬碰硬，所以只能任人宰割"这一事实。

乔其修冷笑："那为什么是我退出？你们引来的麻烦，应该是你们主动退出嘛。"

吕闲递给她几张照片："来不及了，那部赝品片子已经在紧急筹备中了，开弓没有回头箭，我走了也没用，他们会不计一切代价抢在你之前上映。"

乔其修："……"

吕闲对她鞠了一躬："扰乱了你们的项目计划，非常抱歉，是我恩将仇报了。"

乔其修冷冷道："别忙着道歉。你以为这么几句哄孩子的话就能说服我？我怎么才能确定你不是为了压价而编的故事呢？"

吕闲："……"

乔其修："我要的是解释，不是托词。你说的那个人为什么要整你？你根本没有得罪他的机会吧？难道就因为那次饭局——"

吕闲的嘴唇一颤。

乔其修突然顿住了。

她想起了那天夜里的通话中，吕闲说过一句："饭局上有我不敢见的人。"再联想到前些日子被翻出重提的"香槟酒瓶"事件，乔其修如遭雷殛。

吕闲恰在此时下定决心开口了，字与字的间隔被拉得无限长，仿佛要量度其间空荡荡的年岁："不是那一次，是更早之前。你还记不记得……"

乔其修恰在此时举起一只手："好了，别说了。"

乔其修考虑了很久，最后说："无论如何，感谢你的提前告知。"

他们叫回了代表，开始协商细节。

傅泽永给出的条件还算厚道，但这个评估是建立在"片子注定'扑街'"的基础上的。如果片子最后大卖，那么乔其修就纯属被坑了。

乔其修："在商言商，这项目是我们花了大力气准备的，背后是很多人的心血。"

代表："您有什么要求，尽管提。"

乔其修淡定地喝了口茶："反向对赌协议。片子票房超出一定数额后，按比例给我赔偿。"

吕闲："……"

代表抹了把汗："这……这个约定起来就更复杂了……等我回公司再开一个会……"

乔其修："没事，我等。还有一个条件。"

代表又抹了把汗："您说，您说。"

夕
阳
红

乔其修："你们要支付我女一号的片酬。"

吕闲惊呆了。

他以为自己会错了意："你不会是还想参演吧？"

乔其修："为什么不？这原本就是我看中的剧本，我感兴趣的戏，我当然要演。"

吕闲迟疑道："可是这个片子会……"

乔其修："有什么关系？千金难买我乐意。"

吕闲："可是一旦被'赝品'插队，你也会被拎出去与相应的女演员比来比去……"

乔其修扬起眉，仿佛不明白这为什么是个问题："论演戏，我还真没怕过跟谁比。顶多打个平手，换一句'各有千秋'，那也挺热闹。"

吕闲被震撼了。

自从获知内情以来，自己始终转着"'扑'就'扑'吧""再等机会"之类的听天由命的念头，竟从未生出过乔其修这等气魄。

自己最初是为什么喜欢演戏呢？

何时开始计较起了得不了奖、被人比较这些事呢？

是不自信吗？

又或者，是熄灭了斗志？

为了避人耳目，傅泽永从不主动联系吕曦，而吕曦传来消息的频率也很低。

直到傅泽永与乔其修两家公司走完了新的合同，吕曦那头才发来了晋高临那部赝品电影的剧本和演职员表。

赝品的制片人请的编剧非常聪明地将原故事里的主角之间的关系改掉了。在他们的设定中，死者是一个年轻女孩，而前去调查她的死因的却是两个追求她的男生。他们一边合作调查，一边互相嫌弃，最终生出了惺惺相惜的感情。

如此改编，不仅让抄袭的判定更加困难，而且还走了时下流行的强强联手路线，比正品片子更容易吸睛。

为了进一步吸引年轻观众，两个主角自然都要颜值与演技双双在线。

赝品的男一号，是萧显柔。

吕闲在听见萧显柔的名字时，就放下了对"与人正面比拼"的担忧。他与萧显柔合作过电视剧，十分清楚对方的水准。

然而，没过几天，有一档节目向他发来邀请，在出场费等条件之外，还捎上了几个往期节目的视频供他参考。这个节目里有一个环节，是现场给定背景故事，让嘉宾即兴表演。

吕闲在最近一期节目的视频封面上看见了萧显柔的脸。他犹豫了几秒，点开了视频。

然而，镜头中施展演技的那个人，已经不是吕闲印象中的萧显柔了。

萧显柔被资本捧到大红大紫，每天连轴转赶通告，一张脸刷得满大街都是，说一句话都能上热搜榜单——就在这样的情况下，此人的演技竟然还有了显著的提升，如今比之实力派演员也不遑多让了。

这得是多清醒的头脑、多强大的毅力？

更可怕的是，吕闲竟觉得萧显柔的一颦一笑乃至走位、台词，都透着熟悉的气息。

那正是吕闲自己的惯常风格。

…………

萧显柔瘦了，整个人多出了一种精致又易碎的气质，引得粉丝"母性大发"。

他想得很清楚，晋高临是不可能捧他太久的，哪天厌了，换个人就是分分钟的事。所以，他要磨炼演技，在青春消逝前登上更高的台阶。与其一辈子给人当狗、抱人大腿，不如牢牢抓住这稍纵即逝的机会，争取到想要的一切。

萧显柔的确刻意模仿了吕闲的演技。

夕阳红

　　一方面是因为他认可吕闲的演技，另一方面则是因为吕闲曾经手把手地教过他，相当于替他画出了所有重点。萧显柔脑子不笨，只要花时间去潜心研究吕闲的作品，最终总能将对方的演戏方式烂熟于心，化为己用。

　　吕闲一直是个擅长压抑与隐藏的人，就连演戏也是极其内敛，善用幅度极小的表情与语气变化呈现出丰富的情绪。这种表演很"高级"，却也很考验导演的功力——捕捉到了，戏就精彩；一旦错过，戏就死了。

　　萧显柔将他的演技学了个青出于蓝。

　　吕闲甚至隐隐觉得，他那眼神中的游离或许并非完全是伪装。显然，他的生活也不太好过，生活方式的剧变带给了他很大的冲击。

　　"创作"本身就是一种脱离常理的特殊状态，一个人精神状态不稳定时，往往反而能在创作上出彩，而演戏归根结底也是创作的一种。

　　萧显柔有青春加成，性格也比吕闲更外放。那精致的五官做出忧郁迷离的表情，泪水说来就来，更多了一种轻衫少年般的脆弱之美。

　　吕闲顿时倍感压力。

　　可他已经决定了不能逃。

　　如果像傅泽永计划的那样，随随便便糊弄一部，"惨败"给晋高临看一回，以后再去别处找回场子，确实可以带来"我没认真比，所以没有输"这样的心理安慰。然而，那对不起原作者，对不起乔其修，也对不起千百名工作人员的认真付出。

　　最重要的是，那对不起多年之前立志当个好演员的自己。

　　他不能逃，他要学习乔其修的态度——狭路相逢勇者胜。

　　但是这一次要想超过萧显柔，他就必须抛弃以往所有的套路，置之死地而后生。

　　要外放起来吗？

　　吕闲相当怀疑自己外放的效果。

之前合作过的那个大导演也曾建议过他，该爆发时就要爆发，不要害怕大哭大笑。后来吕闲的确尝试了一次，从"无声抽搐着痛哭"改为了"号啕大哭"，大导演尴尬地重拍了几条，最后说："是我错了，你还是别发出声音了。"

他知道那是大导演最不满意的一场戏。

此时距离影片开机只剩一个半月了。

吕闲正苦思冥想着要如何临时加训、做好准备，傅泽永却给他带回了一个新剧本。

傅泽永："我们公司的片子，不在外泄名单上。男二号，很出彩。优先拍你的戏份，一个半月刚好可以拍完。"

傅泽永完全是来献宝的。他预见到以吕闲还不算稳定的知名度，去演了那部"扑街"片，事业会遇到一个低谷，所以花了心思另找了一部戏作为补偿。

吕闲下意识地就想拒绝，话到嘴边却没有说出口。

傅泽永为自己付出得太多了。自己决定做回演员，原本是为了做出一些成绩，成为傅泽永的助力，结果阴差阳错，又成了拖后腿的。

吕闲又对自己说了一次"不要逃"。事已至此，他要用别的作品把钱赚回来。

吕闲："好，我接。"

语气中带着与傅泽永并肩战斗的使命感。

殊不知傅泽永的脑子里正在计算又要有多少天见不着人了。

两人四目相对，心里都觉得自己实在是为对方付出了很多。

吕曦向晋高临拍胸脯保证，会让赝品片子赶在正品之前上映并且大赚，还提交了一系列计划，终于换来了晋高临的点头。他在影视公司的管理层不再空坐高位，手底下开始有了可以使唤的人手。

只是如何接触到核心机密，尤其是公司暗处的资金往来，他依旧毫无头绪。

夕阳红

要深入内部，就必须干出业绩。

赝品开拍不久之后，公司就采纳了吕曦的提议，提前拍摄了预告片所需的素材，放出了一版先导预告，还替预告买了一波流量。

此时距离片子上映还非常遥远，就算是作为先导预告也实在太早了。业内只当这公司钱多得烧不完，没人知道他们其实是为了在观众心中确立先来后到的次序。

当然，傅泽永这边的制片组也早早制定了对策。

票房可以"扑"，但名声不能砸。

公司先前的作品就已经接连"撞题材"，陷入了好几起舆论风波，不能继续给公众留下这样的坏印象了。所以，制片组表面上被对方打得毫无还手之力，私下里却已经秘而不宣地联系上了英文小说的作者，邀请对方来客串一个小配角。

片中有原著作者出现，就有了官方认证的意味。日后追究起来，己方就占领了高地。

吕闲刚刚完成临时插队的拍摄任务，那头的正品片就迎来了开拍日。

他马不停蹄地进了棚，身心却还远远没完成调整，甚至连调整的方向都还没找到。

第一天的拍摄就很不顺利。

剧本中，吕闲与乔其修这对离婚多年的"前夫妇"先后去过三次停尸房看女儿的尸体。第一次是在故事开始，第二次是在剧情中的矛盾爆发后，第三次则是在故事最后。

拍摄计划中，这三场是集中在头两天拍的。

吕闲苍白着脸跟在警官身后走进停尸房，看见了已经等候在里面的前妻。四目相对，两人的神情都是瞬息数变，心中百感交集。

吕闲的动作极其缓慢，目光几乎是带着畏惧地转向了那具纤细的尸体。

凭着天赋和经验，他可以不温不火地过及格线。他知道如果自己像往常那样演，多半也能过关。

可他心中焦虑，想从一开始就找到突破之法。

吕闲跟跟跄跄地越过"前妻"冲向"女儿"，摸着尸体冰冷的脸颊，成串的泪水夺眶而出，大声喊道："贝贝！"

他破音了。

导演喊了"Cut"，面色纠结。

乔其修则直接用"你这是咋了"的表情看着他。

导演："那个……能不能少点儿戏剧化？"

这个镜头，吕闲屡败屡战，屡战屡败，最后仍旧是用从前的套路混过去的。

导演对最终成品倒并未发什么牢骚，吕闲自己却陷入了巨大的焦虑中。

这个角色与他以往演过的所有角色都不一样。剧中的他是个张扬、任性又风流的人，习惯了身居高位，即使痛失女儿，脾气也未见好转，说话时还会不自觉地带上发号施令的语气。

这个角色的性格非常立体，而且每一面都跟吕闲差了十万八千里。吕闲不知道如何将这个角色演得令人信服。

拍摄进程不会为他这点儿状态不佳而刹车。日子一天天地过去，吕闲每天都会更加清晰地感受到自己与影后之间的差距。

乔其修这些年从未懈怠，接受过无数挑战，克服过无数困难，将"天赋"与"努力"都发挥到了极致。镜头感、动作走位、台词功底……即使有过短板，她也早已补上了。单是那种嬉笑怒骂间光芒四射的本事，就甩开了吕闲一大截儿——更确切地说，甩开了二十年。

拍别的片子时感觉尚不明显，一旦吕闲遇到不太合拍的角色，这种差距就显得尤为惨烈了。

吕闲屏着一口气不敢松懈，将每次对戏当成一堂课，吭哧吭哧地观察、记忆着，像个年逾不惑的新生。

仿佛嫌这一切还不够他消受，经纪人还在见缝插针地替他安排

夕阳红

别的活计，有时去电视台节目露个脸，有时接一个广告拍摄。

吕闲知道，经纪人是得了傅泽永的授意，想在低迷期也帮他维持曝光度。

大家都是为他考虑的。

所以，他说不出任何不知好歹的拒绝的话。

更何况，他也想多少弥补一点儿戏的损失。

以往的岁月如同一潭死水，吕闲也这么平静地扛过来了，而如今明明干着喜欢的事业，吕闲的压力却不断增加，白日在片子与其他通告间疲于奔命，夜晚却辗转反侧难以入睡，越是想着这样的状态会拖进度，失眠反而越厉害。

这一日，片场起了一阵小小的骚动：片子原著作者受片方邀请，飞来拍摄客串的镜头了。

该作者褐发碧眼，有着文字工作者罕见的性格——在家待不满半个月便要出去满世界晃悠，行程排得很密集。这次也是在旅行中途经此地，留给剧组的时间只有两日，连参观带拍摄。

这一日是内景，制片人亲自将贵客迎进了拍摄地，旁边还跟着一个坐轮椅的青年。

众人起初以为那青年是作者带来的口译，一番八卦之后才得知他就是小说的译者，这次也是为了跟作者谈谈新书的翻译细节，迁就着作者的行程才顺便来剧组转一圈的。

吕闲在作者面前焦虑得偏头痛都犯了。

如果说之前表现不佳的后果只是"过不了自己这一关"，今日的后果则是"被出卷人打叉"。

这场戏的内容是男主角在追查过程中不慎摔跤，磕破了头，被女主角送到医院检查。两人都情绪低落，忍不住互相埋怨起来，话语间翻出了从前婚姻里的旧账，越吵越激烈，最后女主角流着泪指责男主角："你那时对贝贝多点儿关爱，她也不会走上歧路。"说完她甩手离去，留下男主角头缠纱布坐在原地。

　　吕闲如履薄冰地演了两条，下意识地瞟向作者，却见他正一脸好奇地向导演询问着什么。

　　那青年翻译给导演听了，导演认真作答，作者听得连连点头。

　　下一场戏就是男主角领了 CT 结果走进诊室，在与医生的交谈中一时软弱，说起了女儿的事情。和医生的几句闲聊，竟让他意外发现了破解谜案的关键点。

　　这医生就是由作者扮演的。

　　工作人员预设灯光时，作者跑去换上了白大褂，又兴奋地跑了回来，口中荒腔走板地念叨着自己的几句中文台词。

　　目光与吕闲相遇时，他快活地点了点头，朝吕闲说了一句什么。

　　一旁的青年："他夸你演得很不错。"

　　这固然只是一句客套话，但至少让吕闲多了一分交流的勇气。

　　与傻大个儿似的作者相比，坐着轮椅的青年长相美得出奇，神情却透着几分生人勿近的冷峻。吕闲暗中鼓起勇气："麻烦你……"

　　青年看着他。

　　吕闲："能请作者先生对我的表现提点儿建议吗？"

　　青年与作者交流片刻，传话道："他说你的表演很有东方文明的特色，具体指的是情感表达上比西方人含蓄。"

　　吕闲顿时深受打击："果然是张力不够哇……"

　　作者是老好人性格，听了翻译的转述，慌忙摆手否认。

　　青年："他说他完全尊重文化之间的差异，也能欣赏含蓄中的美感。虽然原作的故事发生在美国，但他理解东方人对激烈直白的表达有种羞耻感，所以你的表演才符合改编后的剧本。"

　　青年冷静的语声像过滤网，把作者打圆场的意味全部滤去了，剩下的只是评估结果。

　　吕闲只听见了"羞耻感"三个字。

　　这三个字让他醍醐灌顶。

　　自己意识深处的确有一个羞耻的笼子，将七情六欲困于其中，任由它们冲撞门锁，用其余响与世界对谈。

夕阳红

某种意义上，作者也没说错。自己这种人如果放在另一个国家，非但不能崭露头角，反而会招来更多指指点点。正是因为自己身处于一片对咸鱼比较友好的水域，才能安全存活这么多年。

但有一个人曾经撬开过他的门锁。

那个人也像故事中的男主角一样，恣意而坦荡，从不畏惧表达自己。

吕闲发现自己一直以来都想错了方向。

他应该思索的不是"我该怎么演"，而是"如果是傅泽永会怎么做"。

和作者的对手戏里，吕闲的表现有了微妙的变化。

从面对陌生医生时的故作矜持，到交流逐渐深入后显露出的颓唐，再到灵光一现时的震惊……这种种情绪层次分明，却不再只是晦涩地收敛在他的眉眼间，而是从整个人的姿态、语气、表情中，坦诚而无畏地展现了出来。

与其说是换了戏路，不如说是变了气场。

这种转变如此细致而自然，甚至连导演都还没反应过来，只有与他直接对戏的作者在"Cut"之后似懂非懂地夸了一句："我收回前言，你的表演很有感染力，是我之前的眼光太不专业了。"

吕闲没有解释，笑而不语。

他全部的精力都用来将傅泽永的气场留在周身了。

剧组原本觉得这场戏变数颇多，特意留出了大半日的拍摄时间，没想到作者的中文台词背得很流利，而吕闲更是超常发挥，两条之后，导演就挑不出毛病了。

今天的拍摄提前完成，但按照傅泽永的吩咐，剧组进度能抢则抢。导演不好意思烧着钱偷懒，便让人去问乔其修能不能拍下一场——她完成跟吕闲的对手戏后尚未离开，还在房车里休息。

吕闲："导演，我有个请求：上一场的吵架戏，能不能重拍一次？"

导演："为什么？"

吕闲："因为男女主角的争执是全片的一个情绪爆发点，是最需要张力的地方……"

导演："这我知道。我是问你为什么想重来，觉得没演好吗？"

乔其修也走了过来。

吕闲对着乔其修心中忐忑。

他希望能在这个点上给出最完美的表演，又不希望她误会自己找理由抢戏。他只能恳求地望着乔其修："信我这一回，这场戏很重要，我能用更好的方式跟你打配合。"

乔其修若有所思地看着吕闲。

吕闲以前似乎不是这么说话的。

这种开诚布公的措辞，占据主导的自我定位，是谁的风格呢？

乔其修答应了重拍。

这一回，吕闲忘记了面对作者时的紧张，也忘记了拼命跟上影后步调的窘迫，他甚至真正做到了忘记已有的套路，将自己当成了一张白纸。

吕闲想象着傅泽永会怎么跟人争执。

起初压低声线，越是生气，就越是面色平静……

而后，情绪渐渐被女主角挑动、搅乱，再也拼不回从容不迫的样子，嗓门儿几度提高又强行压低，像一只低吼的公狮……

但在最后，当女主角将女儿之死怪罪到男主身上时，吕闲连傅泽永也忘记了。

一瞬间充斥了视野的，是吕曦躺在停尸房的景象。

吕闲的情绪忽然垮了，四肢发冷地坐在原地，直到耳边传来一声惊喜的"Cut"。

乔其修："确实不错。"

吕闲收回心神，才后知后觉乔其修在夸自己。

乔其修："这才是你该有的水平。"

吕闲苦笑："对不起，拖了这么久后腿。"

夕
阳
红

乔其修："别这样想。我能感觉到你一直在尝试。你善待作品，作品也会善待你的。"

当晚，吕闲终于回去了一次，明面上说是第二天要去外地录制一个节目，必须收拾行李，实际上，就是想见傅泽永一面。

傅泽永这天也特地没加班，早早地等着吕闲，久违的共进晚餐时，他才发现吕闲一脸倦容。

傅泽永："拍得很辛苦吗？"

吕闲："……"

有那么一瞬间，吕闲几乎就要说出这片子有多难拍，自己连轴转有多狼狈。他知道如果自己诉苦，傅泽永一定会理解，会取消其他通告，会放慢拍摄进度让自己好好调整。

吕闲："也没有，跟以前差不多吧。"

现在不是诉苦的时候。他知道傅泽永也很忙，而傅泽永的忙碌大半是为了帮自己善后。与其继续等待着对方的保护，不如拿出自己的本事去保护对方。

傅泽永将信将疑地看着吕闲。

吕闲打了个哈欠，笑道："说来你不信，我发现男主角这个人有点儿像你。"

傅泽永："那你其实是在演我？"

吕闲："算是吧，就近取材。"

傅泽永笑了："那我可就拭目以待了。"

吕闲："多半要让你失望了，因为再怎么演，也比不上本尊的十分之一啊。"

傅泽永久经沙场的心脏居然也漏跳了一拍："怎么突然这么……不含蓄？"

吕闲笑眯眯："你猜。"

当晚，吕闲拉着傅泽永陪他试戏。

吕闲的表现与往日截然不同。

傅泽永能感觉到他的疲惫。然而虽然疲惫着，他的精神却又很亢奋，显得格外急切，仿佛要将迄今为止掩饰的、压抑的、困在心中发酵的般般样样，都在今晚释放出来。

傅泽永惊喜之余又有点儿担忧："你这是怎么了？"

吕闲说不出心里那些复杂而细碎的感受。

今日白天，他完成了一项艰巨的任务，开始相信自己真的可以做好。

他之前甚至没发现自己是如此仰慕傅泽永，以至于仅仅是偷偷模仿对方，都仿佛从中得到了一些力量。

他渐渐变得勇敢了。

明明已经不再年轻，已经没有小青年那样的精力和拼劲去热情肆意地成长，但是此刻，他仍旧盼着做得更好、站到更高，直到打碎过去到将来困囿自己的所有牢笼。

他希望傅泽永能明白这些，愿意看自己一步步成长。

他又希望傅泽永什么都别察觉，毕竟这把年纪突然发这等大愿，几乎有点儿滑稽得可悲了。

早上醒来时，吕闲在空荡荡的卧室里坐了一会儿，他晃了晃脑袋，洗漱穿戴，正要走出卧室时看见了摆在门边的行李箱，脚下一顿。

吕闲走向了衣橱，翻找领带时，他忽然在一格抽屉里看见了一只半透明的文件袋。他打开文件袋，倒出了几张自己的照片，一张二十年前角落里有自己的海报，一张自己写的"老总：我去趟超市"的字条。

最底下是一张画。

画纸已经泛黄了，上头是油画棒涂出的一大一小两个人，笔法很稚拙。

吕闲记得这张画，是吕曦小时候的美术作业，画的是全家福，

夕
阳
红

以前一直贴在租的房子的冰箱上，搬家时不知为何弄丢了，他也没在意，原来是被傅泽永藏起来了。

是怕自己睹物思人吧？

意

外

第五章

这一次，
是真的
不回家啦。

夕
阳
红

当晚在陌生的宾馆，吕闲做了场梦。梦里的自己又回到了拍摄现场，站在剧组搭的那间停尸房里，面前摆着一具蒙着白布的尸体。导演喊道："Action！"

吕闲走上前掀开白布，看见了吕曦惨白的脸。

吕闲在剧烈的绞痛中一惊而醒，久违的胃痛卷土重来。他挣扎着下地，给自己烧了壶热水喝了。胃部的疼痛缓解了些许，冷汗却还在一茬一茬地冒。

他把房间所有的灯都打开，但一合上眼，就只能看见吕曦的尸体。

吕闲觉得这是个征兆。

自己一直无暇去想吕曦的事，是真的在为其他的事情焦头烂额，还是潜意识里不想面对这个问题？

他不想失去孩子。

但他又不想让傅泽永和吕曦迄今为止的努力付诸东流。

吕闲捂着胃枯坐到了天明，连上节目时都不得不化妆掩盖惨白的脸色。

自己现在有足够的力量直面小阳了吗？

从机场回家的路上，吕闲就联系了傅

泽永："我儿子跟你约定过下次联系的时间吗？"

　　傅泽永："他说明天晚上会找机会打电话过来。怎么？"

　　吕闲："明天那个电话，可以让我接吗？我收工之后就赶回家。有点儿话想跟他说。"

　　吕曦最近在晋高临的手下算是站稳了脚跟，也干出了不少业绩。公司里的人不傻，能看出他风头正劲，谁也不愿在这关头跟他较劲，反而纷纷抛出了橄榄枝。

　　只有少数站在高处看得明白的人，仍在冷眼旁观他在打什么算盘。

　　吕曦把尾巴夹得紧紧的，不惹是生非，也不东挨西问，仿佛对眼前利益之外的东西都毫无兴趣。

　　随着他手中的实权越来越大，逐渐有人对他点头哈腰、敬酒点烟，那谄媚的姿态与他当年刚入职场时别无二致。

　　夜深人静时，吕曦也有过片刻思索。

　　自己一直以来向往的，难道不正是这种出人头地的日子吗？等到图穷匕见之日，眼前的一切又会粉碎成幻影，而自己，又要回到那片阴沟里苦苦挣扎吗？

　　不过他不会放任自己顺着那个方向想下去。

　　不能那样想，否则他所做过的一切，连带着他的存在本身，都会变成个笑话。

　　吕曦在约定的时间拨通了傅泽永的电话："这次时间不多，我长话短说。"

　　吕曦正在脑中梳理收集到的情报，那头却传来了意想不到的声音。

　　吕闲："小阳。"

　　吕曦："……"

　　吕闲原本也打了腹稿，有一大堆话想要问询、劝说、嘱咐，却被吕曦开头那句话打乱了阵脚。

夕
阳
红

吕闲："那……我也长话短说。上次误会了你，还打了你，对不起。别挂，别挂——我现在过得挺好的。听傅总说，你也过得不错。"

吕闲举着傅泽永的手机，朝身旁的傅泽永看了一眼。

吕闲："所以……"

吕曦攥着手机皱起眉："你到底想说什么？"

吕闲："所以，过去的事，就放下吧。只要你安全，在哪里工作都……"

吕曦："你想让我放弃？"

吕闲："……"

吕曦："你想让我就此收手，然后安心给仇人当小弟，是这个意思吗？"

吕曦气疯了，不仅是因为养父话语里透出的对自己的看法，更是因为对方这寥寥几句，恰恰揭开了他的遮羞布，正中内心暗处那个他避如蛇蝎的卑鄙念头。

——我了解你。

——我早就看穿了你，从你幼小的时候，从你犯下第一个错误的时候，从你用剪刀划破同学的高档外套的时候。

——我蔑视你，我怜悯你。

——但我还是可以包容这样的你。

"我不是！"吕曦冲着话筒怒吼，"我不是！我不是那种人！我不是呀！"

吕闲："我没说你是那种人，只是担心你。之前误会你的时候，我说瞧不起你，那是气话，你不要为了那句话跟我赌气……你的平安比什么都重要，不管怎么样，我只有你一个儿子……"

吕曦猛然将手机掼到墙上，摔碎了屏幕。

吕曦盯着暗下去的屏幕："爸，我有时候会想，我的亲生父母大概非奸即盗，所以才生出了这样的我吧。"

电话早已挂断了。

吕曦："我也知道你一直忍着，又是瞧不起我，又是对不起我。但是，我不想听那些，我心里……我心里……还有那么一口气呢。"

想做正直的人，想做高尚的人，想证明所有人都错看了自己，哪怕只在闪电划破雨幕那么短暂的时间里。

吕闲盯着手机发愣，傅泽永将手机拿了回去，面色阴沉。

傅泽永："你说有重要的交代，又不跟我商量，就是为了对他说这些？"

吕闲："……"

傅泽永压着火问："你知道我有多少天没睡个整觉了吗？你知道我赌进去了多少人的身家性命吗？是不是觉得我人傻钱多，做那些事也是吃饱了撑的？"

傅泽永这回动了真火。

这段时间他本就辛苦，全靠对吕闲的看重坚持着，完全没想到会迎头听见这番话。一想到吕闲明知道自己就在外头听着，还旁若无人地那么嘱咐吕曦，他就气不打一处来。

傅泽永："我一个早就打算功成身退的人，遇见你之后比创业时还辛苦。我邀功了吗？我因此而要求你做什么了吗？没有吧！"

吕闲："……"

傅泽永越说越憋屈："你什么都不用改变，只需要继续做自己，吃饭、睡觉、拍戏，万事有我帮你摆平——这样还不够好吗？"

吕闲："对不起。"

傅泽永："我不想听这个！既然觉得对不起我，你这唱的又是哪一出？我拿一家影视公司的前程替你儿子铺路，帮他获取晋高临的信任，到头来你劝他安心给晋高临干活儿？所以我是他平步青云的垫脚石吗？"

吕闲："对不起。"

傅泽永深吸一口气："再说一遍，我不想听你说对不起。我要听为什么。"

吕闲抖着手放下手机："因为我……害怕。"

夕阳红

傅泽永忍无可忍："你到底怕什么？"

吕闲："我怕他露馅儿。我怕他失败。我还怕他成功。"

傅泽永愣了一下。

吕闲："一旦失败，他就没有活路了，你也会受到牵连。一旦成功……对方死到临头，肯定会拉他下水。就算他能逃过一劫，他现在拥有的一切也会不复存在，他又要回到阴沟里。他最恨的就是那种日子……现在他还靠仇恨撑着，等到那一步，我不敢想他会做出什么事。"

后面这段话，是傅泽永无论如何也料想不到的，因为他对吕曦既没有那么了解，也不可能那么关注。

吕闲："我知道他一定会生气，一定会挂掉这个电话，但我指望着他冷静下来后至少能明白，我还挂念着他的平安。"

傅泽永："说白了，你就是怕他死。"

傅泽永其实也知道，将心比心，换作自己的儿子深入虎穴，自己也一定睡不着觉。

吕闲嗫嚅道："我知道对不起你。我想……我以为……可以尽力补偿你。"

傅泽永："补偿我？"

傅泽永像是听了个笑话："怎么补偿我？你这突如其来的自信是哪里来的？因为拍好了一场戏吗？你真的以为我费尽思量，就是为了看你演那些戏？"

吕闲如遭重击。

傅泽永顿了一下，残存的理智让他意识到这话说重了。

他一时间心灰意冷，觉得自己太傻了。

可不是吗，自以为扮演着救世主，孰料被对方当成招之即来的哆啦A梦。

傅泽永："算了。算了，算了。就当我得了一回失心疯吧。"

尽管在昨夜失眠时已经做好了最糟糕的准备，吕闲此时依旧感到心脏一阵绞痛。

傅泽永吁了口气，打算回自己的房间洗个澡平复一下心情。他想让吕闲走，话到嘴边又有一瞬间的不忍心。他被自己的不忍心搞得愈发郁闷，一言不发地往外走。

吕闲拉住了他："我走就是了。"

他带去出差的行李箱还没收拾，这回也不用打开了，直接一并拉走了。

吕闲又是一宿没睡着，满脑子都是傅泽永最后那句"就当我得了一回失心疯吧"。

若让他说实话，他从一开始就觉得傅泽永得失心疯了。他们是多么不同的人啊，彼此的命运本不该有任何交集。他本该远远望着傅泽永昂首阔步，无往不利，将所有踌躇不前的人集结在身边，就像恒星轻而易举地运转整个星系。

自己不该在其列，也不配在其列。

他想，傅泽永希望看见怎样的自己呢？脱胎换骨，重获新生，从此与他一样高歌猛进？

所以这一回，对方是终于清醒过来了吗？

一天之前，自己还踌躇满志，觉得终于能做好一些事了，可以拿出一点儿底气了。幸好那幻觉没有持续太久。

终点来得比预想中更快。吕闲来不及替自己伤怀，第一反应是替傅泽永不值。小鸟还能高飞起来给他看个乐子，自己这一回，却让他彻底血本无归。

吕闲不知道该拿什么来弥补傅泽永。

天色瞳昽的时候，吕闲起身穿衣，编辑了一条短信：

老总：我出发去片场了。您看这片子还要由我继续拍完吗？还有，谢谢老总这段时间的照顾，我就不继续在府上叨扰了。

吕闲的手指在发送键上方停了半分钟，抖得根本按不下去。

不知从何时开始，他拿不出曾经赖以生存的理智与自觉了。

吕闲最终还是删掉了最后一句。

哪怕是自欺欺人也好，就让终点再晚一刻到来吧。

夕阳红

老总：我出发去片场了。您看这片子还要由我继续拍完吗？

吕闲发出的这条短信并没有得到回应。

傅泽永这个时间或许还没睡醒。

吕闲独自出了门，搭车来接他的助理看见他的脸色时吓了一跳："您病了吗？要不我跟副导演说一声，调整一下今天的拍摄时间？"

吕闲："来不及了，这个点现场都开始调灯光了，群演也到位了。走吧，反正就一场戏……"

这天确实只有一场戏。一场动作戏。

原著里的男主角是一个肌肉紧实的运动达人，在与女主角一同发现了间接害死女儿的凶手之后，还跟对方有过一番追逐打斗。

当初商量这段情节时，导演说不喜欢用替身，吕闲也表示愿意亲自上场。因此，片方把这场戏放在拍摄日程表的中后段，给吕闲一些锻炼的时间。

所以当吕闲面无人色地出现在片场时，导演和乔其修都蒙了。

吕闲连连道歉："对不起，我揣摩着男主角在这个时候应该状态很差，所以昨晚熬了个夜，想更逼真一些。一不小心熬过头了……唉，年纪大了。"

导演："这样还能拍吗？"

吕闲："没问题。只是需要稍微化个妆，遮一遮脸色。"

他无颜面对乔其修赞许的眼神，匆匆转去化妆间了。

为了这场戏，吕闲确实锻炼了很久，但以他今天的状态，显然是很难胜任的。

两次"NG"之后，吕闲已经露怯了。

导演："动作能不能再利落一点儿？表情也要跟上，这段镜头是对着你的脸的！上一场戏的气势呢？"

吕闲点了点头。他的脑袋昏昏沉沉，每一步都像踩在棉花上。胸口的地方传来一阵阵钝痛，但他头晕得太厉害，分不清那是心，是肺，还是胃。

跟他对打的年轻演员用与其说是敬佩，不如说是怜悯的目光看着他，脸上"写"着"一把年纪真不容易"。

导演："归位，再来一次。"

吕闲咬了咬牙。

因为自己的问题而拖剧组后腿，就太对不起大家了，而且如果恰好在今天请假罢演，傅泽永会怎么看待自己呢？

其实吕闲能隐约意识到，自己现在的心理有点儿病态。他应该将傅泽永的事情完全隔绝在外，一心投入角色里。

但是怎么能隔绝呢？自己揣度和演绎这个角色，靠的正是模仿傅泽永啊。如果是傅泽永面对仇敌，一定会无所畏惧、愈战愈勇吧。

导演："啊对，表情到位了！"

吕闲心如刀割。

导演："可惜动作总是软了点儿，再来一条吧。"

吕闲没能拍完这一条。

导演只看见年轻演员照着排练的节奏一脚踹去，吕闲装作被踢中的样子趔趄倒地，却没能按照剧本所写爬起来。

吕闲并没有昏迷很长时间。

醒来的时候，他正躺在离剧组最近的一家医院里。

吕闲扭头看了一眼，床边坐着自己的经纪人和乔其修。

经纪人："医生说没什么大问题，就是过度疲劳加上低血糖。可把我给吓得……剧组那边过过假了，导演要你多休息几天。"

导演也吓惨了，生怕担责任。

经纪人带来了打包的粥和菜，还带了些水果，嘘寒问暖了一番，连连忏悔："这段时间让你太辛苦了。"

吕闲："不不，是我自己的问题。"

经纪人："对了，刚才我跟团队商量了一下，你在片场晕倒这件事要发个新闻稿，也算是给片子做一下宣传。"

经纪人一点儿都不避讳一旁的乔其修，实在是因为体现演员

夕阳红

"敬业""拼命"的这类新闻稿太过寻常，不发才奇怪。

吕闲："……"

吕闲真心觉得自己晕倒并不是拍戏导致的。况且，哪怕真是拍戏所致，这种事也不该当成个成就拿出去张扬。

然而经纪人吃准了他会这样想，所以一早就抬出了影片宣传的名头。吕闲自觉拖了进度愧对剧组，想了想，也只好用这种方式略做补偿。

吕闲："好吧。"

经纪人高兴地一拍手："那我这就去打电话，保证热度一小时内就能超过——"他的语声戛然而止。

吕闲："超过？"

经纪人面露尴尬："……管他是谁，反正都能超过。我先走了，马上回来。"

经纪人走了。

吕闲困惑地目送着他的背影。

乔其修坐在床边淡定地玩手机："喝粥吗？"

吕闲慢吞吞地坐起来："麻烦你，帮我拿一下外套口袋里的手机。"

乔其修拿起放在床尾的外套，摸出手机递了过去。

吕闲低头解了锁，先是查看了一下短信——傅泽永依旧没有回复。于是他又打开微博热门榜单看了一会儿。

乔其修望着他的脸，却没发现什么表情变化。她的目光下移到了他的手上，才发现自己之前看错了地方。

吕闲抖着手放下手机，语气和表情却平静无波："吃过午饭了吗？经纪人买了这么多菜，凑合一起吃吧。"

乔其修也不拆穿他："行。"

她将粥碗递给吕闲，自己却忍不住打开手机看了一眼微博。

热门榜单上，唯一跟娱乐圈有关的一条，是关于萧显柔的。

内容是萧显柔参加某时尚界活动，红毯照中的打扮清爽又不失新意，人越来越帅，衣品越来越好，"连某某业界大拿都对他赞誉有加，纷纷与他合影"。

配图是单人照与合照若干。

其中最后一张合照，是跟傅泽永拍的。

图中的傅泽永站在萧显柔旁边，高出萧显柔一头。萧显柔正凑到他耳边说着什么，而他微微倾身去听，嘴角带着微笑。

这条微博的评论区里除了对萧显柔的告白，最火的一条就是"最后那位到底是谁"。

"是吧！看一眼就被迷住了！好有味道的大叔哇！"

"听说是某某总裁……跪了，明明可以靠实力吃饭，偏偏要靠脸……"

"这人你们不认识？钻石王老五之一啊，只不过他以前从不涉足娱乐圈，所以知道的人少。他最近收购了某某影视公司，前段时间风口浪尖上的吕闲不就是那家在捧的？"

"这个年纪还有如此身材！"

"哎，不行，我有罪，我看着这张照片脑补了十万字小说……"

"哈哈哈哈……楼上走开啦！"

…………

这还是乔其修第一次看见傅泽永的脸，但并不代表她不知道这个人。

电影是跟傅泽永的公司合作的，她自然早就做过一番调查，而以她在圈中的地位，很多传闻想不入耳都难，比如"吕闲背后的靠山"之类的，所以乔其修一瞬间也联想了很多。但无论联想了多少，这件事上她都毫无开口的立场，所以她什么也没说，默默吃起了午饭。

吕闲实在是很感激她的沉默。

室内安静片刻之后，乔其修突然说："这一幕还挺像当年的。"

吕闲："嗯？"

乔其修："当年跑龙套的时候，我们也会蹲一起吃盒饭。"

夕
阳
红

吕闲愣了愣。他原以为乔其修永远不会跟自己聊起当年的事情，毕竟那段时光对于他和她来说，都并不是什么美好的记忆。

乔其修："那时候我还以为，我会跑一辈子龙套。"

吕闲笑了："怎么可能？以你的实力……"

乔其修："世上有实力的人多如牛毛，最终混出头的还不是只有千百分之一？更何况我们这圈子，每往上走一步，脚下踩的都是白骨。"

吕闲突然想到：自己默默无闻的这些年里，乔其修又经历过怎样的沉浮呢？她流过多少血，换过几层皮？

乔其修："我一直记得自己第一次梦想当影后，是因为有个家伙跟我吹牛，说自己就是欠些机遇，迟早是要当影帝的。当时我心想，万一他真的做到了呢？我怎么能输给他？"

吕闲："……"

乔其修："你跟当年相比，变了很多。"

吕闲："我知道。"

乔其修："演技好了很多。人也更耐看了。"

吕闲："……"

乔其修："前几天导演还跟我夸你，说你起步虽晚，悟性却高，又这么敬业，下一部片子还想邀你。我相信业内有眼光的人，不止他一个。"她吃完了，收拾了饭盒站起身，"这部片子或许注定要'扑'，但你还会有下一部，再下一部。人无论为谁而活，都只能活一回，为什么不为自己呢？"

她在劝他往前走。

乔其修是不知内情的，所以在她看来问题十分简单：他并不需要一个后台。

吕闲心情复杂地望着她，想说点儿什么，又不知从何说起，只好干巴巴地说："谢谢。"

乔其修已经走到了门边："不用谢我，你当年吹过的牛，我到今天还等着它变成现实呢。"

乔其修离开后，经纪人回来了。

经纪人："新闻稿已经发了。刚才你晕倒时我就打了老总的电话，可他关机了，大概是在活动上。我现在再打一个……"

吕闲："不用了，不是大事，别打扰他。"

经纪人欲言又止地看了吕闲一眼："那个……"

经纪人是知情人，知道吕闲、傅泽永、萧显柔跟那位大佬之间的恩怨，也知道萧显柔是赝品影片的男主演。干这行的人需要敏感的嗅觉，他能猜到吕闲今天的状态跟那张照片之间存在某种联系。

吕闲不愿让他难办，反过来安慰他："没事的，照片我已经看见了。那只是公众场合的社交应酬，他是上位者，得拿出上位者的风度。"

"嗯，你能想通就好了。"经纪人顿时如释重负，心想，有这么成熟的艺人可真好。

经纪人在病房里陪了吕闲一个下午，在下班时间走了，只留下一个助理陪护。

吕闲吃了晚饭，又读了一遍剧本，没再去看微博。

拍完打斗戏后，片子就快要杀青了。

作为"成熟的艺人"，他处理问题的方式是：不去想那张照片，也不去想乔其修的话，因为每想一次就会拖慢一分恢复的速度。他必须一门心思养病，尽快回到片场，有什么问题等杀青再说。

只是在熄灯睡觉前，他还是忍不住查看了一下短信。

有一条未读短信，发件人是傅泽永。

傅泽永度过了糟糕的一天。

昨晚失眠到了凌晨才睡，大清早的却被闹钟吵醒。他想起今天有工作安排，只好铁青着脸起了床，然后他就看见了吕闲的那条短信。

傅泽永一瞬间被气得眼冒金星，只想冲进客房把人拎起来干一架。

什么叫片子还要不要拍？这随时准备被扫地出门的语气是怎么

夕
阳
红

回事？一言不合，就要一拍两散了？

　　他觉得吕闲变了。

　　又或者没变，还跟刚认识时一样，那心防恨不得用钛合金铸成。

　　哪怕真是断尾巴的流浪猫，养了这么久，也不会听一句重话就逃了吧？

　　傅泽永心寒了。

　　不过，傅泽永毕竟当了这么多年总裁，知道冲动之下必然坏事。在冷静下来做出决定之前，他不打算回复吕闲。

　　或许是觉得被吕闲影响到这个地步有些丢脸，傅泽永没有更改日程，依旧出现在了那个时尚界活动的现场。

　　但他没想到会在活动上遇见萧显柔。

　　萧显柔倒是一眼就发现了他这位吕闲的靠山。

　　换作以前，萧显柔或许会出于对吕闲的厌恶，连带着对傅泽永避而远之，但他如今的眼界已经不同往日了。他越过人群，向傅泽永那边走了过去，主动打招呼，立即有人将他介绍给了傅泽永。

　　萧显柔赔着笑："傅总。"

　　傅泽永心中有些意外。他虽然不知道萧显柔和吕闲有什么私人过节，却知道双方的电影很快就要撞车打架，按理说，此时双方的关系应该势同水火。

　　但他同时也记得，理论上自己此时应该还被蒙在鼓里，不知道对方的影片内容，所以他露出了一个商业微笑："你好你好。"

　　萧显柔与傅泽永寒暄了半天，又是对傅泽永的影视公司赞不绝口，又是对他本人表达敬仰之情，还借着四周的喧哗，亲切地凑到他的耳边说话。

　　傅泽永不动声色地一一受着，脑子却转得飞快。

　　萧显柔的动机一眼就能看穿：都在江湖混，他怕那片子把傅泽永得罪狠了，提前来送笑脸，以免将来失去了庇护后立即被傅泽永报复。

　　但是，萧显柔难道不怕搭话的这一幕传到他背后的人的耳中吗?

恰在此时,萧显柔递了一张名片给傅泽永:"有机会常联系。"

——还是说他已经察觉到了晋高临失势的征兆呢? 从他嘴里能问出什么消息吗?

傅泽永心里转着这些念头,收下了名片。

直到活动结束他才反应过来:自己这还在为吕闲鞠躬尽瘁呢。

傅泽永抬头望天,有点儿想抛开一切,飞去南极喂企鹅。但儿子女儿可以甩下烂摊子,他却没有资格。

结束了一天的工作回到家时,吕闲并不在家,看来是选择在剧组那边过夜了。不仅人不在,连个电话也没来,手机里最后一条短信还是早上那条。

傅泽永独自吃了晚饭,心头的火越窝越旺,推了碗筷跑去窗边抽烟。

多大的人了,这还摆起谱儿来了,简直就是把自己当成冤大头了啊。

但是……以前的自己,似乎也并不会像这样对别人发火,纯粹是认为他们并不值得自己动气。

傅泽永摁灭了一根烟,又点起了一根。

说到底,他一直嘴上说着不需要吕闲付出什么,心里却还是不平衡了吧。

投资越来越多,所以开始计较,开始希冀回报,开始有了贪嗔痴。想要对方回以无尽的信赖,所以明知道对方为养子打算也是人之常情,却依旧会心生怨怼。

从动怒的那一刻起,他就输了。他并没有变成更好的人。恰恰相反,他有了弱点,有了罩门,失去了判断力,发了脾气,还又抽起了烟。

因为吕闲可以是完美的交易对象,却做不了完美的知己。

傅泽永叹了口气,真心实意地反省了一下:是自己要得太多了。

他终于重新冷静下来,给吕闲发了一条短信:我认真反思了一下，问题的根源在于我对你的事投入了太多时间，这是我的失误。所以，为彼此着想，我们需要换一种相处方式。

只要回到以前那样就行了，他不会再伤害对方，对方也伤害不了他。

此时他想了想，又发了一条：关于你儿子的那个计划，我也会重新考虑。你才是当事人，我应该尊重你的意见。等你有空时，我们谈谈。

吕闲躺在病床上，对着短信看了十分钟。

无论如何，吕闲对傅泽永的了解程度确实比以前深了不少，以至于在这种情况下，他奇迹般地领会了傅泽永的本意。

对于其出身与阶层而言，傅泽永是个相当善良的人，至少带着他那个位置上所能保有的最大善意。他真的是为了避免更多的矛盾与痛苦，才提出改变相处方式——只谈交易不谈交情。

一旁的助理已经换上睡衣，打算在陪护床上睡了。

吕闲招呼助理："这床太小了，你去对面宾馆开个房吧，房费报销。"

助理连忙摇头："怎么好让您一个人——"

吕闲打断了他："又不是什么重病，没事的，去吧。"

助理揣摩了一下吕闲的语气，疑惑地换回衣服走了，临走时还不忘帮他熄了灯。

于是黑暗里只剩手机屏幕还亮着光。

吕闲又看了十分钟屏幕，近乎麻木地敲下一行字："好的，明白了。"

没关系，不过是回到常态。独自生活，做饭，洗碗，打理蜗居，一年一年很快就会过去。所有痛苦的回忆都有消散之日，然后他就可以安心地沉回海底。

他生命中来过的所有人，最终都会迫不及待地消失。

这时他想起了傅泽永的评价：你好像被预设了什么"只走死路"

的程序。

吕闲苦笑了一声。他当然知道，造成这个局面的人并不是傅泽永，而是自己，自己就是这样的人。

既然如此，还不如……还不如……

还不如什么呢？再上一次天台吗？吕闲忍不住笑了。

他已经死过一次了。如果在那天夜里果断一点儿，一切就会结束在开始之前。

可是他没有，因为有一个人来过。

有个人在他的生命里写下"到此一游"，留下了一轮太阳。那个人靠近时，他被炙烤成了流动的熔岩。那个人远离时，他心脏的一角依旧沐浴在余晖里，依旧从中汲取着温暖，所以血液永远不会彻底冷却。

他感受过温暖，产生过勇气。他不知道那个人怎么看待这个问题——但他自己与那晚相比，确实已经变好了那么一点点。

所以他不会再逃了。

吕闲的耳边回响起了乔其修的话："人无论为谁而活，都只能活一回，为什么不为自己呢？"

可他自己要的到底是什么？抛开所有恐惧、悔恨、愧疚，自己在这一段生命里真正想抓住的是什么？

想到这个问题的同时，他也得到了答案。

傅泽永的手机一振，收到了回复。

吕闲：我们现在就谈吧。你稍等，我马上过去。

傅泽永惊讶地皱了皱眉。这看起来怎么不像是吕闲会说的话呢？他想了想，回道：这么晚了你要怎么过来？改天吧，不急这一时。

吕闲：我这就去打车。

傅泽永既困惑又无奈：你在酒店等着吧，我让司机去接你。

吕闲心里也斟酌了一下——傅泽永今天大概是没心情看新闻，

但迟早都是要知道的。

　　吕闲：嗯……我不在酒店。

　　傅泽永：你在哪儿？

　　吕闲：剧组附近的医院。

　　傅泽永：什么？

　　傅泽永不由分说地让吕闲在原地等着，自己匆匆走出卧房，一边吩咐司机准备车子，一边拨通了经纪人的电话："你怎么回事？为什么不向我汇报？"

　　经纪人心里苦哇，他总不能说"因为吕闲不让我汇报"吧。

　　不过就算他不说，傅泽永也猜到了。于是他换个问题："好好的怎么会晕倒在片场？他最近的行程是怎么安排的？"

　　经纪人："最近确实比较忙，但是行程都是给您过目过的，为了保持他的曝光度……"

　　傅泽永："那怎么至于——"傅泽永想说"那怎么至于把人累倒"，却突然反应了过来。

　　傅泽永："他在片场是什么表现，你看过吗？"

　　经纪人心里咯噔一声，当即知道这口大锅是躲不过了："没有，都是助理跟去……"

　　傅泽永陷入了沉默。经纪人慌忙开始检讨。

　　傅泽永："算了，说到底是我的错。"

　　他当初告诉吕闲，这片子注定被牺牲，不必认真去演，要把力气花到别的事情上。吕闲没有提出异议，而且接下了经纪人见缝插针安排的所有通告。

　　所以，傅泽永虽然在忙碌中无暇顾及那头，却想当然地认为吕闲听从了自己的建议，合理分配了时间和精力……

　　"合理分配"。

　　他没有从吕闲的角度掂量过怎样才叫"合理"。说到底，这个计划从最开始就是他的一意孤行。商人可以放弃项目，但一个演员如果等了快半辈子才等来演戏的机会，又怎么可能有半点儿敷衍？

可是吕闲这段时间的疲惫那么明显，却从未提过一句，也没有拒绝任何一个通告。那显然不是为了他自己——傅泽永非常明白，吕闲是不可能在乎曝光度这种东西的。

他是为了自己。

他希望自己事业上的进步能为傅泽永带来利益，或者至少抵消亏损。

傅泽永想明白了，这才是对方昨天所说的"尽力补偿"的真正方式。

司机已经将车开到了楼下。

傅泽永朝大门走去，路过客房时一眼扫见了吕闲的行李箱。他想到正好要带些日用品过去，便打开了那箱子。

电话里的经纪人还在一迭声地沉痛道歉，傅泽永打断他，问道："他去外地录节目的那天，戴领带了吗？"

经纪人愣了愣："没有，那节目嘉宾都是便服。"

傅泽永："知道了。"

傅泽永挂了电话。

行李箱里的那条，毫无疑问是自己的领带，前几天还放在衣柜里。可是吕闲明明有常用的领带，为什么要拿自己的？

傅泽永拎着吕闲常用的洗漱用品赶到医院，走进了病房。

吕闲已经开了灯，穿戴整齐地坐在床沿，抬头看着他。

吕闲："抱歉，害你这么晚还跑一趟。"

傅泽永："没事，你坐着干吗？快躺下。"

吕闲之前说要谈话，此刻却正襟危坐着半晌开不了口。傅泽永望着他苍白的脸色，忽然意识到他在掩饰紧张的情绪。

是因为自己那两条短信吧？

对吕闲来说，在这样的情况下，恐怕连提出谈话都已经鼓足了勇气。

夕
阳
红

傅泽永："对不起，我刚刚才知道……"

吕闲："不不不，是我矫情没跟你说。"

或许是从傅泽永的话语里获得了一丝初始动力，他笨拙地打开了话头："那是我的毛巾吗？谢谢你带来。"

傅泽永点点头，放下了手中的洗漱用品："从你行李箱里拿的。"

吕闲闻言一怔，似乎终于想起了什么："对了，你的领带，我借走了。"

傅泽永呆滞了几秒，然后才说："喜欢的话就留着吧，送你了。"

吕闲低了低头，没有接这个茬儿，却像下定决心般吸了口气："你说要改变相处方式，是要保持上下级关系的意思吗？"

傅泽永果断摇头："不是，我气昏头了。"

吕闲："那么，是一刀两断的意思？"

傅泽永："不是！当然不是！"

吕闲仿佛松了口气："那就好。上下级也没关系，只要不是厌恶我了就行。"

傅泽永："……"

吕闲又想了想："昨天你说，你要的不是我那种补偿方式。那你要的是什么？无论要做什么，我都可以。"

即使是刚认识的时候，吕闲也没有说出过这么卑微的话。

傅泽永几乎因此而感到窒息。

然而奇怪的是，说着如此卑微的话语，吕闲却露出了笑意："老总，我腿脚很慢，跟不上你的脚步，目前还不行，但只要还能瞧见你的背影，我就会尽我所能走下去。"

傅泽永听不下去了。

自己究竟下了什么事，才把人逼成了这个样子？

傅泽永痛苦地说："听着，你不欠我什么。你不欠任何人的。"

吕闲："不，不是因为亏欠。虽然以前我都是从'亏欠'这个角度考虑问题的，但这一次不是。"

傅泽永："那是为什么？"

吕闲张了张嘴，又闭上了。如此反复几次，他终于说："是为了我自己。"

傅泽永："……"

"最近有个人劝我为自己活一次，我就尽力设想了一下，我到底要什么。"

其实答案早已出现了，只是他过于迟钝，至今没有察觉。有什么种子在很早很早以前就植入了他心中，深埋着，仅凭那孱弱的力量，竟也一寸一寸地破了土。

一个崭新的问题出现了，他活到现在，仿佛从未考虑过：自己为何非要等待着别人出现或消失呢？

吕闲慢慢说道："我想往前走。可能需要你教教我，但我会学好的。"

傅泽永一瞬间竟然眼眶发热，连忙做了个深呼吸。

吕闲在家躺了三天。

他在片场晕倒的报道上了热搜，而且当时机器还在转着，所以连晕倒的那一幕都被拍了下来。视频中那条跟跟跄跄、面白如纸的"老咸鱼"简直催人泪下，粉丝们当场就"疯"了，恨不得飞过去给老父亲送爱心。

前段时间的舆论战中对他好感度清零的路人们，这回也说了两句："这看着不像是演的吧？""就算是为了博好感，也确实很拼了……"

经纪人不敢懈怠，连忙来请示要不要趁势搞一波宣传，试图将功抵过。

傅泽永却摇头："不用了。无论是片子还是演员，都不要风头太劲。"

吕闲的惨状说不定还能让晋高临愉悦一下，此时若高调炒作，又要引来对方用更多阴招了。

或许也正是因为那视频里吕闲太凄惨，傅泽永的儿女都受到了

夕阳红

惊吓，纷纷上门来表达慰问。

傅思直接将傅泽永赶了出去，单独问吕闲："叔，你是不是被欺负了？你跟我直说，我会为你出头的。"

吕闲："没有，真没有。"

吕闲对傅思一直满怀感激："叔还没有好好向你道过谢呢。"

他指的是上次舆论战中她在幕后出谋划策的事。

傅思笑了起来："叔太客气了。能帮上忙我很高兴。我很喜欢看你演的片子。"

吕闲："感谢大小姐肯定，我一定继续努力。"

傅思笑了："如果有什么需要帮忙的，随时都可以跟我说。"

吕闲犹豫了几秒："其实，还真有一件事……"

傅泽永在沙发上寂寞地喝茶，片刻后就见女儿步履轻快地走了出来。

傅泽永："你们聊了啥？"

傅思："你猜呀。"

傅泽永："……"

傅谨的探病风格就"传统"得多。先是拉来一车补品，砌墙般堆了一客厅，接着走到床前双手握住吕闲的手，严肃道："您要早日康复哇，身体是革命的本钱。"

吕闲差点儿以为自己康复以后真要上战场。

吕闲："好的，好的。"

傅泽永在沙发上寂寞地喝茶，片刻后就见儿子规行矩步地走了出来。

傅泽永："心情平复了？"

他说的是"纨绔"那件事。

傅谨看了他一眼，垂首检讨道："当时是我情绪化了。"

傅泽永摆摆手："哎，不用你检讨，谁还没个情绪化的时候？最近跟'纨绔'还有联系吗？"

傅谨："没有。"

傅泽永呷了口茶，沉吟片刻，忽然说："松散的联系还是保持一下吧，以后说不定有用。"

傅谨："知道了。"

傅泽永的儿女上门后，吕闲在潜意识里便等待着另一道门铃声。

但吕曦意料之中地没有来。

三天之后，吕闲回到了片场，继续投身到了拍摄中。

剩余的镜头已经不多，又奋战了一段时间，其他演员陆陆续续地杀青了，只剩下吕闲与乔其修还没拍完。

导演将剧本里的最后一个镜头留到了最后拍，倒不是出于仪式感，纯粹是为了等待真实的雪天。

这个场景是大雪中的墓地。

在真相大白、冤案昭雪之后，男女主角的女儿也可以入土为安了。

吕闲跟乔其修并肩站在墓碑前，雪花渐渐落满了肩头，又缓慢地融化成水，渗入衣中。两人都没有说话，神情疲惫而平静。

良久，吕闲突然哼唱起了一首流行乐曲。那是剧本中的女儿生前最喜欢的歌，却被他唱得嘶哑而跑调。

乔其修扑哧一笑，目光没有离开墓碑，就这样在断断续续的歌声中，微笑着流下泪来。

"Cut！"导演喊道，"我们正式杀青啦！"

在工作人员的欢呼鼓掌声中，吕闲跟乔其修对视了一眼。

吕闲："一会儿去吃烤红薯吗？"

乔其修抹了抹眼泪："吃。"

他们转了两条街才找到红薯摊，又走了一条街才确定没有狗仔跟着。

两人像从前那样边啃红薯边闲聊。啃到一半，乔其修突然忍无可忍道："奇怪，当年怎么不觉得噎得慌。"

吕闲哈哈大笑。

夕阳红

乔其修转向他："合作愉快。这片子我演得很尽兴。"

吕闲："嗯，我也尽兴了。"

乔其修："那就好，这比什么都重要。"

吕闲口袋里的手机突然振动了一下。他拿出来一看，脸色变了变："啊，失陪一下。"

吕闲根据短信的提示转过街角，在一个隐蔽角落，看见了双手插兜的吕曦。

吕曦一言不发地望着他。

吕闲倒是笑了笑："来看望我吗？"

吕曦自然也看见了那个视频，但为免引起怀疑，他一直拖到现在才找到来见吕闲的机会。

吕曦："你没事了吗？"

吕闲安慰的话语都到了嘴边，却又临时打了个转，出口时变成了："唉，老啦。"

他面色还没完全恢复，加上拍戏期间瘦了一圈，此时站在雪地里，整个人有种空荡荡的感觉。

吕曦神情复杂。

头一天愤怒地挂了吕闲的电话，第二天就出了那个新闻。吕曦不用想也知道，自己至少是压死骆驼的稻草之一。

吕闲："那天晚上我劝你收手，主要是因为梦见了你躺在太平间的样子，怕得不行。"

吕曦愣了愣，没想到吕闲会说出如此坦率的话。

吕闲自己也挺不适应的。一直以来，每一步都是傅泽永带着他走。如今，他的双足却仿佛生出了意志，要凭自身的力量前行。

吕闲："小阳，我一直都在拼命拖着你、劝阻你。但是我现在明白了一件事，每个人的路都是自己走的，谁也不能真正替谁做出决定。"

吕曦："你怎么突然想通了？"

吕闲："你离开家的那天，我以为你真是跳槽去为晋高临办事了。那天晚上我上过天台。"

吕曦震惊了："什么？"

吕闲："但是我又自己下来了。我那时觉得，是傅总把我劝下来的。其实不是，归根结底是我自己还不想死。我心里还期盼着命中发生一些好事。"

吕闲顿了顿："你看，我活下来是对的，因为后来就发现你是去当卧底。你还是个好孩子，我为你骄傲。"

吕曦："……"

吕闲："所以，如果你非要走那条路，就走吧。我不拦你了。"

吕闲从口袋里摸出一个绣工精巧的平安符，递给吕曦："前段时间为你求的，一直没机会给你。尽量不要涉险，保护好自己，我还等着你回来。"

吕曦这一次没有反唇相讥。他沉默着接过平安符，又看了吕闲一眼。

"谢谢你，爸。"

吕曦说完就走了。

吕闲的心跳得飞快，总觉得他那一眼，有种最后一眼的意思。

杀青之后，傅泽永约吕闲去暖和的地方度了个假。

这部片子开始不紧不慢地做后期。等到他们休假归来时，这边的后期还没做完，那头萧显柔主演的赝品却已经上映了。

傅泽永知道对方必然会抢这个先，哪怕为了速度牺牲质量，也要抢先上映。

因为这就是吕曦当初向晋高临立的军令状之一。

晋高临根本不在乎一部片子的收益，却不介意借此给傅泽永点儿颜色看看。

有萧显柔的颜值与演技加成，再经过对方公司的大力宣传，赝品的票房相当不错。

到目前为止，每一步都按照傅泽永与吕曦计划的那样进行着。

夕
阳
红

接下来的一切也是早已注定的：吕闲的片子必须像其他牺牲品一样，"扑"得有始有终，最好还要"扑"得跌宕起伏。

傅泽永的影视公司装作刚刚察觉对方行径的样子，发了个紧急声明，矛头直指萧显柔的片方，说是怀疑对方盗窃了己方的剧本，还宣称要打官司。

围观群众将信将疑。

有人问："可是你们的电影还没上映吧？明明是他们先拍完，也是他们先上映，怎么会是他们抄你们呢？"

"如果两边的电影真有那么像，那也应该是你们抄他们哪。"

"这不是贼喊捉贼吗！"

又有人科普："不是不是，吕闲主演的这个电影是改编自某英文小说的，小说作者也在里面客串了，而且是这个片子先立项的，可能只是拍得慢，所以上得迟吧。"

于是就有人犀利地指出："会不会是碰瓷呢？毕竟你们连片子都还没上映呢，完全可以趁这个时间在剪辑上动一下手脚，造成剧本雷同的假象。"

"碰瓷无疑了，想蹭我们弟弟的热度就直说呗，吃相这么难看！"说话的是萧显柔的粉丝。

"如果不是碰瓷，那你们这个发声明的时机也太烂了吧？真是一步惊天烂棋，公关部脑子进水了吗？"

"呵呵，吕闲嘛，不奇怪。"

"楼上你什么意思？"

…………

在没有人带节奏的情况下，事情毫无意外地演变成了各路粉丝之间的混战。

最终有明眼人站了出来："诸君，在一方电影还没上映的情况下，我们吵也吵不出结果。现在只有一条路，那就是去看原著，再对比一下已经上映的这片子，看看存不存在抄袭。"

明眼人又说了："顺便一提，原著有中译本。想为自己偶像正名的，先支持一下正版书呗。"

不久后，某轮椅青年接了个电话。

"加印？为什么突然加印？……哦。"青年放下手机，"许总，今晚我请你吃饭吧。"

"咦？为什么？"

"天上掉了点儿零花钱。"

然而就算拿出原著来比对，也依旧争不出个所以然来。

毕竟，萧显柔那边的编剧也没有傻到原样照搬，虽然抄了套路，却掰开揉碎、打乱顺序，还加进了一些新人物。要说像，那确实很像，但要证明是抄袭，却难如登天。

身在国外的作者倒是发来了一封公开信，表示自己听说了这件事，深感遗憾，会保留追究责任的权利，同时也希望大家支持那部真正由自己授权改编的电影，等到它上映之日，可以去看看自己在其中的客串镜头。

围观群众不买账。

"就算我们真想支持你，等到你的电影上映之日，对方的电影都下映了，这追责还有什么意义呀？"

"不是，这史诗级的烂棋，你们是认真在下吗？"

管他谁黑谁白呢，闹得这么大，我们也去电影院看个热闹吧——大多数人都是这样想的。

正当围观群众迷茫之际，被事件波及的主角之一爆出了一个大新闻。

萧显柔突然被一辆无牌照的面包车丢在了某闹市中心，衣衫褴褛，遍体鳞伤，左右并无保镖或助理。认出他的人群很快将他团团包围，举着手机又是拍照又是录像。萧显柔肿着半边脸，狼狈不堪地抬手挡脸，几次奋力挤出人群都以失败告终。

那些照片和视频很快在网上疯传，引来了更多闻风而动的八卦小报记者。如此过了将近半小时，才终于有保镖赶到，护着他上车

夕
阳
红

逃走。

关于此事的八卦新闻最终全被封锁了，照片和视频也被大量删除。

萧显柔的团队声称：萧显柔本人正在国外度假，受伤者不是他，只是形貌略有相似，这背后有人恶意造谣。

这话自然鬼都不信。

关于真相的诸多传言之中，最流行的一种是：这是傅泽永的影视公司对萧显柔下的黑手。

当然，针对它又诞生了新的传言：这是萧显柔团队的苦肉计，意在嫁祸对方，洗白自己。

傅泽永："啥？"

傅泽永吩咐女秘书搜集了一下打人事件的情报。

傅泽永："伤口有可能是特效妆吗？"

女秘书："我找专人鉴定了那些视频和图片，结论是真伤。手臂的骨头都断了。"

傅泽永眯了眯眼睛。

这场当众羞辱，风格与二十年前如出一辙，一看就是晋高临的手笔。看来萧显柔是真的干了什么惹怒晋高临的事情啊。

这一场也不知是谁向晋高临献的策，从结果来看，倒是做到了一石二鸟：既惩罚了萧显柔，又恶心了傅泽永一回。

不过，如果不是晋高临还想留着萧显柔来折腾吕闲，那所谓的"当众羞辱"，就不会止于"衣衫褴褛"这种程度了。

女秘书提交的报告中还有一个引人注目的细节。傅泽永什么也没对吕闲说，想先找吕曦求证。他心中疑窦丛生，但是最近吕曦与他联系得越来越少了，导致他一肚子问题都无从发问。

又过了一段时间，吕闲的片子才终于做完后期。

他们并没有加快速度，上映日期比对方迟了整整两个月。宣发方面也相当懈怠，导致公众对片子的最深印象就是"听说跟前段时间那片子很像，还吵了半天谁抄谁"。管他谁抄谁呢，既然是高度相似的剧情，就没有再看一遍的意义了——大多数人都是这样想的。

最后贡献了票房的基本只有吕闲和乔其修各自的粉丝，这部片子果然"扑街"。

至此，傅泽永收购的影视公司一"扑"再"扑"，引来了一片唱衰之声。

傅泽永抽了个时间，与吕闲一起溜进电影院看了全场。

放映厅里人很少，除了他们两个，就只有后排几对咬耳朵的小情侣。

片尾字幕开始滚动时，傅泽永凑过去问："难过吗？"

吕闲："难过什么？"

傅泽永："你耗掉半条命演的戏，最后却没什么人看。"

吕闲偏了偏头，用眼神示意他去听后排传来的抽噎声："反馈已经很多了，比我想象中多呢。"

吕闲的表情确实很满足。

傅泽永："我会补偿你的。"

傅泽永决定把影片送去评奖。

晋高临对傅泽永的打压主要是商业上的，未必会把手伸到评奖上。就算他真有那个闲心插手，傅泽永也不打算在这方面示弱。

毕竟，傅泽永心里依旧有个关于影帝的梦。

傅泽永刚刚交代完这件事，突然收到了一个会面的邀约。

发出邀请的人是萧显柔。

萧显柔的胳膊上还打着石膏，不便握手，就规规矩矩地站起来朝傅泽永鞠了一躬。

"哟，这是怎么了？"傅泽永明知故问。

萧显柔："见笑了，这是被人打出来的。"

傅泽永顺着他的话问："好好的怎么会被打？"

萧显柔："实不相瞒，上次在那个时尚界活动上，我不是跟你搭讪吗……那张合照被晋高临看见了。"

傅泽永："就因为一张合照？"

萧显柔："晋高临问我为什么和你说话。我怕死，就骗他说，是你来找我打听影片的事。我向他发誓自己守口如瓶，后来你们的片子也确实'扑街'了，证明我没有走漏什么风声。结果，晋高临还是惩罚我了。"

傅泽永："为什么？"

萧显柔："因为我对你笑了。"

傅泽永："那你为什么要对我笑呢？您二位该不会是周瑜打黄盖，在演什么苦肉计吧？"

萧显柔："您的意思是我是黄盖，晋高临是周瑜？这是周瑜被'黑'得最惨的一次。"

傅泽永："……"

萧显柔正色道："其实没有那么复杂。我今天就是请罪来的。电影抢先上映那档子混账事，我虽然是被迫的，但终归也参与了。如今我遭了报应，希望您大人有大量，能消消气。"

傅泽永自动无视了他的解释："你故意惹怒晋高临，故意被他打成这样，就为了让我消气？"

萧显柔："那倒不是，我惹怒他主要是为了让他放弃我。"

傅泽永："放弃？"

萧显柔："那人在我身上差不多也玩不出新花样了，所以最近开始指使我去向说不得的人行贿。头几次只是陪陪酒，后来这人就琢磨着索性把我送出去……"

傅泽永明白了。一旦牵扯上行贿，萧显柔就怕了，想早点儿脱身。

萧显柔："我怕啊，我怕'神仙打架，小鬼遭殃'，不知哪天就当了'池鱼'。恰好有这个机会，我就想着干脆来个壮士断腕。"他抬了抬打着石膏的胳膊："有那个视频，就送不出手了。"

傅泽永："你有没有想过，万一晋高临不是羞辱你，而是想'狡兔死，走狗烹'呢？"

萧显柔："那就是另一回事了。我好歹也算个公众人物，以他目前的处境，多半不想引火烧身。我的确惹不起他，但他也有惹不起的人吧？说来他最近忙着行贿，难道不正是为了躲灾吗？"

傅泽永抓住了关键词：躲灾。

双方都是聪明人，四目相对，萧显柔没有就此多说一字，傅泽永也没有试图追问。

傅泽永笑了笑："所以你来向我透露这些消息，是为了表达诚意吗？"

萧显柔："没错。我拿这些消息换您高抬贵手，万一他没躲过这一劫，您别顺手搞我就成。"

萧显柔已经起身告辞，傅泽永却突然叫住了他。

傅泽永："我还有最后一个问题。你去替他行贿时，身边还有别人吗？"

萧显柔顿了顿，似笑非笑地眨眨眼，别有意味地看着他。

傅泽永心中一沉："地点在哪里？告诉我大致方位就行。"

萧显柔走出两人碰面的茶楼时，恰好遇到了前来找傅泽永的吕闲。

相隔十步一打照面，萧显柔脚下一僵，仓促地别开了目光。

萧显柔在晋高临的脚下当了这么久的狗，还能面不改色地爬回来，好整以暇地面对傅泽永，与其说是练就了金刚不坏之身，不如说是放弃了痛觉。不去感受痛苦，也不去感受羞耻。在蠕动的血肉外面裹上一层高傲的皮囊，抬起前肢就能装作人类继续行走。

唯独此时此刻，面对吕闲的时候，他以假乱真的皮囊绽开了裂纹。

因为，在被打得半死、扔到闹市的那一天，他忽然想起了"香槟酒瓶"事件。

夕
阳
红

那个人当年真的是主动参加那场派对的吗？

那个人也当过狗吗？

萧显柔头一次产生了怀疑。他依然记得初遇晋高临之时，吕闲在包厢门口拉住了自己。

现在他可以辨别了，那个人当时投来的，是属于人类的眼神。

萧显柔发现自己无法直面吕闲。更准确地说，他无法直面自己。

不要回头去看。

不要停步思索。

迎面而来的不是同类，但是没关系，世上的同类多的是。昂起脑袋，抬起前肢，高傲地与人类擦肩而过吧。至少，人类是发现不了破绽的。

萧显柔匆匆远去了，吕闲却扭过头望着他的背影。

吕闲心里只在想一件事：年轻真好哇，打着石膏都像在走 T 台似的。

比不了，没法儿比。太心酸了。

等等——傅泽永为什么又跟萧显柔碰面？

与此同时，傅泽永终于接到了吕曦的电话。

吕曦的声音里有压抑不住的兴奋："最近有了很大的进展，我快要弄到你要的资料了。"

傅泽永沉默了几秒："我有话问你。"

吕曦："怎么？"

傅泽永："你是不是替晋高临出面贿赂过上面的人？"

吕曦："……"

傅泽永："还有，萧显柔是不是你开车丢到闹市的？"

吕曦："你怎么会知道？"

傅泽永："因为你在事件发生的时间出现在了事件发生的地点！晋高临手里肯定也留下了你的罪证！你知不知道，等到清算之日，这些都会被算到你头上？"

吕曦猛然发怒："你派人跟踪我?!"

傅泽永的声音比他还凌厉："回答我的问题！"

吕曦："是又怎样？你以为我是怎么取得进展的？不弄脏自己的手，不跟他站到一条船上，我就永远得不到他的信任，也永远接触不到核心机密。"

傅泽永："你还干了什么？"

吕曦不吭声。

傅泽永："回答我，你还干了什么？"

吕曦："我还勾引了那家伙的家人。"

傅泽永："……"

吕曦："确切地说，我成了那家伙某个女眷的情人之一。当然，那家伙不知道。"

傅泽永深吸一口气："你，不要再犯事了。现在这点儿黑料，我或许还能帮你斡旋。但你如果铁了心要进局子，我会替你爹抽死你。"

吕曦微笑着挂了电话。

他不会进局子了。

前段时间，他就看清了这个事实：想要揭发晋高临，自己必须先成为从犯。把晋高临送进地狱的唯一方式，就是陪他一起下去。

吕曦终于明白了吕闲不曾说出口的担忧。

吕闲实在是太了解自己了。或许早在一切开始之前，他就预料到了自己今日的处境，也预料到了自己绝不甘心成为囚犯，回归卑贱的生命。

那么就只剩下一个选择了。

自从吕闲在片场"壮烈"过一次，傅泽永就再也不替他安排工作了，一切全凭他自己做主。

结果，吕闲回头找经纪人如此这般地商量了一下，挑了个电视剧。

夕阳红

剧本讲的是虚构城市里发生的一系列都市传说。男主是个"房奴"上班族，隐藏着预知死亡的超能力，然而他从未成功改变过未来，所以被他预知到的死亡最后还是全部发生了。从工作到超能力都十分鸡肋的男主一直得过且过，却身不由己地被卷入了一连串古怪事件中。

制片人一早就邀请了吕闲来演男主角。毕竟他虽然年纪大了点儿，但闭着眼睛就能驾驭这种角色。可吕闲却提出了要求：想演一个戏份不多的配角。

此人是个医生，平素一副精英模样，私下里却是个异装癖。一次，他的秘密不慎暴露，又遭到了竞争对手的大肆宣扬。医生丢了饭碗，老婆也倍感耻辱而与之离婚。走投无路之际，他被反派诱惑着加入了地下组织，从此彻底放飞自我，天天穿着裙子与犯罪团伙一起搞事。

演这种极端角色，要么一战成名，要么沦为笑柄。

制片人原本想找一个眉清目秀又自带禁欲气质的新人，再在后期给他化上浓妆，将之打造为这部剧的一个爆点。吕闲显然在这个搜寻范围的十公里以外，已经一只脚踏进了"沦为笑柄"区域。

然而吕闲异常执着，为了争取这个角色，甚至自己录了一段视频发给剧组。

这段视频把所有人都看傻了。

视频的内容就是剧本中的一段：医生的妻子出差提早归来，恰好撞见医生在黑暗中穿着裙子，对镜涂抹自己的口红。

当然，这视频的机位是固定在卧房门口的，镜头里也只有吕闲在演独角戏。

吕闲走进镜头时已经换上了露背黑裙，却还架着一副精英眼镜，仿佛从脖颈处割裂成了两个人。他神情冰冷地望着镜子，直到面色被疲惫、倦怠一点点地侵蚀。

良久，他抬手摘下眼镜，垂下眼睛望向梳妆台，那一瞬间的眼神中充满了病态的沉沦。

他伸手抓住了口红，却又像是被某个隐形人阻挠着，颤抖不定地将它举到唇边，猛然一画，口红从唇角旁斜出，在脸上留下了一道血痕。

然后他笑了一下，如同解开了什么封印一般。

傅泽永："这是啥？"
吕闲："我的试镜视频。"
傅泽永："为什么要播放给我看？"
吕闲："给老总看看我的业务能力。"
傅泽永："……"
吕闲迟疑地分析道："我想过了，年轻人什么的，我是装不像了。但是偶尔这样，也算是别有风味吧？"
傅泽永："……"
吕闲："成功了吗？"
对此，傅泽永给予了充分的肯定。

吕闲如愿以偿地拿到了异装癖医生这个角色，进组拍摄了一阵子。

按理说，这角色的难度比之前他演的任何一个角色都大。尤其是以吕闲的年纪，想将他演得变态却不惹人厌，就更需要控制好每一个动作、每一个表情的火候。

傅泽永生怕他再累垮自己，特地让经纪人跟去片场看着。

但奇怪的是，这一次吕闲工作时显得游刃有余。

在一场与男主角对峙的戏里，医生将手术刀架到一个配角的脖子上，划出了一条血痕，男主角却平静地断言："你不可能杀这个人。"

医生勃然大怒："你以为我下不了手?!"

男主角："你下不了手。因为我没有预见死亡。"

医生暴跳如雷，怒斥男主角，手中的手术刀剧烈地颤抖，却始终无法割下去。他满头的汗水打湿了妆容，最后终于将刀一扔，虚

夕阳红

脱一般喘息着看了男主角一眼，跟跄着转身走了。

吕闲都已经走出镜头了，看入迷的导演才想起来喊"Cut"。

若是放在刚刚复出时，要他演绎这种情绪极其外放的场景，他起码得失眠三天，然而如今他的戏路与心态一道儿发生了变化，大喜大悲的场景信手拈来。

经纪人蹲在角落里给傅泽永发信息。

吕闲杀青回家的时候见到傅泽永，如同小学生见到刚跟班主任通完话的家长，试探着问："经纪人怎么说？"

傅泽永笑道："说你像换了一个人。现在不慌了吗？"

吕闲点头："不慌了，我对自己现在的水平大致有数，知道能做到什么程度了。"

傅泽永："不慌就对了。等到电视剧一播出，你又会多一个代表作。什么舆论战都是虚的，百年以后，谁不靠作品留名？"

吕闲有些不好意思："你对我太有信心了。"

傅泽永："我的信心是有来的——刚刚收到的消息，你入围了。"

吕闲："什么东西？"

前段时间"扑街"的影片，被傅泽永安排着送去了某知名电影节评奖。虽然作者的授权与参演对票房没有什么促进作用，但至少在评奖时防止了那部赝品搅局。

吕闲凭着在其中耗去的半条老命，成功拿到了最佳男主角的提名，还收到了颁奖晚会的邀请函。

吕闲激动之余，有点儿犹豫："这个颁奖晚会是在另一个城市吧？……我儿子最近有动静吗？"

傅泽永听懂了："如果他真的搞出什么幺蛾子，你在哪个城市又有什么区别？"

吕闲："万一有区别呢……反正第一次提名也不太可能拿奖，要不我就……"

傅泽永："不行，你不能为了那点儿万一缺席自己重要的日子。"

话虽如此说，傅泽永转头还是去找吕曦再三确认。

吕曦："你要的资料我已经差不多集齐了。我还弄到了一个出差的机会，一周之后出发。"

吕曦的声音比以前平静，但傅泽永总是疑心他平静得过了头。

傅泽永："很好，就按计划来。你这一周千万不要轻举妄动，到了出差那天，直接脱身，躲到我给你安排的那个地方，确认安全之后再把资料发给我。之后的一切由我来推进，我会为你争取减刑。"

吕曦："知道了。"

傅泽永："你在什么地方？那头怎么这么吵？"

吕曦笑了一声："加油站而已。"

傅泽永沉默不语。

吕曦："别那么紧张嘛。"

傅泽永想了想，沉声道："你爸过几天要去电影节。如果拿奖，那就是他一辈子最难忘的日子。"

吕曦："……"

傅泽永："你不要毁了自己，也不要毁了他——算我请求你。"

吕曦也沉默了许久："行。"

傅泽永心下稍安，又检查了一遍提前做好的布置，就跟着吕闲一起去了电影节。

两人要在场馆外分道扬镳。傅泽永直接从嘉宾通道入场，吕闲却要先去红毯上走一趟。

吕闲是头一次出席这种场合，傅泽永还有点儿担心，想混进粉丝等候区去看着他。吕闲连忙努力打消他这个念头："我没问题的，你堂堂嘉宾怎么能冒充粉丝，被人看见了多掉价……"

傅泽永想了想，万一自己被媒体拍到，影响总是不太好。让人质疑自己跟吕闲的关系倒也罢了，如果连着吕闲的提名正当性都一并质疑，那就得不偿失了。于是他远远目送着吕闲切换到"商业模式"，面带微笑，缓缓挥手，走向了闪光灯。

夕阳红

吕闲在场馆里再次找到傅泽永时，手中拿着一本硬皮簿。

吕闲："这是刚才粉丝塞过来的影集，顺手带进来了。"

傅泽永接过来翻了几页，疑惑道："图片旁边都是些什么形容？"

吕闲："这个我知道，经纪人教我的，这叫'真爱粉的尬吹'。"

傅泽永看着"陌上人如玉""天使在人间"等句子，摇了摇头："粉丝哪有我会吹，你听我给你吹一个。"

吕闲："请。"

傅泽永提起笔，在影集的扉页上龙飞凤舞地写了一行："老骥伏枥，志在千里。"

吕闲："我谢谢你呀。"

这时，吕闲突然听见有人喊自己的名字。他转头一看，是乔其修招呼自己坐到剧组成员那一排去。他顿了顿，犹豫着看了傅泽永一眼。

傅泽永板着脸："去吧，大明星。"

吕闲顿时过意不去："我再陪你待一会儿？"

傅泽永笑了："没事儿，去吧，我今天就是来看你发光的。"

吕闲刚刚落座，乔其修就将他引荐给了周围的嘉宾。

这些人中，有他仰慕过的杰出前辈，也有他曾在幻想中与之合作的天才导演。所有人都微笑着与他握手，甚至还有几人殷勤地递来了名片。

一个年轻的女演员特地跑来，腼腆地对他说："我看过您的所有作品，得到了很多启发。希望二十年后，我的表演也能有您这样的厚度。"

吕闲从未想过，自己困于方寸之地挣扎出的那一星火光，有一天也会照亮他人的路。他回头朝后排看了一眼，那个一路陪他走到这里的人也正望着他，笑着挥了挥手。

在吕闲心中，人生中能有此刻，已经完满无憾。

所以，他压根儿没有想过还会从主持人口中听见自己的名字。

左右的同事纷纷探身过来与他拥抱时，他茫然地转向了身边的乔其修。乔其修眼中含泪，拍了拍他："快上台吧。"

他获奖了。

吕闲如在云端，脚下发飘地走上舞台，从颁奖嘉宾手中接过奖杯，站到了麦克风前。

与台下的人群对视几秒之后，他才恍然大悟般从口袋里掏出了一张小纸条。

人群中发出了善意的笑声。

吕闲："有人提醒我事先准备发言稿的时候，我还不信真的会获奖。为防自己在这一刻脑中一片空白，我事先列出了感谢名单，事实证明果然是有必要的。"

他开始挨个儿感谢剧组成员，重点感谢了允许自己不断试错的导演。他用了很长一段话单独赞美乔其修，将自己演技的进步归功于对方的带动。他感谢了主办方，感谢了公司，感谢了经纪人。

然后他吸了一口气："最后……"

最后这段话，他不需要读稿。

吕闲下意识地朝台下的某个座位望去，希望能看着对方的眼睛说出来。

接着他突然一顿——那个座位空了。

吕闲用目光四下搜寻片刻，心一寸寸地向下沉去。

哪怕天塌下来，傅泽永都不可能错过这个时刻，所以唯一的可能就是……

吕闲磕磕巴巴地说："没……没了。谢谢大家。"

他在人群愈发欢乐的笑声中走进了后台。

傅泽永也不在后台。

吕闲心中不祥的预感越来越强，借口去洗手间，躲在隔间里打电话给傅泽永："你在哪里？"

傅泽永没有多言，直接报了一个停车场的车位给他，沉声说："别慌。"

夕阳红

吕闲慌了。

吕闲匆匆赶到停车场，找到了傅泽永的车子。他刚一上车，傅泽永就立即吩咐司机往外开。

傅泽永："我刚才突然收到了你儿子发来的资料，里面有晋高临全部的罪证。"

吕闲："什么？不是让他先想办法脱身，确定安全了再交接吗？！"

傅泽永："所以我怕情况有变。他现在的定位点在迅速移动，如果方向不改变，最多再过一刻钟就到机场了。"

吕闲："他去机场做什么？离出差明明还有几天……"

傅泽永："不知道，最好的情况是晋高临临时变卦，让他提前出差。最坏的情况嘛……我之前让人远远地盯着晋高临，刚才收到报告，晋高临的车子在往机场开。"

两人对视一眼，心里想的是同一件事：晋高临见形势不妙，要跑路了？

傅泽永："他们在跟那辆车，但离得太远，无法确定吕曦在不在同一辆车上，而且他们只有两个人，追上去也不顶事，干不过晋高临的保镖。"

吕闲的心跳得飞快。

如果晋高临真的要跑路，吕曦为什么要跟着？他是无法脱身，还是根本不想脱身？

此刻的吕曦确实坐在晋高临身边，扭头望着车窗外的夜色。

他早已做好了一切准备，却一直拖到了今天。

无数次地，他心想着"现在就动手吧"。无数次地，他又对自己说"要不要再等一下呢"。

因为还没有看到父亲获奖。

因为还没有将新婚礼物交给傅思。

因为天气不理想。

因为楼下面包店的新品卖断货了。

在某些特定的瞬间，他也想过：要不然就索性放弃吧。照着傅泽永的计划，把晋高临送进监狱，然后等待自己的判决书。这辈子干了许多坏事，也不冤枉。

但是怎么能放弃？怎么能甘心？胸口这团烧了二十年的鬼火，要怎么熄灭？

他就这样反反复复地思索着，拖延着，直到变故突然发生。

最近的风声很紧，晋高临观望到现在，决定出国去避避风头，万一有事，就不回来了。

然而这人的直系亲属的护照早已全部上交，家人们逃不出去。这人来回周旋为自己争取到了机会，便打算独善其身。家人们对这人的不满达到了极点，其中就有个女眷向近来最喜欢的情人抱怨了一番。

于是吕曦得知了这个消息，他没有时间继续犹豫了。

吕曦反应飞快，立即求那个女眷安排自己跟着晋高临一起走："我能帮您看着人，不管是逃到哪里、联系了谁、怎么安置资产，我通通汇报给您。"

第二天他就受到了晋高临的召见。对方似笑非笑地望着他："你是什么时候搭上那婆娘的？"

吕曦扑通一声跪下了，声泪俱下道："我没有办法啊，我为您办了这么多事，您不带我走，我就只有死路一条。只要您带上我，您让我汇报什么，我就汇报什么。"

晋高临原本的替罪羊名单中确实有吕曦。

这下不知是慑于联姻家族的余威，还是出于什么其他的考量，他最终同意了带上吕曦。

吕曦不知道对方出国之后打算怎么收拾自己，也并不在乎。

因为，他活不到那个时候。

傅泽永："已经让人报警了，但出警需要走流程，很可能来不

夕阳红

及拦下晋高临。"

吕闲："如果警察追上去，小阳不就在晋高临面前暴露了吗？"

傅泽永："就算没有警察，暴露也只是时间问题。你以为吕曦的网络没人监视吗？他刚才把资料发给我，很快就会有人告诉晋高临，所以我才让他先全身而退……怕就怕……"

吕闲眼前一黑："怕就怕，他不打算全身而退了。"

吕曦只身一人，如果不用工具，不可能杀得了晋高临，而机场有安检设备，一旦他的工具被发现，就再也无法接近晋高临了。

所以，他最大的机会是在赶往机场的路上。

傅泽永："定位离机场还有五分钟车程。你有办法阻止他吗？"

吕闲抖着手举起手机，想要打吕曦的电话，又强行忍住了——他怕引起晋高临的怀疑。

氧气忽然消失了，无论怎样深呼吸都只感到窒息。他又哆嗦着敲下几个字符，指尖一抖，提前按下了发送。

吕曦的手机轻轻一振，收到了一条信息。

只有"儿子"两个字和一个逗号。

吕曦猛然摁灭屏幕，将手机塞回口袋里，震惊地朝车窗外望去。外头的街景如常，看不出是否有人在跟踪。

吕闲怎么会恰好在这时发信息过来？他怎么可能知道自己正在做什么？难道仅仅是天意注定的巧合？

吕曦的手依旧藏在口袋里，摸到了一个小小的金属方块。之前他将它攥了一路，它已经变得与他的手一样冰冷而潮湿。

——这辆车的油箱上，装了一个小型炸弹。那是他上次支开了加油站的工作人员，在加油时安装到车子上的。只消按下手中起爆器的开关，他就会与晋高临一起灰飞烟灭。

吕曦不动声色地摩挲着方块，重新寻找开关，手指无意中碰到了另一个软软的物件，动作停顿了一下。

那是吕闲送的平安符。

刚才那条信息是想说什么呢？儿子，我拿奖了？儿子，我想你？儿子，我等你回家？

自己死了的话……自己死了的话……

吕曦忽然想起了小时候的某一天，自己受不了班上同学的冷眼，逃课出去四处搞破坏，到深夜才回家，半路上遇到了穿着拖鞋、满头大汗的吕闲。

"以后一定要早点儿回家，不要吓爸爸啊……"

那个人发着抖抱紧自己的样子，又滑稽，又可怜。

傅泽永在车上一个电话接着一个电话地下指令。当了半辈子发号施令的人，越是到这种关头，他就越镇定。

傅泽永："已经跟机场那边通过气了，晋高临他们一走进机场就会被扣下。"

情况紧急，没有时间让他们慢慢解释，所以傅泽永的属下用了最简单粗暴的方法：举报晋高临有发动恐怖袭击的计划，并详细描述了他的外貌。只要把人扣下，就能争取到时间让警察赶去接手。

吕闲的表情没有丝毫轻松："前提是……"

前提是晋高临还能活着走进机场。

前提是吕曦没有在半路上动手。

…………

他们所能做的只剩下祈祷。

时间一分一秒地流逝，漫长得如同中了诅咒。

傅泽永突然开口："定位停止移动了。"

车子在机场外停了下来。

晋高临的手机突然响了。他看了一眼来电号码，随意地接了起来，一边嘀咕着"又怎么了"，一边打开了车门。

吕曦眼睁睁地看着他一只脚跨了出去，接着是另一只。一步，两步……晋高临越走越远。

夕
阳
红

吕曦的冷汗浸湿了衣衫。

原来滔天的恨意也不过如此，仅存的尊严也不过如此。

脑中突然回响起了吕闲的话语："我那时觉得，是傅总把我劝下来的。其实不是，归根结底是我自己还不想死……"

就这样吧，吕曦想。他缓缓松开了手里的开关，跟着晋高临一行人一道儿下了车。

等下过安检的时候，他口袋里的起爆器一定会被发现，然后机场的人会将他们一起扣下。到时候靠着随机应变，他就可以找到机会联系上傅泽永。

再之后……就顺应天命。

天命这玩意儿，不服不行。

活下去吧。

吕曦心中混杂着各种情绪，自我厌恶的情绪达到了顶点，却又有种隐匿的如释重负感。

前面的晋高临挂了电话，肥胖的身躯顿了顿，转头看了吕曦一眼。那一眼里并没有多少情绪，甚至可以说是漫不经心的。

但吕曦猛然刹住了脚步，浑身的汗毛都立了起来。

他想起来了，他想起来了，他怎么能忘了呢？

自己出发之前将资料发给了傅泽永。

晋高临笑了笑，一个字也没有说，状似无意地转了个方向，一边继续走路，一边对保镖比画了一个手势。

吕曦甚至来不及反应，脑后就遭到了一记重击，瞬息间失去了知觉。

吕曦醒来的时候，身在荒郊野外，手脚都被牢牢捆着。捆他的不是绳子，而是临时从衣服上撕下来的布料，显然对方也是仓促行事。

周遭别无他人，只有晋高临的保镖，正抓着他的脚踝将他往前拖拽。夜色漆黑，吕曦挣扎了半天也看不清前方是什么。

保镖："哟，醒了？"

吕曦嘴里塞着布条，发不出声音。

保镖头也不回："如果不是你，我现在已经在出国的飞机上了。"

保镖的语声里全是恨意。

"你以为老板事先没有做点儿以防万一的准备吗？他听说你干的事，就知道自己暴露了，所以根本没进机场，临时转向混进了人群中，现在已经坐别的车走了。可我倒霉呀，还要留下来处理你。我替他处理过那么多人，现在逃命的路被你堵上了……"

吕曦终于看清了，前方是一片湖水。

他意识到了对方要干什么，更加剧烈地挣扎起来，却无济于事。

保镖："省点儿力气吧，就算你有同伙，现在也去追踪老板了，不可能来追踪你。"

他将吕曦拖到了湖边："我本来是要上飞机的，所以身上也没带什么武器，只好这么处理你了。你也别恨我，要恨就恨你自己自寻死路吧。一路走好。"

保镖把吕曦整个人举起来，就要往湖里扔。

吕曦突然爆发，像即将被扔进油锅的虾一般疯狂地蠕动，试图用头去撞保镖。他没有得逞，但保镖也没想到他会有这个劲儿，手一松，他掉到了地上。

保镖一脚狠狠踹向吕曦的肚子，吕曦仿佛听见了内脏破裂的声音。

保镖又用全力踹了几脚："老实点儿！"

血液顺着喉管上涌，又被布料堵了回去，呛进了气管。他在一瞬间的窒息中失去了抵抗的力气，被对方丢垃圾般投进了湖里。

他缓缓下沉，睁眼望着湖面上的微光。

刚刚决定活下去，就迎来了死亡。他本可以炸成一朵功德圆满的烟花，最终却只是作为一团无脊椎动物，在泥泞里腐烂。

一定会死不瞑目吧。

这段人生真是荒谬得有始有终，连结局都充满了笑点。

夕阳红

最后一点儿气泡混着血液逃出了鼻孔，吕曦意识渐渐模糊，恍惚间仿佛看见湖面被一道身影击碎，养父朝着自己飞速游来。

那当然是幻觉。吕闲此刻远在千里之外，更不可能知道他的葬身之地。

除了最年幼的时候，他这一生都没有指望过躲在父亲身后。

他一腔孤勇，执迷不悟，誓死不回头，终于夺路狂奔到了此处。

这一次……这一次……

这一次，是真的不回家啦。

尾声

"如果过往的种种都是铺垫，那我从今以后，对不幸也心怀感激。"

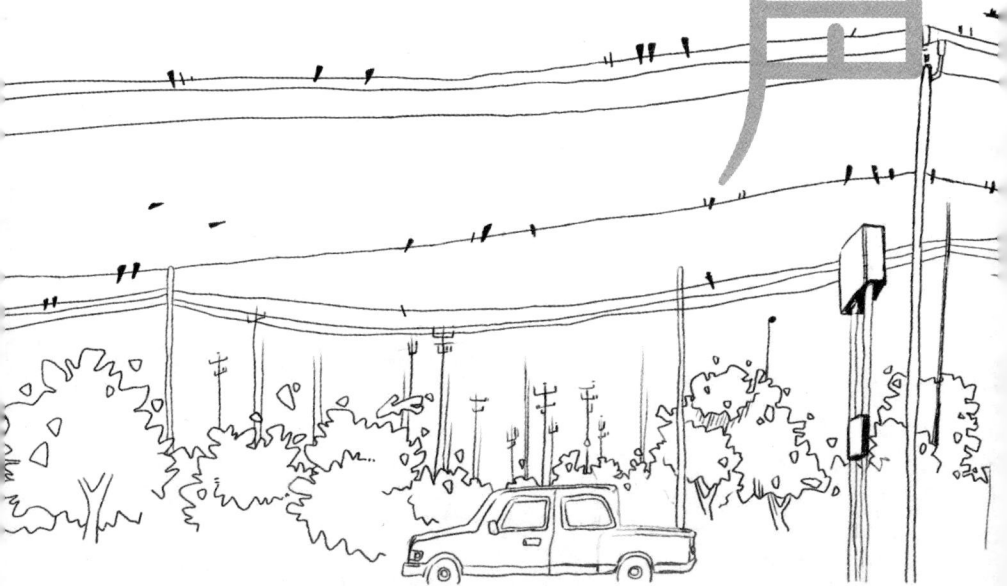

夕
阳
红

　　吕闲做了一个很长的梦。

　　梦里又回到了二十年前，面目模糊的胡导将他拦在家门外，下跪求他离开。他牵着吕曦在大街上慢慢地走，迎着灰暗天际那团剪影似的残阳，想象不出这漫长的余生该如何度过。

　　身后突然有人拍了拍他，他一转头，竟然看见了傅泽永的女秘书："老总有事找你，请跟我来。"

　　周遭场景幻化成了傅泽永的办公室，他像条咸鱼般赖在椅上，对面的傅泽永正似笑非笑地递来一张支票。

　　对了对了，这是他们第一次说话，傅泽永正在打发他离职。

　　吕闲来不及愤怒或惶恐，也无心辩驳对错，像行将溺水之人麻木地攀着唯一的浮木："老总，我听说有钱人一般都开空白支票。"

　　那一刻，他真的只想讹对方一笔。然后呢，然后就可以再活几年，活到吕曦能独当一面的时候。到了那天……

　　傅泽永："咱先回去吧。"

　　吕闲："嗯？"

吕闲猛然睁开眼。他们正在医院走廊的椅子上，身边还坐了几个警察。

傅泽永："你一天一夜没睡了，我送你回家休息，这边不用你操心。"

吕闲迷迷瞪瞪地眨眨眼，看了看窗外的晨光，又扭头望了一眼重症监护室的门："没事，我去看看他。"

此时在病床上的吕曦仿佛在混沌的黑暗里看见了一道微弱的光。他竭尽全力顺着光望去，隐约看见了傅泽永和吕闲的身影。

人死后也会做梦吗？

可是他的梦里不可能出现傅泽永啊。

难道自己还活着？但究竟是为什么呢……

吕曦来不及想清楚这个问题，意识就又陷入了黑暗。

几个月前。

傅思："所以如果有什么需要帮忙的，随时都可以跟我说。"

吕闲犹豫了几秒："其实，还真有一件事……"

傅思："什么？"

吕闲："你能帮我弄到一个微型的GPS（全球定位系统）定位芯片吗？"

傅思比了个拇指："交给我吧。"

…………

吕闲从口袋里摸出一个绣工精巧的平安符，递给吕曦："前段时间为你求的，一直没机会给你……我还等着你回来。"

…………

吕闲："看来他是随身携带着的。你找几个信得过的人随时追踪吧，这样万一有什么异样，我们也可以及时发现。"

傅泽永惊喜地笑道："看不出来呀，你居然会做这种事。"

吕闲："我也没想到。大概是最近开窍了吧，我觉得既然阻止不了他，不如尽我所能保护他。"

夕
阳
红

数小时前。

傅泽永："晋高临没有进机场，他突然跑了，我的人正在追他。"

吕闲："我儿子呢？"

傅泽永向下属确认了晋高临逃跑的方向，又对比了一下吕曦的定位："等等，你儿子的定位又开始移动了，而且跟晋高临方向相反！你别急，我叫个人回头去找他……"

吕闲声音颤抖："警察出发了吗？把定位发给他们吧。"

…………

警察："证人找到了，我们赶到的时候他刚刚被丢进湖里，捞起来的时候还活着，现在送去抢救了。"

此刻。

傅泽永陪着吕闲站在病床边："晋高临已经被抓起来了，我的属下跟到半路跟丢了，但是给警察提供了线索。证据也都提交上去了，过一阵儿就会有结果。"

吕闲松了一口气："你辛苦了。"

傅泽永也放松下来："最大的功臣还是你。不行了，果然是年纪大了熬不了夜，我找个地方打个盹儿。"

吕闲说："你睡吧，我守着。"

他们一起朝门口走去，傅泽永突然停下了脚步，唤了吕闲一声。

傅泽永："你想让晋高临死吗？"

傅泽永的声音很轻，但吕闲知道，自己的回答会在一定程度上决定着晋高临的生死。

吕闲："不。死亡太便宜他了。"

傅泽永咧嘴一笑："好。"

傅泽永提交的所有罪证都只指向晋高临一个人，并没有把火引到对方的老丈人身上。

　　大家都是明白人，老丈人自然也选择了明哲保身，没有试图保自己的女婿，直接放弃了他。兵败如山倒，谁也不愿为输家赔上自己。

　　不久之后，晋高临锒铛入狱。

　　吕曦作为污点证人争取到了减刑。

　　吕闲去探视他时，他剃了一个寸头，脸色看着还算健康，眼神里的桀骜收了个七七八八。

　　吕曦："谢谢你们救了我。"

　　吕闲："应该是我谢谢你活了下来。现在晋高临已经倒了，等你出来，就安心跟着傅总好好干吧。"

　　吕曦轻笑了一声："这是傅总的意思？"

　　吕闲："他很欣赏你，如果没有你，晋高临也倒不了。"

　　吕曦："关于晋高临这件事，你不必感激我，我报仇主要是为了自己。虽然最后变成这个样子，但如果重来一次，我还是会走这条路。"

　　吕闲无奈地笑笑："照顾好自己。"

　　吕闲起身要走，吕曦喊住了他。

　　吕曦："那天你说你为我骄傲，只是为了骗我收下平安符吗？"

　　吕闲："……"

　　吕曦将手按在探视窗的玻璃上："你曾经问过我后不后悔被你收养，我不后悔。你后悔收养我吗？"

　　吕闲的眼泪一下子落了下来："不后悔，从来没有后悔过。"

　　晋高临冷冷地看着前来探监的傅泽永。

　　"不必到我面前耀武扬威，成王败寇，道理我懂。你今后小心点儿，千万别让我抓到一丝破绽，否则我一定带你一起死。"

　　傅泽永对他的狠话若罔闻，甚至露出了心平气和的微笑："我带了个小朋友来看望你。"

　　傅泽永侧了侧身，亮出了躲在他后面的"纨绔"。

夕阳红

晋高临呆滞了几秒，猛然间暴怒："祸不及家人，这蠢货对你毫无用处，你何必抓他？"

晋高临满心以为傅泽永趁火打劫，软禁了"纨绔"，没想到"纨绔"犹犹豫豫地说："大伯，傅总和傅少对我挺好的。"

晋高临："你闭嘴！"

"纨绔"："真的，你出事之后本来有人想趁机害我，是他们救了我。"

晋高临懒得跟这不长脑子的家伙废话，阴沉地盯着傅泽永："你到底想要什么？事到如今，我想不出你还能图我什么。"

傅泽永笑得更和气了："你过谦了。我可以保住他，前提是……"

晋高临明白了："我不会找人报复吕曦。"

傅泽永："不，还有一件事。"

之后，晋高临在狱中经过深刻反省，招供出了一些新的内容。

比起当初致使他入狱的那些重大罪名，这些小罪显得无关痛痒。其中有一条，他描述得十分详细：二十多年前因被某艺人当众拒绝而心生不满，羞辱、迫害对方，间接导致了对方身亡。

奇怪的是，这一场招供居然被人录了下来，而这视频还悄然流传到了各大网站。

二十多年前，某艺人，羞辱、迫害……这些关键词统统指向了唯一的人选：叶宾鸿。

结合之前那场舆论战，这份口供印证了两件事：叶宾鸿是无辜的受害者；叶宾鸿确实已经死了。

逝者已矣，公众对死人总是会宽容一些的。一时之间，社交媒体上刷起了斥责无良权贵、悼念年轻艺人的内容，还有人重新讨论起了他的颜值与演技。

叶宾鸿其人，在这种集体悼念的氛围中，又从"年轻艺人"逐渐变成了"惊才绝艳、前途不可限量的新星"。说来颇有些离奇，在"死去"数十年后，他竟然得到了第一批粉丝。

同时洗清污名的人还有吕闲。

叶宾鸿死了，那么之前那些真真假假的传言，对吕闲来说就纯属无妄之灾。吕闲的粉丝们腰杆直了，底气也足了，纷纷要求曾经用低俗字眼侮辱过吕闲的家伙道歉。

吕闲没有收到谁的道歉。

当然，他也并不在意这一点。

影帝的头衔让吕闲一夜间名声远扬，而那个拥有诡异魅力的异装癖角色又为他吸引了一拨儿年轻粉丝。越来越多的合作邀约朝他飞来，他的存在开始有了励志的意义，成为"大器晚成"的代名词。

然而，在这样的关头，吕闲不仅没有趁热打铁地去公众面前混脸熟，甚至还闭门谢客，连续数月都没有出门。

从获奖那天起，他就在断断续续地生病。

或许是因为那天的大喜大悲太过折磨人，又或许是因为绷了几十年的神经一朝松弛下来，身体不适应了。

傅泽永也不着急，就让他躺着慢慢养。

吕闲神情恍惚地捧着水杯缩在躺椅里，眼睛也不知望着何处。

傅泽永坐在他对面看书，翻过一页，问道："想什么呢？"

吕闲："在想这样下去会不会得老年痴呆。"

傅泽永扑哧一笑："那我去给你弄一本奥数练习题。"

吕闲："你又在想什么？"

傅泽永："在想你欠我的感谢词。"

吕闲："嗯？"

傅泽永："你的影帝获奖感言，最后一段不是要讲给我听的吗？听不到那一段将成为我终生的遗憾，所以现在补上吧。"

吕闲："算了吧。"

吕闲百般推辞，傅泽永穷追不舍，最后强行命令他站到床上去："你站这儿，我坐在下面，假装这是现场。"

吕闲措手不及地站在床上，半晌才清了清嗓子。

傅泽永："等等。"

夕
阳
红

　　傅泽永跑去取来了奖杯塞他手里。

　　吕闲："……"

　　吕闲："那个，最后……我要感谢一个最重要的人。"

　　傅泽永目光灼灼地看着他。

　　吕闲："感……感谢你出现在我生命中。在你到来之前，我不知道自己曾身处长夜。"

　　吕闲哪里还记得起那会儿打的腹稿，只好一边拼命回想，一边磕磕绊绊地现编："我心里有过遗憾……要是这一切能早一些发生就好了。但是，如果过往的种种都是铺垫，那我从今以后，对不幸也心怀感激。"

　　傅泽永："……"

　　吕闲："说完了。"

　　傅泽永："……"

　　吕闲："可能还有一两句……但真的想不起来了。"

　　傅泽永："我倒是想起来一件事。我曾有过一个非常具体的梦想，你还记得吗？"

　　那一刹那，吕闲又记起了一句台词：人生苦短，余下的路，让我与你并肩而行吧。

　　青山依旧在。

　　温馨又从容。

番外五则

夕
阳
红

（一）关于粉丝滤镜

经纪人："给你的。"

吕闲从他手中接过两只沉甸甸的袋子，疑惑地掂了掂。

"今天有几个小姑娘来探班，被拦着没让进，这是托我转交给你的礼物。"

"怎么没告诉我？"吕闲从袋子里摸出只橘子，顺手就剥开递给了经纪人。

经纪人："谢谢。"

吕闲又摸出第二只开始剥："下次记得跟我说，小姑娘大老远地跑一趟不容易。"

经纪人："今天情况特殊，池子那个场景还在保密阶段，不能让人看见。你在里面泡了一天，也没机会出去见人。"

吕闲："披件衣服跑出去一分钟还是有空的嘛。"

经纪人词穷地看了吕闲一眼："你的意思是直接从池子里爬出来，泡得皱皱巴巴，头发一绺绺贴在脸上，一边往下滴水，一边给她们签名？"

"有什么关系……"吕闲吃着橘子翻看五花八门的礼物，从中抽出一本册子，"这是什么？"

"粉丝做的影集之类的吧。"经纪人说。

吕闲翻开第一页，惊了。

果然是他的照片，但明显经过了图像美化处理，磨皮磨掉了起码十岁，眉眼则几乎被重画了一遍。照片下面还用钢笔写着一行字：你的眼里有星辰大海。

吕闲吓得橘子都忘了嚼，他下意识地举起手机，看了看黑屏上映出的那双没精打采的眼睛："这些孩子的审美没问题吗？哪来的星辰大海？"

经纪人了然地笑了："恭喜你解锁'来自真爱粉的尬吹'。当艺人的如果没收到过这句话，就说明还不够红。"

吕闲："真的假的？"

经纪人："真的啊，还有什么'春风十里不如你'……"

吕闲翻过一页，果然看见了这句话，配图则是自己的某张微笑特写。

"她们是认真的吗？不是反讽？"吕闲保持着惊疑不定的表情翻了半本册子，直到看见"陌上人如玉，公子世无双"时，终于"一败涂地"。

当天晚些时候，吕闲的微博账号更新了一条状态：粉丝朋友们小小年纪，要注意保护视力呀……

（二）关于手游

这件事发生在吕闲还在给傅泽永当助理的时候。

一日，傅泽永偶然看见傅思在投入地玩一个手机游戏。

傅泽永希望能增进一点儿对儿女的了解："这是什么游戏？"

傅思抬头发现了他的存在，迅速收起了手机："没什么。"

傅泽永："……"

寒叶飘零，撒满傅总的脸。

不过傅总不愧是傅总，回头就找来女秘书，形容了一下刚才看到的那个游戏界面："你去查查。"

夕阳红

女秘书："哦，不用查，这个最近很红的。一言以蔽之就是攻略四个男主角的游戏。"

傅泽永很惊奇："何谓攻略？"

女秘书："就是……嗯，处对象。"

傅泽永仍旧很惊奇："什么样的男主角？"

女秘书："他们代表了四个广义上比较吸引人的类型。我这就整理资料发给您。"

傅泽永一翻资料，一眼看见了其中一名总裁。他看得将信将疑："这种总裁比较吸引人吗？这跟我的认知不一样啊。"

女秘书其实也不太懂，硬着头皮说："可……可能有人就喜欢这种持续被鄙视，终于被认可的感觉？所谓……人际吸引的增减原则？"

傅泽永陷入了沉思。

当天晚些时候，吕闲来汇报工作成果。

傅泽永面无表情地听完，看着吕闲那张油盐不进的脸，犹疑一秒后，开口了。

傅泽永："不过如此。"

吕闲一鞠躬："老总批评得对，老总英明。"

吕闲二鞠躬："是我工作做得不到位，我这就去改进。"

傅泽永："等……"

吕闲点头哈腰地走了。

傅泽永默默地坐在原地："垃圾游戏。"

（三）伦敦的广场

伦敦某处游人如织的广场旁边，有个摆摊卖油画的大爷。

大爷已经在广场旁摆了几十年摊了。他每天早晨支起画架，往对面摆一把椅子。若有顾客坐下来，他就花几十分钟为对方画一小张肖像。没人的时候，他就四处张望着，随手画点儿写生。

大爷年纪大了，画技愈发精湛，体力却跟不上了，能吸引他去画的东西越来越少。

一日，大爷正叼着烟斗发呆，突然看见不远处的广场上有一个奇特的姑娘。

那姑娘东方面容，长发披肩，正捧着一袋鸟食坐在长椅上喂鸽子，脚边还搁着一只行李箱。她的表情显得漫不经心，眉目间却又似乎郁结着化不开的愁绪。

正是那耐人寻味的表情吸引了大爷。

大爷心想：她失恋了吗？遇到什么困境了吗？同时不由自主地提起笔，远远地照着她画了起来。

两个小时后，姑娘起身拉过行李箱，正要离开，却被大爷叫住了。

大爷："这幅画送给你，希望你能开心点儿。"

姑娘果然很高兴，露出了一个甜美的笑容，对他连声道谢。

大爷以为不会再见到她了。

没想到从那之后，她每隔几个月就会拖着行李箱出现，通常什么事也不做，只是呆呆地坐在长椅上喂一下午鸽子，然后静悄悄地离开。大爷有时甚至怀疑，她来这个国度的唯一目的就是喂鸟。

时间长了，他俩互相眼熟了，偶尔视线相遇，还会点头致意一下。

大爷对自己这份工作的最满意之处，就是会遇到形形色色的人物。他今年观察到的第二号"奇葩"，是个年轻男人。这男人从长相、身材到行为、举止，都像一个真正的绅士般无可挑剔，但若是一定要找出一个缺点——他的表情有时太过刻板了，缺少生动的气息。

他在清晨出现在广场，带着沉思的表情漫步了几圈，最后买了整整十袋鸟食，坐到了跟之前那姑娘坐过的一模一样的长椅上。

大爷觉得这个人也很有趣，而且不知是不是对东方人脸盲，他总觉得此人的面容跟之前那姑娘有几分相似。

于是大爷开始给他画肖像。

年轻人每隔半分钟撒一把鸟食，从时间到用量都仿佛经过了精确的测算。他甚至提前准备了自己的三明治，一到正午就拿出来吃了。如

夕阳红

此这般，一直喂到暮色四合，十袋鸟食才终于告罄。

这天恰巧是个阴天，光线改变不明显。那年轻人虽然不知道自己当了一回模特儿，却坐得岿然不动、稳若泰山，俨然比最敬业的模特儿还要配合。

大爷明明已经画完了，见他还坐着没动，又忍不住这里添点儿颜色，那里再加几笔，就这样越画越细腻，越画越写实。等到那家伙终于离开的时候，大爷已经舍不得把画送给他了。

后来很长一段时间，大爷既没有见到那姑娘，也没有见到那年轻人。他不知道他们是陷入了困境，顾不上喂鸟，还是已经摆脱了困境，不再需要以这样的方式排遣。

少了这些奇遇，日子又变得百无聊赖。

直到有一天，大爷终于又遇上了作画的灵感来源——这一次是两个中年男人。

两个外貌非常出众的中年男人，他们此时正坐在长椅上喂鸽子。

余晖为鸽子的绒羽覆上了一层金光，那两个人也沐浴在温暖的光芒中，温馨又从容。

大爷下意识地以为他们会像之前的小年轻一样，一坐几小时，所以果断暗中画了起来。结果，才刚刚起了个稿，那两人竟然起身朝他走了过来。

大爷吓了一跳，可此时想撤下画布也来不及了。那两人走到近前，都看见了他起的稿。

尴尬的沉默持续了两秒，然后那个气场较强的男人笑了起来。

男人用英语说："劳驾，请帮我们画一张肖像。"

大爷又拖来一把椅子："请坐，放松一点儿，找一个你们最自然的姿势就行了。"

最后交出的作品，无论是大爷自己，还是那两位主顾，都非常满意。

大爷微笑着目送他们在初降的暮色中离去。

（四）扶不起的"咸鱼"

两人刚认识的时候，因为吕曦的缘故，傅泽永老疑心吕闲也觊觎自己的财富，从而接近自己。

调了吕闲当助理之后，一次，傅泽永离开办公室，故意留了只价值一百八十万的表在桌上。他想来个"钓鱼执法"，出门之后还打了个电话，要吕闲去自己桌上取一张报表，然后就看着监控。只见吕闲走到他桌前找报表，像瞎了一般看不见那手表。

傅泽永：呵，接着装，你要是真的毫不在意，又何必一眼都不看它？

傅泽永刚刚这么想完，吕闲就看向了那只表。似乎是觉得要找的报表可能压在下面，于是他拿起那只表，接着毫不怜惜地啪唧一声丢到了一旁。

吕闲终于找到了报表，临走时尽职尽责地复原桌面，又啪唧一声把表丢了回去。

傅泽永：我求你别复原了。

两人关系变好后，傅泽永送了一只同一系列的表给吕闲。

吕闲乐呵呵地接过来一看："哟，还镶了颗水钻。"

傅泽永："您老听说过钻石吗？"

吕闲刚进剧组那阵子，萧显柔和劳先天天暗中较劲。你开个玛莎拉蒂，我开个兰博基尼，三天两头换一下，有时不惜问朋友借车也不愿输了比试。

吕闲天天坐着助理开的奥迪到场，从他们的比拼现场走过，视若无睹，云淡风轻。

萧显柔、劳先：这可能就是花钱买戏的土老板的境界吧。

倒是傅泽永从经纪人口中得知此事，觉得这也太没面子了，临时

夕
阳
红

拍板搞了辆布加迪威龙。

这日收工时，萧显柔无意间回头一看，心里默默地震了一震："啊！"

劳先跟着回头："啊！"

吕闲点点头："哦，那个啊，说是车坏了，换了辆备用的。"

吕闲在众人的目送中淡定从容地上了车，挥手走人。

吕闲："哟，这车不错，大。不是，您这是定期扶贫吗？"

傅泽永："我不扶贫。我只是给你面子。"

吕闲："哦，懂了，精准扶贫。"

傅泽永："你懂个屁！"

（五）武侠篇

雨夜。

夜已深，客栈里却灯火通明，哄笑声、歌声、骰子的碰击声此起彼伏，盖过了瓦檐和石板上交奏的雨声。

烛光摇曳在每个人脸上，阴影也跟着乱晃，使得这些半醉的面孔都不太真切。天南地北的江湖客被暴雨困在半路，杯盏交错间称兄道弟，谁也不问谁的来路与去向，这是江湖规矩。

一道炸雷似在耳边响起，撕裂了满室欢笑。众人俱是一惊，回头望去，才看到客栈的大门不知何时已经开了。

雷声犹在天地间回荡不绝，一道不起眼的身影像是被风雨推了进来。

男子披蓑戴笠，浑身的雨水混着泥水，滴落在客栈地板上。他站在门边转头搜寻了一番，哑声问："掌柜的，今日可曾见过一名少年？"

"什么样的少年？"掌柜问。

"大约有这么高……"男子伸手在越过自己头顶的地方比画了一下，"是我儿子……"

醉客们发出一阵压抑的哂笑。那掌柜也不耐烦道："没见过。"

男子抹了把脸，似是借着斗笠的遮掩搓揉了一下眼睛，声音愈发疲惫："多谢掌柜，可否讨口水喝？我就蹲在这里，不会弄脏地方的。"

掌柜忽然生出了一丝恻隐之心，给他倒了碗热茶，道："坐下来歇口气吧。"

男子讪讪地接过了茶，却仍坚持缩在墙角。他解了蓑笠，又解下背上的包袱，抱在怀中蹲了下去，整个人也像一只大号的包袱，灰扑扑，湿淋淋。

有醉客半是打趣半是嫌弃地问："喂，你儿子怎么就丢了？"

男子憔悴的面容半隐在黑暗中，小心翼翼地啜了口茶："我带着他一道儿赶路谋生计，半路上吵了一架，他便跑开了。"

"哎呀，这可怎生是好？这风吹雨打的，不会有事吧？"

"哈哈哈……"

男子像是浑然不知自己已成了笑柄，逆来顺受地答道："那倒不会，毕竟有那么大了。"他就如一匹挨惯了鞭子的老马，因为麻木而显得温驯。

此情此景，没人能注意到他端茶的手。

那只手骨骼修长，生得极美，只在虎口处有一层薄茧。四指平托，将碗端得平平稳稳，碗里的茶水连一层涟漪都未曾泛起。

没有任何人注意到。

——除了一个人。

客栈二楼的气氛迥异于下方的喧嚣。此处，只点了一支低矮的蜡烛。烛光如豆，朦胧地照出桌边人的轮廓。

这显然是一名贵客，身形挺拔出尘，玄青色的绸衣在烛下泛着细腻的光泽。他正垂眸朝下望去，越过楼梯栏杆，正好能瞧见那佝偻在墙边的男子。

贵客的目光径直落在对方的手上，一动不动地盯着。良久，他举起酒杯，一口饮尽了温热的酒液。他自己的手也极好看，手如玉石，洁净、素白，足见其养尊处优。

一名虬髯汉子站在桌边，点头哈腰，几乎是半蹲着道："傅教主，

夕
阳
红

楼下那厮就是我们要寻的吕闲。这一带由属下负责，四周已经布下天罗地网，只待傅教主一声令下……"

"王堂主。"贵客身后的女护法出了声，声音又娇又冷，"教主就是正教主，你这称呼不妥当。"

"啊？"虬髯汉子一个激灵，"啊……好的，郑教主。"他紧张得回不过神，心下骇然地想：这新教主原来姓郑吗？

女护法："……"

女护法还想训斥两句，傅泽永却抬起了他那只好看的手。女护法登时噤声。

傅泽永开口道："都别动手，等着。"

"是，属下这便去传令。"王堂主连忙走了。

魔教教众无人不知，这新教主是踩着前教主的尸骨上位的，而且如此篡位，教中长老竟无一人反对，因为反对的人都已经提前暴毙了。

手腕狠辣，算无遗策，凶名遍天下。这样的教主，谁敢得罪？哪怕他在这个冷雨夜莫名其妙地亲自驾临此地，又莫名其妙地盯上了那吕闲，王堂主也不敢多问一句缘由。

傅泽永缓缓举起酒壶，从容地斟了杯新酒。

"他何时有了儿子？"他轻声问。

女护法道："属下不知。"

"去查。"

便在此时，客栈大门再度被撞开。一名少年踉跄而入，身上带着血痕，后头还追着一群粗豪大汉。角落里的吕闲见状，猛地放下茶碗站起身来。

那群大汉边追边喊："抓贼啦！偷钱的贼！"

少年怒道："钱放在那里，我怎知有主？不都还你们了吗！"

"好哇，还敢顶嘴——"

"吕曦！"吕闲疾步上前解围，"这是怎么了？"

为首的大汉膀阔腰圆，面色赤红，偏偏长了双细小的眼睛，他粗声道："这小子抓了老子的钱就敢跑，老子今日非要他偿命不可！"

　　吕闲连忙拦到吕曦身前，赔笑道："各位大哥，都怪犬子无状，我请各位喝一顿酒，让他来好好赔个不是。"

　　"一顿酒？"那大汉仰头大笑，笑声竟如夜枭啼鸣，"一顿酒就想打发老子？"几句话的工夫，这群人不知不觉已组成了合围之势。

　　"那以大哥之意，要如何赔偿？"

　　"呵呵呵呵……"那大汉的细眼中射出贪婪的目光，直指向吕闲挂在肩上的包袱，"那要看你身上带了什么了。"

　　吕闲的笑意淡了几分："这不合适吧。"

　　"有什么不合适的？莫非你那包袱也是偷来的？一个老偷，带了个小偷？"大汉挥了挥手，包围圈进一步缩紧了。客栈里，察觉情势不对的人都悄然站起了身。

　　吕闲心下已是一片雪亮：这群人捉贼是幌子，真正的目标还是自己。这不是简单的误会，而是个蓄谋已久的陷阱。

　　"吕曦，你退下。"他不动声色，抬脚要朝门外走，"既然不能善了，请诸位与我出去吧，不要打扰掌柜做生意。"

　　岂料那大汉斜移一步堵住了他的去路，愈发得意扬扬："想跑？老子这便替天行道，看看你包袱里藏着什么赃物！"

　　话音未落，一群人同时向吕闲欺身而进，刀兵出鞘，势如奔雷。

　　二楼，傅泽永勾起唇角，带着三分醉意笑了笑。

　　混乱中，无人发觉吕闲轻轻吸了一口气，提起右足朝后跨出半步，立稳了身形。

　　他的身子看似只是随意地晃了几晃，四面八方的凌厉攻势却被尽数避开。唯有那领头大汉膂力惊人，当头一刀半路一转，竟从侧边削过，划开了他包袱的布料。

　　惊鸿一瞥间，那脏兮兮的包袱中竟露出半个白玉佛头。玉质温润如脂，暗含光华，佛祖面容柔和慈悲。但佛头仅有左半边，中间不知被何等利器干净利落地断开了。

　　满座寂然，连争斗都暂停了。每个人的目光都被那佛头吸引，其中似乎透着一种超凡脱俗的美，令人只看一眼便再难忘怀。

夕
阳
红

但寂静只持续了一瞬,那大汉随即大笑道:"有两下子,可惜不多。那如意庄也尽是蠢货,转移这等宝物,竟会聘你这样不中用的人护镖!"

众人再度团团围了上去,此时贪欲作祟,更是状若饿鬼。大刀与铁锤被舞得虎虎生风,客栈内一时厉风呼啸,木屑四溅。那些醉客已经逃散大半,却还有人神情晦暗地守在角落,似是被佛头吸引,动了伺机争夺之心。

吕闲出剑了。

没人看到他是何时抽出的剑。似乎一刹那间,他手中已多了一把软刃,剑刃细长,剑光如水,摇晃间映着烛火,竟有波光粼粼之态。

紧接着,这波光分散为暴雨,落到了横梁上、墙壁上、众人的头颅上。

那大汉瞳孔骤然缩成了针尖大小,猛地抽身急退。在他面前,清冷的剑光无孔不入,倏忽间绞断了三人的脖颈。

即便到了此时,吕闲依旧不像是使剑的人。一剑在手,他的身姿反倒更显得瘦削,面色也透着病态的灰败。最不像剑客的便是那双疲惫的眼睛,其中没有光亮,只有一片麻木的空洞。

但那绝美的剑光仿佛自有灵识,转瞬间又收割了几条人命。

"你是……"那大汉对着吕闲瞪大了眼睛,脑中忽然闪过一个尘封的名字,却又觉得难以置信。难道真是那家伙?那家伙……还没死吗?!

二楼,傅泽永手中的酒壶被举了半晌,它的主人才意识到它已经空了。

他垂着眼帘,面上丝毫不显喜怒,眼底却涌起了几许复杂情绪。

楼下,刀兵相撞声当当当当密集如雨,吕闲却忽然面色一变。他又吸了口气,已然快到极致的剑招竟还能提速,只攻不守,疏狂的光华在剑尖奔旋绽放。

那大汉再也招架不住,丢出一枚烟幕弹,拖着两名重伤的同伴蹿出了大门。

客栈里一时间白雾弥漫,再无半分声响。别说是那些醉客,就连掌柜都逃入了外面的暴雨中。

雨涔涔不绝。

吕闲一动不动地立在原地，长发凌乱披散着，唇角溢出一缕血。

"爹，你没事吧？"吕曦从一张倒塌的桌后爬了出来，快步朝他走去。

"不要叫我爹。"吕闲一抹嘴角，苍白着脸转过身来，"你半途与我分道扬镳，就是为了去偷钱？"

吕曦脚下一顿，勉强道："现在不是说这个的时候，爹，我们找个地方疗伤吧。"

"吕曦，君子有所为有所不为，你究竟要坑蒙拐骗到什么时候？"

吕曦垂在身侧的手攥成了拳："君子？君子值几个钱？像你这般一趟趟地护镖，成日刀尖舔血，却连药钱都不够付，迟早把命都赔进去……"

"你爹娘若是听见此话，九泉之下都不会安宁。"

"原来你还记得我爹娘啊！"少年猛地爆发了，"这么多年不敢提起他们，我还以为你心中有愧呢！"

吕闲的脸色变得惨白。

"这……是谁对你说的？"他颤声问。

吕曦冷笑道："你自己在睡梦里又哭又喊他们的名字，让我听见了。"

"……"

"说话啊，怎么不说了？梦里不是一直在说对不起吗？"吕曦步步紧逼，每个字都像是重锤击打在吕闲的心上，"让我猜猜，难不成……他们当年不是死于意外，而是死于你的剑下？！"

吕闲吐出一口血来。

吕曦骇了一跳，下意识地伸手想扶住他，半途又回过神来，那只手便僵在了半空。

吕闲原地摇晃了一下，面容有些扭曲："滚吧。"

"什么？"

"快滚！"吕闲一掌将他推开。

吕曦跟跄后退了几步，却似是察觉了什么，仔细打量着他的面色：

夕
阳
红

"你……"

他想问：你毒发了吗？但转念一想，这一次明明还没到三月之期，吕闲不可能提前毒发的。果然是心中有鬼，装模作样！

吕曦咬了咬牙，还待继续逼问。下一秒，一阵劲风刮过门窗，客栈里残存的灯火全数熄灭。

一片漆黑中，刀风已至！

刀风一声叠着一声。刚才逃走的敌人去而复返，数量更是翻了倍。

吕闲举剑招架，心下微微一叹。的确还没到三月之期，但这番恶战催动气血，让深埋体内的毒素也活跃起来了。他还在格挡，却能明显感到自己的身体正在脱离控制，剑尖也逐渐不稳。一股狂乱战意在体内汹涌，脑中响起嗡鸣声，就连神志也开始涣散。

敌人越冒越多，如蝙蝠群一般自黑暗中袭来。

吕闲已经心知不妙。这一回，怕是真的要交待于此地了，也不知吕曦有没有成功逃离。

他侧耳倾听，想趁砍杀的间隙分辨少年的脚步声，却捕捉到了另一道细微动静——好像是酒杯与木桌轻轻一碰。

这动静的来源，竟是二楼？

未及他反应过来，一道雪光自上而下，破开了黑暗。洁净、素白，偏偏带着冥府般的寒气。不是雪光，是剑光。

傅泽永作壁上观至此时，终于出手了。他一出手，吕闲面前的敌人便被劈成了两半。

吕闲使的是软剑，傅泽永手中却是重剑，剑身宛若用冥火锻成，幽寒刺骨。这剑光一隐一现，敌人甚至还未弄清他在哪里，身体就分了家。

"有埋伏……有埋伏！"敌人慌乱叫道。

傅泽永一言不发，只顾着一通乱杀。

吕闲的眼睛终于渐渐适应了黑暗，依稀看见一道高大的身影，在人群间杀进杀出，如鬼魅般不可捉摸。

此人救了他，他却从未见过此等剑法。是谁？

局势瞬间扭转，溃不成军的敌人再度朝外逃窜。吕闲这才有余裕的时间略做调息，企图压住胸口翻涌的气血。

这时他听见了一道低沉的声音，慢悠悠地问："敢觊觎本座的东西，还指望活着出去？"

吕闲心头一震，这一口气立时行岔了。那些敌人更是肝胆俱裂，连腿脚都软了，没跑几步便一一化作了剑下孤魂。

客栈内的喧嚣终于平息。吕闲面前只剩那道高大的身影，与他手中的重剑。

然而，吕闲心中只余苦笑。

他已经猜到了对方的身份，也就知道自己今夜再无保命的可能。

果然，那重剑紧接着便袭向了他。

吕闲的兵器古怪，招数却极正，削挑劈斩皆是凌厉直进，带着说不出的潇洒与傲然。傅泽永手中之剑，却被他舞出了一股邪性，招招诡异多变，像在编织一张致命的网。

吕闲本就是强弩之末，遇此强敌更是一退再退。他咬牙硬撑着，断断续续地问："堂堂魔教教主，也会亲自来抢这白玉佛头吗？"

"那倒不是。"傅泽永觉得自己多半是真喝醉了，竟与他边打边聊起来，"这玩意儿纵使价值连城，也不值得本座出手。"

吕闲一愣，随即隐隐发觉对方的攻势竟然不算猛烈，像是只出了三分力。他心中疑惑，但神志已经不甚清楚，只能勉强问："那又为何……"

"可能是因为，听说护镖之人是你，便想来一会你吧，叶宾鸿。"

当啷一声，吕闲的软剑被挑飞了。

叶宾鸿……对方竟然叫出了这个旧名。叶宾鸿，叶宾鸿……他心中恍惚，眼前似有黑雾翻涌。

多少年过去了？很久很久以前，这个名字仿佛也曾响彻江湖，被人在风中月下含笑传颂。

后来呢？后来骄傲恣肆的少侠，落在了上一任魔教教主手中。

他不太记得自己是怎么逃出来的，却又分明忘不掉那浑身的血污、

夕阳红

变形的四肢，还有侵扰神志的奇毒。

那奇毒从此深埋在他体内，让他每隔三月便会发作一次，在众目睽睽之下陷入疯狂的杀戮。数度疯魔后，他已声名扫地。

从此，昔日少侠成了江湖之耻，只能隐姓埋名，奔波各地跑腿护镖，然后用佣金换取解药。可那解药并不能彻底解毒，只能暂时压制毒性，而且每一味药材都极其昂贵。他成了不知疲倦的牛马，接单，干活儿，换钱，抓药，然后进入下一轮循环。

这样的日子已经过了多少年呢？他有些记不清了。只知道故里的亲人都入了土，至死不愿见他一面；身边的孩子一年年长大，身量终于超过了他；各处旧伤每逢雨夜便泛起隐痛，像要从无尽的麻木中提醒他还活着。

吕闲还活着，而叶宾鸿早已死了，灰飞烟灭了。

耳边有模糊的声音传来，有人还在对他说话，他却什么都听不清了，意识像是落入了幽暗的水中，不断向下沉去。

接着，一道刺耳的痛呼穿透了水面。

好像是吕曦……

吕闲浑浑噩噩地抬起眼。自己不知何时已经脱力跪倒，一口一口地吐着血。吕曦方才似乎想要来救，却被傅泽永一掌拍飞，重重撞上墙壁后又跌落在地。

"还想偷袭本座？好志气。"傅泽永语带嘲讽。

吕曦不知撞断了几根骨头，趴在地上挣扎了几下，还在执着地朝吕闲爬来。

傅泽永歪了歪头，慢慢提起重剑。

"傅教主。"吕闲微弱地唤了一声，将死死护到现在的包袱解了下来，白玉佛头滚落在地。

"爹！"吕曦抽泣着喊道。

吕闲就着跪姿，一头磕在地上："此事与犬子无关……还请教主……高抬贵手。"

傅泽永的眼神忽然又复杂起来。他没有出声，也没有出招，立在原地，不知在想什么。

吕闲的视野里黑雾弥漫，只能凭着感觉朝吕曦的方向转了转："快走。"

"不……"

"你爹娘……因我而死……我欠他们一条命，早该还了……"

吕闲的声音越来越低，傅泽永心知吕曦必然听不见。即便是他自己，也必须运足耳力，才能依稀听出几句呢喃："你要昂起头来……好好活着啊……"

傅泽永闭了闭眼，抬起一只手。女护法带着人从门外走入，将吕曦提了起来："吕少侠，请吧。"

吕曦的哭喊声渐渐远去了。

吕闲知道傅泽永这是放了吕曦一马，心下稍安，这一口气一松，人登时瘫倒在地。

他整个人都在不由自主地抽搐，痛苦已到了不可忍受的地步，他却连喊痛的力气都没了，甚至低低笑了出来。

风雨不知何时已经停歇，孤冷的月光穿过窗棂，将这一地血腥也染上了霜色。

傅泽永缓步走到吕闲身前，低头静静望着他的脸："这么说来，你不想活了？"

吕闲笑意更浓："我……累了。教主能否……给个痛快？"

昏沉间，他好像感觉到傅泽永朝他俯下身来，却迟迟没有剑刃落下。反倒是鼻端传来一股清新的药香，那味道竟分外熟悉。

再之后，他便什么都不知道了。

再次醒来时，他竟然身在床褥之上。

身上的痛楚已经消失，取而代之的是轻微的虚弱感。吕闲慢慢转头望去——这是一间宽敞古朴的卧房，窗外是静谧的庭院，夕阳的余晖懒洋洋地落在回廊。

如此住所，好像隔绝了一切江湖纷争。但这份超然的宁静，本身就在昭示房主的身份。

夕
阳
红

　　吕闲猛然想起了什么，挣扎着坐了起来。这一回，他看见了墙上悬挂的重剑。

　　"醒了？"门口有人问。

　　傅泽永端着一碗药走了进来，将药碗搁在他面前，随意道："先喝了它。"

　　吕闲没有动。

　　傅泽永略一挑眉："总不会是怀疑我下了毒吧？"

　　"当然不是。"吕闲低声道，"我既然还活着，定是因为教主喂了解药。教主救我一命，断无先救再杀的道理。"

　　"那就快喝了，这碗是伤药。"傅泽永不容置疑道。此时光线明亮，吕闲终于看清了他的面容。这位新上位的魔教教主眉眼深邃，与传闻中一样俊美不凡，几乎看不出实际岁数。单看这张脸，让人很难想起他脚下踩过的累累尸骨。

　　吕闲慢吞吞地举起碗。伤药是温热的，他一口气就喝完了。傅泽永抬手又为他倒了点儿清水："去去苦味。"

　　吕闲又照办了。此时他终于从一连串的震惊中回过神，掷出了一个问题："为什么？"

　　"为什么带了你需要的解药？因为事先查过你。"

　　"不是……"

　　"为什么知道你的旧名？还是因为事先查过你。"

　　傅泽永起身从一旁的檀木架上取下一只盒子，当着吕闲的面打开了。只见里面正是那白玉佛头——不是半个，而是一整个。左半边为女相，右半边为男相，却能严丝合缝地拼在一起，玉质也是一般无二的细腻润泽。

　　"这佛头本就是魔教所有，那如意庄窃去了半个，又害怕被我们追查到，月前想要转移赃物，这才雇你护镖。但教众仍旧顺着蛛丝马迹找到了佛头去向，连同你的身份一道儿，上报到了我跟前。"

　　"可是……"吕闲抬起头来，"教主为什么喂我解药？这条贱命，对教主不应有任何价值。"

傅泽永顿了顿："这个……可就说来话长了。"

他定定地望着吕闲，那目光仿佛在透过面前这张脸，凝望一缕往昔的亡魂。

吕闲若有所悟，也悄然打量起了傅泽永。这张俊脸，好像曾在灰暗的记忆中一晃而过……他还未及确认，傅泽永已经印证了他的猜测："多年以前，你在魔教被前教主晋高临折辱的那日，我也在场。"

吕闲的心脏狠狠瑟缩了一下，面上却仍是一片麻木。

傅泽永缓声道："我早就听说过你。如果早一些相识，我或许会与你酣畅淋漓地打一场，再邀你共饮一杯。可惜，先找到你的人是晋高临。我那时的实力，还不足以与他公然抗衡。我必须忍，必须等……"

他低沉的语声带上了一丝滞涩："所以那一日，我只能站在教众间，眼睁睁地看着。"

吕闲什么也没说。

二十年。他终于想起了准确的时间。整整二十年，如此荒谬的时光，让这些名字飞来时都带着遥远的回声。

愤怒？不甘？那仿佛都是前世的事了。他已经当了二十年的孤魂野鬼，直到昨夜的风雨将他推回人间。可这人间，早已满目疮痍，物是人非。他瞥了一眼，便觉厌倦透顶，只想拖着这具疲惫的肉身立赴黄泉。

他是真的活累了。

可眼前这人却在最不可能的关头拽住了他。

是该道谢的吧？于情于理，总该道一声谢。吕闲机械地开口了："多谢教主时隔多年还念着旧情，救下我一命。"

傅泽永突然笑了一声。

"旧情？"他涩然笑道，"我与你有什么旧情？"

吕闲怔住了。

傅泽永负手走到窗前："我曾经找过你，却不知你换了名，还以为你已经死了。后来这教中又发生了很多事，一言以蔽之，血海滔天。待我从那血海中杀将出来，半生岁月已经一晃而过。"

他回过身来，金红色的夕照披落在他肩上。吕闲看在眼中，竟悠

夕
阳
红

然生出了一丝神往。

　　"直到今天，我才终于找到你。你成了护镖的，身边还带了个欠揍的小子，我坐在楼上看了半晌，都无法确定那是你，直到你出剑。"

　　他慢慢地道："你一出剑……我就还想与你打一场，再共饮一杯……"

　　吕闲忽然有些羞惭地低下头。他心中又默念了一遍："二十年。"

　　"我的剑已经钝了。"吕闲几乎带着歉意道。

　　"还会磨利的。"

　　"我已病入膏肓……"

　　"总会有办法的。"

　　"可……"

　　"吕闲。"傅泽永叫了他现在的名字，"护镖这种活计，干多了是不是挺无聊的？既然累了，不如换个活法吧。"

　　吕闲沉默良久，开口问："比如？"

　　"比如——"傅泽永展颜一笑，"要不要了解一下我们教中待遇如何？"